AF496778

MIGUEL

– SUPERACIÓN –

SERIE
LOS TRAJEADOS
VOL. 2

NANDA GAEF

MIGUEL

– SUPERACIÓN –

Título: *Miguel — Superación. Serie Los Trajeados. Volumen 2*
© 2019, Nanda Gaef

De la maquetación: 2019, Romeo Ediciones
Del diseño de la cubierta: 2019, Alexia Jorques
Fotografías de cubierta: ©Fotolia
Corrección: 2019, Barbará Antón

Primera edición: mayo de 2019

ISBN-13: 978-84-17781-57-6

Sinopsis

Miguel, un abogado de renombre que lo tenía todo. Una espiral de autodestrucción le hizo tocar fondo, perder su dignidad, trabajo, amigos y a sí mismo. Nadie lo quería cerca. Estaba a punto de perder a la única persona que seguía teniendo fe en él.

Divisando un futuro negro, con el apoyo de Rafa, buscó ayuda. Con lo que nadie contaba es que las mismas personas que lo curaron le traicionarían y volverían a enfermarlo.

Aroa, una mujer de metas fijas, buena hija, formal, de vida tranquila. Su pacato mundo cambió cuando una revelación destruyó todo aquello que ella creía perfecto. En el afán de ver a los que la engañaron pagar por todo el dolor que le causaron, se metió en un mundo desconocido que la absorbió.

Sus padres, sin saber qué más hacer para recuperarla, la ingresan en la misma clínica en que se encuentra Miguel. La atracción entre ellos fue instantánea, empezaron una relación secreta que les daba fuerzas para seguir adelante.

Sin embargo, las puertas de lo que debería de ser su salvación, se cierran con ellos dentro, impidiendo su reinserción en el mundo y terminan por verse envueltos en disputas, mentiras, juegos de poder y varios peligros que jamás imaginaron vivir.

El infierno se desata bajo los pies de Miguel y Aroa, obligándolos a luchar por estar juntos, por sus vidas y su libertad.

Capítulo 1

«No, no. Por favor, no quiero, déjame en paz, sal de aquí, llamaré a mi primo y me iré. No quiero esta vida, por favor, no lo hagas; te lo imploro, no lo hagas».

Desperté con un sudor frío, tenía el corazón a mil por hora. Desde el día de mi llegada a este nuevo edificio, empecé a tener pesadillas. ¿Por qué ahora? Todo iba tan bien, estaba a solo tres semanas de marcharme a mi casa, al principio no quería venir. La razón por la cual cambié de idea fue ver a mi primo caer de rodillas delante de mí e implorar con las manos juntas que buscara ayuda. Se le veía cansado, ya no luchaba por ocultar sus lágrimas.

Habíamos pasado por mucho juntos. Sin embargo, jamás lo había visto en aquellas condiciones, estaba desesperado. Verlo de aquella manera me hizo recapacitar. Se lo debía, era mi última oportunidad, no podía defraudarlo más; fue el único de la familia que desde mi infancia estuvo a mi lado, luchó por mí. Soy una de esas personas que llega al mundo pagando pecados de vidas pasadas, si es que eso existe. Todo en mi vida fue complicado y Rafa me ayudó a salir adelante; gracias a él terminé mis estudios, no buscaba tantos líos y cuando le ofrecieron una beca de un año en España se negó a aceptar si yo no iba con él. Como siempre, todos estuvieron en contra, pusieron miles de impedimentos, argumentaron todo lo que se les pasó por la cabeza con tal de que él no me trajera. Y este fue el resultado. Aquí estaba, era abogado, tenía un buen trabajo y unos amigos maravillosos que me apoyaron como no hizo mi familia.

Estos primeros cinco meses aquí dentro me han venido bien. Las primeras semanas fueron las peores de mi vida. El encierro, el aislamiento y la abstinencia hicieron que las primeras semanas fueran horribles. Esta ha sido la primera vez en mi vida que he salido de algo sin tener a Rafa a mi lado, él siempre fue mi ancla. Siempre ejerciendo de padre y madre, asumió una responsabilidad que no le correspondía, y lo más gracioso de la historia es que de los dos soy el mayor. Mi primo hace por mí lo que ninguno de mis hermanos hizo. Este aislamiento después de haberlo defraudado una vez más y casi perderlo me hizo darme cuenta de la persona egoísta y malagradecida que soy; no solo estaba destrozando mi vida, la de él también. Pero eso se acabó, saldré de aquí y le daré miles de motivos para estar orgulloso de mí; quizá para algunos parezca patético, pero cuando has pasado por lo que yo y te das cuenta de que si no fuera porque tienes a alguien que te sujeta y no te deja caer, es obligación de esta persona retribuirle, demostrándole que sus esfuerzos no fueron en vano.

La primera cosa que haré nada más salir de aquí será buscar a las personas que ofendí y pedirles perdón, cambiar el número del móvil y alejarme de todos aquellos que me alentaban a destrozar mi vida. Pasaré unos meses en casa de Rafa, necesitaré su ayuda para adaptarme nuevamente a la vida en libertad, en sociedad. El estar rodeado de personas que libran la misma batalla que yo un día tras otro me hizo aislarme. Odio estar siempre hablando de lo mismo, haciendo de consejero de los más débiles, los que sabes que nada más salir de aquí volverán a lo mismo sin pensar ni un solo minuto en sus familiares y amigos. No quería exponerme a la tentación y en mi edificio la tenía al lado, necesitaba alejarme. Alejandra era una mujer preciosa, cualquier hombre que la veía automáticamente la deseaba, era simpática, tenía temas de conversación, era lista, independiente, tenía una belleza y un cuerpo de quitar el hipo, entre nosotros la atracción fue instantánea.

La primera vez que la vi fue el día de su mudanza al piso al lado del mío, y desde ahí mi vida se volvió loca. Sin que nos diéramos cuenta, creamos un círculo vicioso, no podíamos pasar un solo día sin vernos, el sexo entre nosotros era maravilloso, nos complementábamos, ninguno quería compromiso, ella y yo hacíamos nuestras vidas sin ataduras; la única condición era no estar con otras personas cuando el otro estuviera presente. Este acuerdo nació meses después de estar enrollándonos. Las cosas con ella surgían sin darme cuenta, todo era «perfecto»; la seguí en su fantasía de disfrute, lo que me trajo donde estoy hoy. Antes de conocerla, cuando salía por las noches, tomaba un par de rayas con la burda excusa de pasármelo bien, el psicólogo de la clínica me hizo ver que yo me ocultaba y engañaba detrás de esta frase trillada para justificarme a mí mismo el comportamiento suicida que estaba teniendo.

Rafa siempre supo que yo me metía, no le hacía gracia, pero sabía que en un mes consumía como mucho tres veces. Sin embargo, a los ocho meses de haber conocido a Alejandra todo cambió.

Ella me invitó a salir junto a unos amigos suyos, yo acepté, pasamos una noche estupenda, estaba divirtiéndome y no sentía ganas de tomar drogas. Me sentía muy bien, estaba inmensamente feliz por ello. Desgraciadamente, mi vida dio un giro de ciento ochenta grados y todo cambió cuando le di un beso y le dije que iba al baño, ella intentó agarrar mi brazo, sonriéndole le hice «no» con la cabeza y seguí mi camino. Como la discoteca era de la pareja de su hermana, nosotros estábamos en un reservado muy lujoso, con sofás —que solo ahora me doy cuenta de que, en realidad, eran camas—, baño propio y todo tipo de lujos. Hasta aquel momento no me había hecho preguntas de por qué un baño completo con jacuzzi incluido en un reservado.

¡Lo que encontré allí cambio mi vida para siempre!, una de las amigas de mi amante estaba teniendo sexo con varios hombres desconocidos para mí, los dos que conocía estaba claro que estaban juntos, ellos estaban completamente desnudos. Los dos hombres totalmente indiferentes a mi presencia siguieron inclinados sobre el lujoso lavabo, que en aquel momento era un verdadero expositor de drogas. Allí había un *buffet* libre de todas las sustancias habidas y por haber, me quedé paralizado. No supe cómo reaccionar, pensar o decir. No era la primera vez que vivía una situación de desmadre, tenía veintiocho años cuando esto ocurrió, mi sorpresa era por el despliegue que había allí. Y al girar hacia otro lado descubrí a la hermana de Alejandra, una respetable y comprometida mujer, en una esquina, desnuda, permitiendo que le hicieran mil y una cosas sobre su cuerpo. Inocente de mí por creer que su pareja no sabía nada, él estaba fuera con Alejandra supervisando el funcionamiento de su local.

Cuando fui descubierto, levanté la mano, los saludé y me giré para huir de allí lo más rápido posible, pero al abrir la puerta me encontré de frente con mi amante y su cuñado, ambos con cara de susto. Soy abogado, sé leer a las personas. Levanté las manos negando con la cabeza, diciéndoles que no pasaba nada. No sé por qué reaccioné de aquella manera, estaba comportándome como un mojigato y me arrepiento de no haber seguido con aquella conducta.

Antes de que llegara a la puerta de salida de la discoteca, Alejandra ya me había alcanzado, no sé cómo aquella mujer pudo correr tan rápido con aquellos enormes tacones. No me puse a decir nada, todas las personas allí presentes eran adultas, con la vida hecha y sabían perfectamente qué estaban haciendo. Ignoré su presencia y seguí mi camino hasta el coche. Alejandra golpeó el cristal hasta que lo abrí.

—¿A dónde vas? Déjame explicarte.

—Después hablamos. No te preocupes. —Le di un beso, retiré su mano de la ventanilla y arranqué el motor del coche.

—¡Por favor, no te vayas! Aquello es solo una diversión. No te diré que no bebo, sí lo hago…, pero lo tengo controlado.

—¿Tú te crees que soy un santo, que nunca he tomado drogas? Algunas veces me meto una raya, Alejandra. Pero ahí dentro las drogas son duras, soy un hombre de leyes y sé perfectamente qué pasaría si nos pillaran en aquel baño.

—Déjame explicarte. —Dio la vuelta sobre el coche, abrió la puerta y se sentó. Maldita la hora en que le permití entrar: en mi coche, mi casa y en mi vida. Aquella noche no acabó bien.

Discutimos como nunca lo habíamos hecho, siempre nos habíamos respetado, cuando uno hacía algo que al otro no le parecía bien, nos dábamos un beso y nos íbamos cada uno por su lado hasta el día siguiente, era todo perfecto.

La discusión entre nosotros se acaloró, entre gritos confesó haber probado todas las sustancias presentes. El detonante para mí fue cuando reveló que uno de aquellos hombres era el proveedor.

Cínica, quiso convencerme de no tener trato con aquella gente, afirmaba que todos eran amigos de su hermana. No pude dejarla seguir, me volví loco al enterarme de su jugarreta. Cómo había podido reunirme con traficantes sin mi consentimiento. Abrí la puerta y la eché, estaba furioso.

—Vete —grité fuera de mí.

—Contéstame a una pregunta, si aciertas, me iré y nunca más volveré a buscarte.

—¿Crees que estoy para juegos? Fuera…

—Te lo prometo. Si aciertas, desapareceré de tu vida, venderé mi piso, me iré lejos de ti. —Aquella afirmación alegró mi noche, yo amaba mi piso, todavía me quedaban unas cuantas letras, de las cuales me libré poco tiempo después. Solo que, en aquel momento, no quería irme de allí, adoraba aquel lugar.

—¿Prometes que si acierto te vas?

—Sí, y como prueba de ello, te dejaré comprobarlo por ti mismo. —Estaba desconcertado. ¡Comprobar el qué…!—. Vale, suéltalo.

—Nos conocemos desde hace ocho meses, nos vemos a diario, tú puedes ponerme a prueba y detectar si te miento o no.

—Anda, dilo de una vez. Te quiero fuera de mi vida. —Sus ojos se llenaron de lágrimas.

—¿Cómo crees que estoy ahora? ¿Crees que tomé drogas o no? —Mierda, eso no me lo esperaba. Ella está como siempre, no veo ni una simple alteración en su comportamiento.

No pude evitar ponerme en modo abogado, al ver mi actitud no pudo contenerse más y empezó a llorar. Hipaba, su cuerpo temblaba a causa del llanto, la mujer fuerte e independiente que conocía había desaparecido. Me acerqué más y la miré a los ojos haciéndole un escrutinio.

—No…, no creo que estés drogada. —Alejandra, llorando desconsolada, apoyó la cabeza en la consola del coche, cerró los puños y empezó a golpearlo repitiendo «sí, sí, sí…»—. Te harás daño —dije preocupado por su bienestar.

La obligué a incorporarse, con las manos trémulas, se estiró hasta coger su bolso en la parte trasera del coche, metió su mano y sacó un test de drogas, de esos que se compran en las farmacias. Lamió el bastón, lo impregnó en el líquido de un botecito y me lo entregó. Recogí la prueba sin saber muy bien cómo actuar. No esperaba aquella actitud de ella, en aquel momento no creí que hiciera falta una prueba. La extendí de vuelta. Aunque estaba muy enfadado, no quería hacerle pasar por aquel mal trago, estaba hundida, no era capaz de dejar de llorar. Cosa que nunca le había visto hacer.

—Toma, no hace falta. Sé que estás limpia.

—Mira la prueba —insistió llorando.

—De verdad, Ale, no hace falta.

—Miguel, es importante, mira la prueba. —Ante tanta insistencia y pasados los minutos necesarios, miré la prueba.

No di crédito a lo que veía, miré a Alejandra, la dulce Ale, volví a mirar la prueba. Cerré los ojos y negué con la cabeza, me fue imposible procesar toda la información de aquel aparato. Yo que era, lo digo en pasado porque no volveré jamás a meter sustancias prohibidas en mi organismo. Yo, que era usuario, no conocía la existencia de aquella prueba, conocía los básicos de coca y maría. Pero aquella detectaba seis tipos de drogas distintas y mi amante dio positivo en las seis. Y estaba tan sobria como yo ahora.

Desde aquel momento en adelante todo fue una locura, ella no dejó de argumentar que hacía un uso juicioso de las drogas, que solo utilizaba poca cantidad con el fin de pasarlo bien, la misma mentira que yo también contaba.

Yo no la podía juzgar como lo estaba haciendo, había confesado ser usuario y estaba siendo demasiado duro con una desconocida Alejandra. Ella insistió y repitió la misma frase tantas veces que, pareciendo un niño, me dejé camelar. Y le dije que no la echaría de mi vida. Maldita la hora en que dije aquellas palabras.

—Déjame probarte que solo lo hago para pasármelo bien.

—¿Qué vas a hacer?

—Tú tranquilo, déjame a mí. —En aquel momento, me transformé en su monigote. Lo primero que hizo fue tomar el mando del coche. No sé cómo fui tan irresponsable de dejarla conducir con todo lo que tenía en su organismo.

Llegamos a mi casa y nada más cruzar la puerta se quedó como vino al mundo, empezó a desfilar por mi salón de un lado a otro completamente desnuda. Yo, creyendo que íbamos a tener sexo, me desnudé corriendo con la intención de quedarnos en igualdad de condiciones. Me acerqué a ella y la abracé por detrás. Cuando por encima de su hombro miré mi mesa y vi dos perfectas rayas de coca; mi corazón se disparó.

—No, no quiero —dije poco convincente.

—Solo una y verás que tendremos el mejor sexo de nuestras vidas.

—El sexo contigo ya es bueno, no hace falta drogarnos.

—Eso es porque yo siempre voy con estímulo encima. Pero mi amor, yo siempre tengo el control. Dime, ¿cuántas veces tuviste sexo aburrido conmigo?

—Pocas. —Tuve que reconocerlo, no soy una persona mentirosa, el sexo con Alejandra era maravilloso, ella es una mujer que no se corta a la hora de pedir lo que quiere.

—Te contaré un secreto. Las pocas veces que el sexo fue aburrido es porque no había tomado nada —dijo con voz seductora.

—¿Estás diciendo que te drogas todos los días? —pregunté atónito.

—Si, ¿cuál es el problema? Trabajo mejor, disfruto del sexo mejor, estoy más vital, más productiva. ¿Alguna vez has visto diferencia salvo en el sexo?

—No… —grité exasperado. Aquella mujer me tenía anulado completamente. No sabía cómo defenderme.

—Pues bien, será la última vez que pregunto. ¿Quieres una raya y pasamos una noche inolvidable? ¿O me voy a mi casa y aquí nunca ha pasado nada? Seremos vecinos y ya está.

Mi lado cuerdo decía que la dejara ir, que era lo mejor para mí. Ya el lado drogado y vicioso decía que por una raya no pasaba nada, que debería probar el sexo con ella estando los dos en igualdad de condiciones. Ganó el lado drogado, así lo hicimos, todo fue maravilloso.

Desde aquel día casi hacíamos vida matrimonial, los fines de semana tomábamos varias rayas a lo largo del día. Al principio no me afectaba, parecíamos conejos, follábamos siempre que estábamos cerca el uno del otro, no importaba hora ni lugar, siempre encontrábamos un sitio «apropiado», el sexo con los dos puestos era el mejor del mundo o eso queríamos creer, cuando estábamos colocados no teníamos límites. Y con esta excusa, todos los días nos drogábamos. Ella ya pasó por docenas de clínicas y nunca quiso curarse; yo, como un idiota, me dejé llevar y solito destrocé mi vida, no le puedo echar la culpa, yo era quien tenía la última palabra y siempre decía que sí, probé de todo, aunque lo mío era la coca.

Volví a ser aquel adolescente problemático que Rafa tanto luchó por ayudar cuando vivíamos en Noruega, solo que ahora no tenía excusas de ningún tipo. Lo peor de todo es que cuando era solo un chico rebelde no tomaba nada, ni siquiera bebía, y a los veintiocho años era un adicto perdido.

Capítulo 2

Hola, mami. Hola, papi.

—Cumpliendo con la bonita rutina de todos los días, al bajar, saludé a mis, hasta entonces, amados padres, me senté en la mesa entre los dos, una regla impuesta por ellos desde que era una niña. Disfruté del rico desayuno que nos preparaba mi madre todas las mañanas.

Cuando salía de fiesta, intentaba llegar a la hora del desayuno para poder compartir aquel momento con ellos.

—Papi, todavía no te has vestido para salir a trabajar. ¿Pasa algo? No…, ya lo sé…, —dije entusiasmada—. Hoy trabajarás desde tu despacho de casa. —Mi padre soltó una carcajada. ¡Como disfrutaba oyéndolo reír!

—No, cariño. El cuarto de las escobas. Ups, perdón. Mi despacho hoy estará libre.

—Eso de estar al mando de una multinacional te tiene de un lado a otro, me alegra que te tomes el día de hoy para descansar. ¿Cuándo tendrás tiempo para que nos vayamos a Marbella a cerrar la compra de aquel precioso chalé con embarcadero, campo de golf, propio helipuerto y todos los lujos que un multimillonario y su familia deben de tener?

—Nada más termine de solucionar el tema de la salida en bolsa de la empresa, el precio del Ariel baje y no tenga que estar mirando cuál de las marcas blancas están más baratas. —Todos nos reímos a carcajada limpia. Mi padre era dueño de la, aunque pequeña, mejor tintorería del barrio. No éramos ricos y ni falta que nos hacía, el negocio funcionaba bien, de allí él sacaba dinero para mantenernos con comodidad.

Así era como empezaba mis días, todo eran risas, bromas y demostración de cariño. Sin embargo, todo cambió aquella fatídica mañana en que mi mundo perfecto se esfumó en un chasquido de dedos. Nunca podré olvidar todo lo que oí de boca de aquellos falsos, las barbaridades que se dijeron el uno al otro y sobre el daño colateral, el accidente que soy yo.

Como todas las mañanas, bajé a desayunar junto a mis amorosos padres, reímos bromeamos, mi padre declaró su «amor» por mí, mi madre se hizo la celosa, la rutina «sana» de todos los días.

Aquella fatídica mañana yo no estuve en la mesa hasta el final, tenía una presentación y quería llegar con tiempo para prepararme, estaban en juego unas prácticas en una prestigiosa clínica de Valencia y yo afirmaba que aquella plaza sería mía, por ello iba a luchar con uñas y dientes. Me despedí de mis padres y corrí a la parada de autobuses. Ya estaba llegando a mi destino cuando me di cuenta de que había olvidado lo más importante: el trabajo. Lo había dejado sobre la silla, a mi lado y al no tenerlo a la vista lo olvidé. Volví a casa corriendo, estaba a unos cinco minutos de mi casa y no había tiempo que perder. Aquel día hice el trayecto en tan solo dos minutos, corrí como creo no haberlo hecho nunca, los deportes no son lo mío. Llegué a mi casa sin aire. Mis piernas temblaban, tengo buen cuerpo, pero no es de hacer vida sana propiamente, no tenía fuerzas ni para abrir la puerta. Agotada, apoyé mi espalda contra la pared para tomar aire e intentar volver a respirar con normalidad.

Pasados unos minutos que no debería perder, me giré, puse mi mano sobre el pomo de la puerta para abrirla y oí a mis padres discutir. A mis veinticuatro años nunca los había oído, era la primera vez y de una manera muy acalorada, se gritaban y hacían reproches mutuamente. Uno de los comentarios de mi padre hizo que yo quitara la mano del pomo y volviera a la posición inicial. Me olvidé de la presentación, del trabajo, de todo; en aquel momento, todo carecía de importancia. Puse todos mis sentidos en aquella maldita discusión.

—Creo que la niña va a salir mejor que tú, que no sirves para nada.

—¿Por qué me odias tanto?

—Yo no me lo merecía y lo sabes. Cada vez que cierro los ojos veo la misma escena una y otra vez.

Me tapé la boca con ambas manos. Acababa de descubrir que el matrimonio perfecto de mis padres era una gran farsa.

—Por favor, Paco, no lo hagas. Ya te pedí perdón más de mil veces. No atravesaba un buen momento, era solo una niña jugando a ser mujer. Yo te amo a ti.

—Tus palabras no me convencen, no puedo perdonarte. Mi propia mujer destrozó mi mundo —gritó dolido—. La mujer por la que dejé todo, a la que infelizmente sigo amando, por la cual abandoné mi prometedora carrera de jugador de balonmano. Cosa que hubiera hecho una y otra vez, hasta aquel día nunca me había arrepentido, al contrario, me sentía un hombre dichoso.

—No hace falta que lo repitas. Conozco la historia. Para, por favor.

—El día que supe de la existencia de nuestra hija fue el más feliz de mi vida, era el chico más dichoso del mundo. Sin pensarlo, dije a mi entrenador que lo dejaba. Éramos unos críos, Susan, mis padres te odiaron por permitir que yo abandonara todo. Me casé contigo solo unos meses después. No me importaban los comentarios negativos que decían sobre ti por todos los lados, que te quedaste embarazada para atraparme, ignoraba a los que afirmaban que me dejarías cuando supieras de mi baja en el equipo y que ya no serías la novia de la promesa del balonmano. Ninguna de aquellas palabras me hizo dudar ni un solo segundo, yo creía que me amabas. Fuimos felices. Empecé a trabajar como una mula en la tintorería de mi padre: aguanté insultos, desprecios y reproches….

—Para, por favor...

—No…, lo repetiré hasta el último día de mi vida. —Las lágrimas corrían por mi rostro, mi padre estaba siendo cruel, pero algo dentro de mí no me permitía marcharme, era como si me avisara de que después de aquel momento mi vida cambiaría para siempre, no imaginé que tanto.

—Pasamos penurias, pero conseguimos juntar hasta el último céntimo para pagar el traspaso de la tienda. La niña nació. Todo eran alegrías en nuestra casa, mis padres te pidieron perdón, se arrodillaron delante de ti, Susan, se arrodillaron… Son las personas más orgullosas que conozco y se humillaron ante ti. La niña nació, tú decidiste dejar de estudiar para cuidarla, yo, como siempre hago, te apoyé.

—Por favor, no me hagas recordarlo.

—Ya te dije un millón de veces que aquello no fue por culpa tuya, pero todo lo que vino después… La responsabilidad fue única y exclusivamente tuya.

—Yo la quería.

No tenía la menor idea de a quién se referían, ellos estaban hablando en pasado.

—Era solo una niña, tenía solo seis añitos.

—Te lo juro, Paco, yo me tiré a por ella. Pero no dio tiempo a que el coche frenara.

—Susan, en un mismo día perdí a mi hija y casi perdí a la mujer de mi vida. ¿Y tú que hiciste? —dice Paco riéndose—. Te hiciste drogadicta.

—No, basta, por favor —suplicaba llorando.

—No sé en qué momento intimaste con él. Yo, engañado, te ayudé, el dinero no nos sobraba, estaba redireccionando el negocio, buscando nuevos clientes y sin poder te pagué una clínica de desintoxicación. Cuando creí que ya estabas curada te animé a retomar tus sueños, volver a estudiar, sentirte útil. Vivimos más de tres años de «paz». —Paco se ríe—. Tonto de mí, creí ciegamente que te habías desenganchado, que de verdad estabas limpia.

—Por favor, no lo hagas —pidió Susan llorando.

—Seguías consumiendo, sin embargo, eso no era lo peor, te hiciste amante de tu camello, el hombre que mató a nuestra hija. Te liaste con el asesino de mi hija. Y no contenta con ello, ¡te quedaste embarazada de él! ¡Os pillé en nuestra cama! —gritó roto de dolor.

No pude mantenerme en pie; dejé mi cuerpo caer al suelo llorando desconsolada. No lo podía creer, mi ejemplar madre era una drogadicta y había hecho a mi «amoroso» padre pasar por todo aquello. Me habían ocultado una hermana, los diversos problemas y dolores que atravesaron cuando se suponía que hablábamos de todo, que en nuestra casa no había secretos. En mi cabeza empezó a martillear la pregunta. ¿Quién era el fruto de la traición de mi madre? Eran miles las preguntas en mi cabeza.

Los gritos de mi madre volvieron a captar mi atención.

—Tú te alejaste, Paco, no fuiste ningún santo, tú también tenías otras mujeres en la calle.

—Yo no tenía una amante, iba, voy de putas y seguiré haciéndolo. Follar contigo era lo mismo que follar un agujero en un iceberg. No te movías, no gemías, no fingías siquiera, simplemente no estabas allí. Yo tenía veintidós años cuando todo esto empezó, era más joven que tu hija, la hija fruto de tu amor con el traficante este que tanto amas.

—Yo no lo amo… —gritó Susan desolada.

—La bastardita será mejor que tú. Yo la crie bien, como si fuera mía de verdad, yo la quiero y eso nunca va a cambiar. Pero eso no quita que todos los días, cuando la miro, recuerde tu traición.

—Yo quería abortar. —El grito de mi madre fue desgarrador.

—Tenía esperanzas de que fuera mía. —Se rio sin ganas—. ¿Cómo iba ser mía si no te tocaba?

No pude quedarme fuera. Mi mundo se había derrumbado. Como pude, me incorporé y entré en casa para enfrentarlos. La conversación ya no era sobre la adicción e infidelidad de mi madre o la muerte de mi supuesta hermana. Había pasado a ser sobre mí, sobre mi procedencia, y yo, que nunca había probado el alcohol, era hija de dos drogadictos. Mis padres, cuando me vieron, se quedaron sin color. Mi madre fue la primera en hablarme.

—Hija, ¿cuánto tiempo llevas ahí? —preguntó frotándose las manos, tic que yo también tengo cuando estoy nerviosa.

—Lo suficiente para saber que tuve una hermana, que eras una drogadicta. Ah…, la parte más interesante: mi padre también era un drogadicto. Y, por supuesto, no es este señor —dije apuntándolo con desprecio.

—Hija…, tu padre soy yo. La sangre no importa. Tu eres mía y de nadie más.

—No, Paco, yo no soy tuya. —Me sequé las lágrimas, que salían sin control—. Ahora conozco la verdad, oí el desprecio con que hablabas de mí. —Ellos intentaron de todo para convencerme de que las cosas no eran como yo había oído. Pero sus explicaciones ya no me interesaban.

Y desde aquel día, mi vida cayó en picado. Terminé mi máster a duras penas, me hice mi primer tatuaje nada más oír como mi madre criticaba a una modelo por llevar uno muy elegante. Yo no fui tan sutil, me hice un atrapasueños de un tamaño no tan discreto en el costado. El siguiente al que llevé la contraria fue mi «padre», reconozco que el hombre se estaba consumiendo en vida. No pasaba un solo día en que no me pidiera que le escuchara, y lo único que conseguía era alejarme cada vez más. No quería saber nada de ellos. Me corté el pelo, él podía estar horas acariciando mi cabeza, adoraba mi larga melena rubia. Dediqué mi vida a hacer todo lo contrario a lo que esperaban de mí.

Por desgracia, no fui la seleccionada para las prácticas. La agraciada fue una compañera, un verdadero cerebrito. Tuve la mala suerte de entrar para la entrevista después de la perfecta Eli. Aquello terminó de hundirme, aun con todo el dolor que tenía en mi corazón. Di lo mejor de mí, me había preparado con ahínco para aquella oportunidad, era mi esperanza de poder demostrarles mi valía y el primer paso para poder independizarme. No sabía que mi competente amiga iba postular por la vacante junto a mí, si lo hubiera sabido, quizá las cosas habrían sido distintas, me hubiera esforzado más, hubiera ingeniado algo para no entrar justo detrás de doña perfecta, con todo mi cariño. Y yo no podía presumir que estaba en mi mejor momento.

Después de perder la ilusión por mi profesión, empezó a venir un tatuaje detrás de otro, *piercings*, llegar a casa a altas horas de la madrugada y despertarme pasado el mediodía. No me hablaba con mis padres, las pocas veces que nos comunicábamos era para discutir. Ellos, la única vez que les di la oportunidad de explicarse, solo se embarraron más. En sus esfuerzos por convencerme, terminaron reprochándose mutuamente, sin poder justificar veinticuatro años de engaños. Al final, me fui y los dejé allí solos con sus reproches. ¿Cómo podían pedirme que los perdonara si no eran capaces de perdonarse entre ellos? Y en aquella casa nunca se mencionó la existencia de mi hermana, en los álbumes de fotos no hay ni una sola de ella. ¡Cómo es posible! Cuando ella se murió tenía seis años, seguro que había miles de fotos y yo nunca las vi, en toda la familia nadie nunca comentó nada y hoy en día sigo sin conocer su nombre y su cara. ¡Cómo perdonar a alguien así! No puedo hacerlo. Los odio.

En una de nuestras discusiones les dije que estaba buscando a mi verdadero padre. Paco se volvió loco, imploró que no fuera detrás de mi progenitor, dijo que era un hombre peligroso, que podía hacerme daño y un montón de cosas más. Una vez más, mintieron, mi verdadero padre es guapísimo, regenta varios negocios, sé que es una tapadera, pero quien lo ve no lo dice.

Él sigue sin conocer mi existencia, pero no hizo falta hablarle, ni una prueba de ADN. Somos como dos gotas de agua, él en chico y yo en chica. Casi todas las noches iba a pasarlo bien a su local, hasta que un día, cuando entré en casa mis padres, tenían todo listo para ingresarme y aquí estoy. No tengo la menor idea de cómo están haciendo para pagar este sitio, llevo aquí varios meses, ya he perdido la cuenta del tiempo.

Yo me niego a verlos. Aun así, Paco no se rinde, viene, se sienta a mi lado y espera a que las horas pasen, no sé qué mentiras contaron a la familia para justificar mi ausencia. De lo que sí estoy segura es que no contaron que la niña perfecta está en una clínica de desintoxicación.

Capítulo 3

Miguel

Otra noche sin poder conciliar el sueño a causa de esta maldita pesadilla. Es una sensación tan real, mis despertares están siendo horribles: con mal cuerpo, sin fuerzas, con la boca seca y esta terrible sensación de frío. ¡Debe ser de los nervios por saber lo poco que me queda en este lugar! O eso quiero creer. La puerta de mi habitación, al abrirse, golpea contra la pared por el ímpetu de la persona que estaba detrás.

—¿Ya te lavaste?

—Buenos días para vosotros también.

—No tenemos tiempo para tonterías. Recoge tus objetos personales, te trasladaremos de edificio.

—¿Y eso por qué?

—Es el procedimiento.

—En el momento de mi ingreso nadie me dijo nada de ser trasladado.

—Las cosas cambian. No nos hagas perder el tiempo. Tenemos mucha gente a la que atender.

No pongo objeciones. Todo sea con tal de poder caminar libre por las calles. Recojo las fotos y cartas de mi primo, mi única familia.

—¿Dónde me lleváis? —pregunto mientras recojo mis cosas.

—No hace falta que recojas tu ropa, ya vendrá alguien a por ella y la dejará en tu nueva habitación. El edificio es ese de ahí enfrente.

El segundo auxiliar, que no había abierto la boca se acerca a mí, coge mi brazo y me arrastra en dirección a la salida. Su actitud no me gusta nada, doy un tirón liberándome de su agarre.

—Camina delante de mí o a mi lado, os seguiré. Pero no vuelvas a cogerme como lo has hecho —digo muy serio mirándole a los ojos. Él arquea una ceja sonriendo. No entiendo su risa, pero ahora no estoy para acertijos.

La llegada al nuevo edificio no es de mi agrado. No hay la libertad que había en el otro. No había un solo paciente por los pasillos, todo estaba en completo silencio. Mi habitación es igual de confortable que la otra, con la diferencia de que aquí estoy lejos de todo. Cruzamos un infinito pasillo, pasamos por delante de docenas de puertas, todas cerradas. La mía está a la derecha al fondo del pasillo. La siento fría, menos acogedora.

Al asomarme a la ventana, me encuentro con las mismas vistas del otro edificio, sus jardines perfectamente cuidados, un entorno relajado con la diferencia de que aquí, en las ventanas, hay rejas. Y por lo que puedo percibir, están recién puestas. Estiro la cabeza intentando ver algo más, al fondo de todo, casi ocultos, puedo divisar a algunas personas. A primera vista parece un grupo, sin embargo, al fijarme, me doy cuenta de que no se relacionan entre ellos. Busco alguna cara conocida, no doy con ninguna.

Salgo a explorar por el pasillo, ando hasta el final y, como me imaginaba, después de mi habitación solo hay una puerta más. No le doy importancia, hay cosas por las que no merece la pena protestar. Vuelvo sobre mis pasos con la intención de ir hasta el jardín a tomar un poco el sol. Mis planes se ven truncados al pasar por el puesto de las enfermeras, donde soy interceptado.

—¿Cuál es tu habitación?

—La 1019.

—Acabas de llegar, todavía no puedes salir. El médico tiene que pasar a verte. Lo siento.

—¿Médico? ¿Para qué? Yo no estoy enfermo, señorita. Quiero salir a tomar el sol.

—Lo siento, no puedo dejarte pasar. Vuelve a tu habitación.

—Vale. —Médico. Para qué narices me va a ver un médico. ¡Estoy más sano que una lechuga! Vaya porquería de cambio. Con lo bien que estaba en el otro sitio. Sin entender el porqué de no dejarme salir, vuelvo a mi habitación.

La manecilla del reloj no para, el tiempo pasa y por aquí no viene nadie. Siento los pasos de los funcionarios de un lado a otro como hormigas obreras.

Llega la hora de la cena, sin preguntarme nada, entran en mi habitación con un carrito de comida, lo dejan delante de mi mesa y desaparecen. Miro la comida y me quedo helado al ver una dieta vegetariana, allí solo había verde, un hombre de mi estatura necesita calorías, proteínas y allí no había ninguna de las dos cosas. Traen lo que les da la gana.

Todo el movimiento y bullicio que echo de menos por el día lo tengo de noche. Esto parece una fiesta, hay gente hablando en voz alta, otros gritando por Santana, otros cantando, ruidos de gente teniendo sexo. Estoy tentado de salir a ver qué pasa. De todos es sabido que la gente se relaciona dentro de la clínica, pero con discreción. Sin embargo, aquí la cosa es un desmadre. Desecho la idea de salir. Me imagino que «seguro que son los que se marchan mañana celebrando largarse de este sitio».

Por culpa del ruido estoy despierto hasta la madrugada. Y maldita la hora que me duermo. Vuelvo a tener la misma pesadilla y ahora con el agravante de una chica gritando desesperada pidiendo ayuda, que la dejaran en paz. Es horrible, yo sentía cómo me debatía queriendo ir hasta ella para ayudarla y no podía, sentía como si algo estuviera reteniéndome en la cama.

El café de la mañana es igual a la cena. Antes de que el auxiliar se vaya, le pregunto si voy a poder salir, su contestación es la misma, aquella gente parece una grabadora, todos dicen lo mismo. La misma contestación una y otra vez. No toco el desayuno, siento mi cuerpo extraño, no tengo hambre, es como cuando llegué aquí, estoy inquieto, nervioso.

Las horas pasan y no aparece nadie, empiezo a desesperarme. Camino de un lado a otro, intento leer, paso las hojas sin ser capaz de centrarme en la lectura. Dejo el libro sobre la cama, me pongo los zapatos y voy hasta la puerta con la intención de salir en busca de una explicación. No pueden tenerme encerrado en una habitación cuarenta y ocho horas esperando por un médico que no he solicitado y no necesito. ¿Y cuál es mi sorpresa? La puerta está cerrada con llave. Empiezo a golpearla hecho una furia. ¡Qué mierda está pasando en este lugar! Con lo bien que estaba en Madrid, ¿por qué la tuve que cagar? Ahora estoy aquí…, lejos, sin contacto con el mundo, solo con la garantía de que es la mejor clínica del país, cosa que empiezo a poner en duda.

Las vistas no pueden ser más bonitas, estamos en una finca con varias hectáreas rodeadas de naturaleza, por las noches oímos el sonido de los animales, las noches estrelladas son las más hermosas que he visto en mi vida, el trato con el personal, exceptuando los auxiliares que han venido a por mí, es cercano y amable. Estas fueron las razones por la cual mi primo se ha decidido por este lugar, él lo ha definido como «un paraíso en la tierra». Con la certeza de estar haciendo lo mejor, se pasa los fines de semana en el puente aéreo o el AVE.

—Que alguien abra esta maldita puerta. —La golpeo histérico. Un enfermero la abre, sin darle tiempo a decir nada le doy un puñetazo en toda la cara—. Que sea la primera y última vez que me encierran en esta maldita habitación.

—Perdone, don Miguel, el funcionario ha debido de haberse equivocado. Prometo que no volverá a suceder.

—Eso espero si no queréis recibir una demanda por imprudencia. ¿Y si hubiera ocurrido un incendio? ¿Cómo cojones salgo de aquí?

—Tiene usted toda la razón. No volverá a pasar.

—¿El médico cuando viene? —pregunto fuera de mí.

—Cuando ha empezado a golpear la puerta, estaba con él al teléfono. Dice que está pasando consulta en el otro edificio y en cuanto termine viene a verle.

Doy la espalda al enfermero y vuelvo a mi cama. Ahora mismo sería capaz de matarlo. ¿Qué mierda tiene la gente en la cabeza?

Ha pasado la cena, las diez, once, doce y el médico sin aparecer.

Tengo la mano en el pomo de la puerta para ir en busca de algún tipo de explicación cuando aparece el mismo enfermero con cara de asustado diciendo que había habido una urgencia… No lo dejo acabar y termino lo que va a decir: «Por este motivo, el médico no pasará». Mirándolo seriamente le indico la salida, el hombre, con la esperanza de tranquilizarme, dice que el médico le ha garantizado verme a primera hora del día siguiente. No discuto, no me serviría de nada.

Otra vez la pesadilla seguida de la misma sensación. Me levanto para ir al baño, asearme y no soy capaz de sostenerme, ejecutar la simple tarea de incorporarme me cuesta un mundo. Después de una ducha rápida sujetándome por las esquinas vuelvo a mi cama como el día anterior.

La pesadilla se hace más real que nunca, siento como alguien me sujeta. Como siempre, no veo rostros, la chica pide ayuda con más desesperación. Repite una y otra vez que paren, que la dejen en paz. Junto a sus súplicas, también escucho a la gente llamando a Santana, como cada noche. Me siento impotente, porque por más que intento incorporarme, mi cuerpo no responde, mi cerebro está confundido, tengo la sensación de haber perdido todos los sentidos, es como si estuviera en un universo paralelo. Todo está muy confuso en mi cabeza. Tengo miedo a estar perdiendo la razón.

Aquí dentro pierdo la noción del tiempo, con esta es ya la cuarta noche encerrado, sin poder salir de aquí y cinco días en este maldito edificio donde solo he salido a los pasillos unos pocos minutos. Ya no esperaré al médico, saldré ahí fuera como sea. Si paso un día más solo sin sentirme libre, voy a volverme loco. Intento incorporarme y mi cuerpo no responde, vuelvo a repetirlo una y otra vez, con el mismo resultado. El pánico se apodera de mí. Me debato en la cama pidiendo auxilio, grito y no viene nadie. Empiezo a sudar, mi pulso se acelera. Miro el botón de ayuda, giro mi cuerpo para tocarlo, todo fue fruto de mi imaginación. Me doy cuenta de que he perdido la movilidad, que mi cuerpo no responde. Escucho a los enfermeros pasando delante de mi puerta, les grito y no vienen a ayudarme. Tampoco puedo hablar. Cierro los ojos y pongo en práctica todo lo aprendido en los meses de terapia en este lugar. Seguro que estoy sufriendo un ataque de pánico, intento relajarme para no entrar en *shock*.

Hago ejercicios de respiración una y otra vez hasta que mi ritmo cardíaco se normaliza. Sin embargo, sigo sin sentir mejoría alguna, no oigo mi propia voz. Sigo con el ejercicio no sé cuánto tiempo más, hasta que, por fin, aunque con dificultad, siento un leve movimiento en mis dedos. Respiro hondo, con mucha dificultad, como si estuviera intentando mover una tonelada, me siento en la cama. Pienso si realmente pido ayuda pulsando el botón, lo veo al otro lado de la cama. Mi estado de debilidad hace que esta simple acción parezca una odisea. Descarto la idea de hacer un esfuerzo para llegar a él, muchas han sido las excusas que me han dado los enfermeros para justificar las veces que no han venido a atenderme cuando les he llamado. No estoy en condiciones de hacer tal esfuerzo para después oír una excusa.

Me tomo mi tiempo en recuperarme del gran esfuerzo. Varios minutos después, valiéndome de mi buena forma física, gracias a la vida sana, la he recuperado. Apoyándome en el cabecero de la cama, haciendo un esfuerzo titánico, logro incorporarme. Con mucha dificultad, camino hasta el baño, me doy una ducha helada para intentar activar mis sentidos.

Duchado y vestido arrastro mi torpe cuerpo hasta la puerta. Hoy nadie me impedirá ver a ese maldito médico, no les permitiré que me mantengan en aislamiento como si tuviera una enfermedad contagiosa. Más les vale tener una buena excusa, si no, les caerá una demanda de las grandes.

Pensándolo mejor, hoy dejaré pasar que el médico no venga a verme, ya hablaré con él mañana, ahora necesito sus visitas más que nunca, me encuentro fatal. Sé que las drogas destruyen los sistemas motores del ser humano, pero yo estoy limpio desde hace meses, ya no utilizo esas porquerías asesinas. ¡Mierda…! ¿Qué pasa en mi cuerpo? Grito cuando tengo que tirarme contra la pared para evitar no caer al suelo. Estoy a solo unos pasos de poder llegar hasta la puerta y la veo como a kilómetros de distancia.

Con mucha dificultad, logro llegar hasta la maldita puerta, cuando voy a poner la mano sobre ella para abrirla, alguien al otro lado se adelanta, casi tirándome al suelo.

—¿Don Miguel, se encuentra bien? Soy el doctor….

—No…, no me encuentro bien, llevo aquí cinco malditos días y nadie viene a verme, ni tampoco me dicen qué está pasando aquí. —No pude seguir hablando todo lo que hubiera querido. Un fuerte mareo me hace tambalear. A la velocidad de la luz aparecen dos enfermeros y me llevan de vuelta a la cama. La comunicación entre ellos es en clave, imposibilitándome entender qué está pasando. Intento preguntar y me doy cuenta de que nuevamente no me sale la voz y tampoco tengo movilidad.

Exhausto, dejo que hagan su trabajo sin rechistar, aunque quisiera, ahora mismo no estoy en condiciones de rebelarme. Cada vez estoy más débil. El médico toma muestras de mi sangre, me inyecta la medicación, da unas pautas a los enfermeros y sin explicarme o decirme absolutamente nada, desaparece. Mi poca conciencia me recrimina por no preguntar el porqué de mi encierro y qué está pasando conmigo. No reconozco su cara, creo conocer a todos los médicos, pero este es desconocido para mí. La medicación hace efecto enseguida, entro en un estado de completa inconsciencia y por la tarde, cuando me despierto, estoy como una rosa.

Recuperado, y dando por hecho que ya no estoy en cuarentena, salgo para intentar averiguar por qué tantos cambios. Lo único que malamente puedo averiguar es la triste noticia de la muerte del dueño de la clínica y que el responsable de los cambios es el hermano, nada menos que Santana; él se ha hecho cargo de todos sus negocios. Por desgracia no he podido seguir escuchando, un grupo de enfermeras aparece de la nada y tengo que salir huyendo para no ser descubierto.

No sé hasta qué punto estos cambios pueden afectar a los pacientes, muchos de los que están aquí son muy jóvenes, hay unos que no creo que tengan los dieciséis años. La historia de uno de ellos me parte el corazón, odio la maldita reunión. Para el niño no está siendo fácil relatar cómo su vida se ve destruida tras la muerte de su madre, tengo ganas de decirles a todos que se vayan.

Su madre murió cuando él tenía tan solo nueve años, fue una muerte repentina, su padre no supo enfrentar el dolor de la pérdida de la mujer amada y se refugió en el trabajo, cada vez dedicaba más horas a sus quehaceres profesionales. A los siete meses de la muerte de su mujer, le propusieron ir a trabajar a Perú. Sin pensarlo un solo segundo, aceptó. Estuvo fuera dos años, en los cuales apenas hablaba con su único hijo. Cuando volvió, vino acompañado de esposa y un hijo, que cumplió un año el mismo día que su hermano mayor. El hombre que él adoraba, que afirmaba querer ser como él ya no existía. Su reencuentro fue frío, distante, carente de emoción, no se parecía en nada al hombre que le arropaba por las noches, miraba debajo de su cama y le aseguraba que no había fantasmas. El lugar donde atesoraba tan bonitos recuerdos le fue retirado sin miramientos, la que era su habitación pasó a ser la del bebé y él fue relegado a la más pequeña, día tras día fue viendo como todas sus pertenencias pasaban a ser de su hermano pequeño.

Su padre, por querer estar con la «familia», pidió no viajar más, por ello, los ingresos disminuyeron y se vio obligado a sacar a su hijo de su colegio de toda la vida y matricularlo en uno público. Hasta ahí no le importó, aunque el hombre que volvió de Perú no le prestaba atención, él quería pasar tiempo junto a su padre. El mazazo final llegó cuando su madrastra contrató una canguro para cuidar de su hermano y se matriculó en una universidad con una mensualidad que costaba cinco veces el valor de su antiguo colegio. La rabia le pudo y fue a enfrentar a su padre, que le contestó no tener que justificarse ante él. El hombre no se preocupó en mirar dónde matriculaba a su hijo. Por ello pagó un alto precio, allí conoció a todo tipo de gente, entre ellas, un camello, que al verle una presa fácil, no dudó en meterlo en el mundo de la droga. El chico estaba enganchado hasta tal punto que se ofrecía a cambio de una dosis. Su padre tardó más de tres años en darse cuenta de lo que estaba pasando con su hijo.

Cuando abrió los ojos, se desesperó al darse cuenta de lo mal que hizo las cosas con el chico, fruto de su amor con la mujer de su vida, la mujer a la que seguía llorando la pérdida aun habiendo pasado tantos años desde su muerte.

Con su hijo ya no había vuelta atrás, ya era demasiado tarde para ellos. La familia materna del niño nada más descubrir por todo lo que el chico estaba pasando pidieron su custodia y le buscaron ayuda en la «mejor» clínica del país. Le están ayudando en todo. Su padre viene todos los fines de semana, pero él se niega a verlo. No quiere saber nada del hombre que le dio la vida, y no lo culpo, conozco en mis propias carnes lo que es ser rechazado por tu familia.

En mi profesión veo muchos casos de abandono, soy abogado familiar, quizá escogí esta rama del derecho para intentar impartir justicia y proteger a los niños, que muchas veces pagan por los errores de sus padres.

Estoy acostumbrado a ver situaciones de desamparo, sin embargo, el caso de este chico me ha tocado, hay tanto dolor en sus palabras, él ha vivido todo el infierno de su casa callado por no querer preocupar a su familia y se ha refugiado en las drogas. Se ha metido en una espiral de autodestrucción. Me preocupa su fortaleza mental, no creo que él sea capaz de soportar lo que estoy pasando aquí. Ojalá nunca más lo vuelva a ver, su salida estaba programada para hoy. Su abuela se lo lleva a vivir con ella a Santander, en un pequeño y tranquilo pueblo rodeado de naturaleza y amor. Rezo para que le vaya bien.

Capítulo 4

Como viene siendo costumbre, me despierta esa maldita enfermera echándome de la cama.

—Arriba. Ya deberías de estar aseada y lista para desayunar y salir a tu paseo diario.

—Señora, ¿por qué es tan desagradable? —La enfermera se pone roja, no aparenta tener mucha más edad que yo. Y por su gesto, mi comentario no fue de su agrado.

—A la ducha si no quieres problemas.

Cuando salga de aquí, aunque tenga que trabajar el resto de mi vida para pagar a los abogados, denunciaré a esta clínica. Antes todos eran muy amables conmigo, pero de un tiempo aquí la cosa ha cambiado, y para mal.

No discuto. Con la misma sensación de malestar de los últimos días, me arrastro al baño, hago mi aseo matutino me visto y me dejo hacer como vengo haciendo desde que perdí mis fuerzas. Ya debería haber salido de aquí y no ha venido nadie a recogerme, desde hace semanas no recibo llamadas de mis padres. No espero llamadas de otros familiares, con certeza, ellos son los únicos que conocen mi paradero. En este lugar nuestra voluntad ha dejado de ser lo primordial, no sirve de nada pedirles hacer una llamada, no me dejan. Dicen que la nueva política prohíbe el contacto con el exterior hasta el día de nuestra salida.

Después de la revisión, salgo a tomar el sol, todo sigue igual, el mismo paisaje de postal, todo perfecto y a la vez tan triste, desolador y solitario. Las únicas veces que veo a la gente contenta es cuando aparece Santana, aunque odie estar cerca de él, he de reconocer que no nos mira como insectos, o eso quiero creer. Las chicas están todas locas por él, viven disputando su atención, el tipo es atractivo, eso no se puede negar. Él sabe que tiene a las chicas a sus pies, vive halagándolas, les hace regalos; hay una que me odia, ella hace de todo con tal de llamar su atención y cuando llego y él la deja por estar conmigo puedo ver los rayos saliendo de sus ojos.

No me gusta ser mal pensada, sin embargo, con tanto tiempo libre es inevitable no ponerse a pensar y analizarlo todo. Creo que aquella chica le da su cariño a cambio de regalías aquí dentro. Y por eso su odio hacia mí, ella tiene que ir detrás de él para obtener su atención, cuando yo huyo de él para que me deje en paz.

No puedo dejar de sentirme idiota, si no fuera por mis mentirosos padres jamás hubiera pisado este lugar. Cada vez que pienso en las palabras de mis padres, más los odio. No me enfada ser hija de otro hombre, mi madre sabrá por qué lo hizo, yo no tengo la culpa.

Se quién es él, no sé si él sabe de mi existencia, lo que sí sé es que no lo quiero en mi vida. ¡Que le den! Volví a su local cada fin de semana. No era culpa mía que fuera dueño de los mejores *pubs* y discotecas de Valencia. Del camello de poca monta que conoció mi madre ya no había nada, hoy en día el tío es un gran empresario de la droga.

Empiezo a reír, mi humor negro me lleva a imaginar el tamaño del patrimonio delictivo que recibiría en caso de su defunción si yo hubiera sido reconocida por él. Ojalá nunca me descubra, no quiero nada de él. Mi padre adoptivo fue un falso conmigo, sin embargo, digo con la cabeza alta que es una persona muy honesta en relación con sus negocios.

Ya conmigo, no puedo decir lo mismo: todos los juegos, consejos, besos y caricias han sido mentiras. Yo soy la culpable de que su sueño de formar una familia numerosa se viera truncado cuando nací. Para mí, ahora está muy claro, Paco me echa la culpa, hubo complicaciones en el parto y extirparon el útero de mi madre imposibilitándole tener hijos.

En las visitas no les dirijo la palabra, Paco parece una grabadora, repitiendo que todo lo que yo oí tiene una explicación, que soy lo más importante de su vida. Todo palabrerías, mi madre solo ha venido tres veces a verme y las pocas que ha estado apenas ha abierto la boca. La primera vez solo ha llorado, la segunda, en el más completo silencio y en la tercera ha querido contarme más mentiras, no le permito seguir; le digo que no me interesa nada de lo que pueda contar. Nada más terminar de decir esto ella se levanta, me da un beso en la frente y se va. El siguiente fin de semana ha venido solo mi padrastro, con cara seria se pone en plan padre, me regaña por no dejarla hablar. Me río en su cara, él, que ha repetido hasta la saciedad que le había sido infiel, que la acusaba de mil cosas me viene a decir a mí que he sido muy dura con ella. Simplemente me levanto, me voy a mi habitación y me encierro. Los quiero, y eso nunca va a cambiar, sin embargo, no confío en ellos y no los quiero cerca.

Al día siguiente por la mañana cuando mi «amiga» la enfermera viene a despertarme, tira en mi cara un robusto sobre con el nombre de mi madre, no lo he abierto y no pienso hacerlo. Cuando salga de aquí espero encontrar un trabajo, marcharme lejos de ellos y poder empezar una nueva vida sin mentiras y engaños. Cuando descubrí la verdad tuve la necesidad de conocer a mi verdadero padre, ya lo conocí, ya sé quién es, ya está.

Estoy sentada con la espalda apoyada en el alto muro que, a pesar de la belleza oculta entre sus paredes, nos hace sentir como si estuviéramos en una cárcel. La llegada de los nuevos, como siempre, causa expectación, en las semanas que llevo en este nuevo edificio ya me conozco las rutinas al dedillo. Y paso, todos salen igual de atontados. No entiendo por qué los demás hacen de esto una fiesta. Sigo a lo mío…, escuchando música, el único acceso a la tecnología permitido aquí dentro. Suena una de mis canciones preferidas: *Closer*, de The Chainsmokers. Sigo el ritmo de la canción con los pies y la cabeza ignorando todo a mi alrededor. Un bulto pasa por delante de mí, por instinto miro hacia donde se dirige y veo a la odiosa de siempre tirándose al cuello de un hombre que, sin miramientos, la aparta. No pude evitar reírme, no soy la única en disfrutar de su cara larga. Ella camina por aquí como si estuviera en un palacio, siempre acompañada de cerca por sus dos lacayas que dicen y hacen todo lo que se les ordena. Parece hasta una escena de series de instituto americano donde la guapa y rica tiene a su grupito lamiéndole el culo.

No le sienta nada bien ser rechazada, como una niña malcriada, da un pisotón en el suelo, ignorando los deseos del hombre nuevamente, intenta besarlo; le hace la cobra, la coge por el hombro y la aparta de su camino. No puedo contener la escandalosa carcajada que llama la atención de ambos. Furiosa, da un grito y se marcha dándole un trompazo con el hombro, no sin antes pasar el dedo por el cuello avisándome de que va a por mí; yo, en respuesta, le enseño el dedo corazón arrancando una carcajada del hombre que está delante de ella y no me quita los ojos de encima.

Ella, al percibir la intención de él de venir hacia mí, vuelve corriendo e intenta agarrarlo del brazo, pero no le sale bien, él mueve el hombro esquivando su agarre. Cuando me doy cuenta de qué está ocurriendo, me incorporo y salgo andando, no quiero relacionarme con nadie. Él, al ver que huyo, aprieta el paso con la intención de alcanzarme. Corro sin mucho éxito. Él me alcanza y me retiene contra un árbol.

Capítulo 5

¿De dónde ha salido esta chica? En todos estos meses nunca la he visto por aquí. Estoy seguro de no haberla visto nunca. Aparto sin mucha delicadeza a esta loca que me persigue allá donde voy. Por más feos que le hago, no se da por aludida, tiene edad para ser mi hija, jamás tendría nada con ella. La ignoro y voy detrás de la mujer que capta mi atención. Estoy a pocos metros de ella cuando percibo su intención de salir huyendo, ¡no tiene la menor opción de escapar! Me golpeo mentalmente, siempre cabe la posibilidad de encerrarse en su habitación, un sitio donde jamás entraría sin ser invitado. Encima corres el riesgo de que te pillen, los que han sido sorprendidos haciendo eso, han pasado unos cuantos días desaparecidos. No, definitivamente no merece la pena.

Pestañeo, en un visto y no visto la pierdo, la muy pilla ha salido corriendo. ¡Ah, muñeca, acabas de alegrarme el día! Quizá sí merezca la pena… En solo cuatro zancadas la alcanzo, sin ningún tipo de reparos, la agarro por detrás. Estoy reaccionando como un pervertido, pero ese juego me ha puesto duro, no puedo ocultar mi erección. Presiono su cuerpo contra el mío, acerco mi boca a su oído y le digo:

—No huyas, no soy el lobo malo. Solo quiero conocerte.

—Ya sé que no eres el lobo malo, si te toca ser un animal salvaje como mucho puedes llegar a ser una liebre.

—Guau, toda una leona. —Descarado, rozo mi pene contra su culo—. Esta pobre liebre tiene que tener cuidado para no ser tu presa —digo burlón.

—No hay de qué preocuparse. No me gusta cazar animales indefensos que se sirven en bandeja. Disfruto siendo una cazadora de verdad, y tú no presentas ninguna resistencia. Eso quita la gracia a la caza.

—Cuidado, la leona puede ser cazada por la liebre. —No sé que me está pasando, estoy siendo un completo descarado con esta chica, sus palabras de desafío están poniéndome como una moto. Con poco disimulo, sigo frotando mi sexo contra su culo. He de reconocer que la muy descarada tampoco está haciendo nada para impedírmelo.

—Lo dudo, a las leonas les gusta una buena caza acompañada de una duradera y sudorosa lucha. Y la liebre lo único que sabe hacer es correr rápido. —No puedo contener la carcajada, es tan espontánea que aflojo el agarre y la muy pilla me da un codazo y sale huyendo. No voy detrás de ella, disfruto del recuerdo de aquel loco intercambio de palabras y por qué no decirlo, juego sexual. No sé si es solo en mi cabeza, pero en sus palabras hay una gran connotación sexual.

Por unas horas me olvido de dónde estoy, de todo lo malo que está ocurriendo, la falta de noticias del mundo exterior y lo mal que me encuentro últimamente. Desconecto de todo, solo tenía en mente la vivaz chica que me tiene con una sonrisa tonta en la cara. ¿Quién es ella? ¿Cuánto tiempo lleva aquí? ¿Por qué no la he visto antes? Y ¿por qué ha salido corriendo? Estos últimos días aquí serán divertidos, los emplearé en encontrar las respuestas a estas preguntas. Este sitio ya no me disgusta tanto. Ojalá no se vaya antes que yo. Ella ha despertado un interés en mí que no recuerdo haber sentido por nadie.

Voy a la cama con una sonrisa tonta en la cara, deseo soñar con la bella doncella del jardín. Cada vez que recuerdo la manera descarada en que he actuado con ella, mi cuerpo se enciende. Nada en mi comportamiento de esta mañana se corresponde conmigo, con mi manera de ser.

Desgraciadamente, mi noche de sueño no sale como deseaba, es más una noche de pesadillas, con las súplicas de la mujer sin rostro, los gemidos y gritos a Santana. La única diferencia es que mis ganas de verla son tantas que el embotamiento matutino de todos los días a causa de la mala noche de sueño no me retiene ni un solo segundo en la cama.

Por primera vez podré conocer como se debe a la encargada de servirme el desayuno. Normalmente cuando vienen estoy luchando para hacer mi higiene personal y a la vez mantenerme en pie y no tengo tiempo ni ganas de hablar con nadie. Mis mañanas son un verdadero horror.

—Hola…, qué hombretón tan apuesto. —Me acerco hasta la agradable señora, le tiendo la mano presentándome.

—Hola, soy Miguel… A tu servicio.

—¡Ay…, hijo, si hubieras dicho esto hace unos veinte años atrás te aseguro que te cobraría la oferta! —La amable señora, al darse cuenta de su comentario, se pone roja, sacándome una sonrisa.

—No hay de qué avergonzarse. Es todo un placer. Es usted preciosa.

—Hijo, lo siento de verdad, últimamente en este sitio no encuentro a mucha gente alegre y dispuesta en esta clínica. Y ver tu sonrisa me hace recordar tiempos no tan lejanos donde los últimos días de los pacientes aquí eran motivo de celebración.

Ya me estoy preparando para hacerle un interrogatorio. Sin embargo, somos interrumpidos por Santana que, por la cara que tiene, no parece muy contento. ¿Qué está pasando aquí? Cuando la puerta se abre y él pide que vaya a su oficina, no me pasa desapercibido que la señora se pone blanca. El conocerla me ha dado esperanzas, no todos los que trabajan aquí son igual de herméticos. Creo que podré arrancarle información sobre el raro funcionamiento de este sitio.

Llevo un buen rato caminando de un lado a otro en la habitación, cada pocos minutos voy hasta la ventana para ver si ya hay gente fuera, y nada. Aquella chica no sale de mi cabeza, me tiene intrigado, quiero saber más sobre ella. La habitación se me hace pequeña, me asfixia. Salgo al pasillo y doy vueltas de un lado a otro, no quiero parecer un desesperado. Estoy en mitad del pasillo, a una distancia considerable del refugio de mi habitación, cuando escucho el absurdo grito de Moni, que sale corriendo a mi encuentro. Cuando la veo venir, reacciono de manera no muy propia en mí. Adopto una postura autoritaria, como si estuviera en el tribunal, y le digo muy serio que no me toque; la chica, que ya tenía los brazos abiertos, los deja caer. Su rostro aniñado refleja el odio que siente en ese momento.

—¿Por qué me rechazas cuando todos los chicos me desean?

—¡Mira qué bien!, tienes dónde escoger. Búscate un adolescente como tú, tengo edad para ser tu padre.

—¡Cómo te atreves a llamarme adolescente! Ya casi tengo dieciocho años.

—Oh…, qué mayor. —Sin ganas de discutir con una cría con ínfulas de mujer, le doy la espalda y me marcho para volver a mi habitación. Estoy abriendo la puerta cuando la veo salir del despacho de Santana. Vuelvo a cerrar la puerta y saltándome las normas de no causar alboroto, gritar o correr y toda esa mierda voy corriendo detrás de ella.

—Hola, leona. —Se pone rígida.

—Hola, liebrecilla.

—¿Por qué estas a la defensiva?

—¿Quién, yo…? Qué va…, solo que no tengo la costumbre de hablar con extraños.

—Eso tiene fácil solución. Me llamo Miguel. ¿Y la bella señorita? —le digo tendiéndole la mano.

—No tengo nombre. —Me guiña un ojo y se va dejándome plantado nuevamente.

El desplante no le sale del todo bien, una vez más me deja plantado y excitado. Sin embargo, esta vez tenemos todo el día para jugar al gato y al ratón. En esta historia el gato soy yo. El final de esta moraleja todos la conocemos: el gato se come al ratón. ¡Ella no escapará de mí! La única manera de perderme de vista es que se vaya y hoy por lo menos no la veo con actitud de quien se va a ir.

En el jardín, Santana acapara su atención durante toda la mañana, cosa que al parecer no es de su agrado, mucho menos de las admiradoras del médico. Es increíble cómo él pasa horas y horas con ella, es como si no tuviera nada que hacer. Creo que a nadie le pasa desapercibida su mano tonta, no deja de tocarla. Ella, con sutileza y educación, huye del toqueteo cada vez menos discreto por parte del hombre.

Creo poder acercarme a ella a la hora del almuerzo, pero ha sido imposible. Los chicos van detrás de ella como abejas a la miel, sin embargo, nadie tiene su atención, los echa uno tras otro. Solo quiero hablar con ella, conocerla un poco. Este encierro estaba a punto de dejarme loco y su presencia ha sido una bocanada de aire fresco.

Estoy a un día de irme y no he conseguido hablar con Aroa, cuatro días detrás de ella y solo he podido descubrir su nombre. No es difícil, ella tiene un aura que atrae al sexo masculino como una polilla a la luz. Tiene un magnetismo enorme y ni siquiera es consciente de ello. Su propio guardián es quien me ha revelado su nombre. El hombre se enfurece cuando escucha a unos chicos hablando de ella de manera poco respetuosa. Dice a todo pulmón a los chicos que se olviden de Aroa. Todos alrededor oímos la tremenda bronca que echa a aquellos chavales, llegando incluso al punto de amenazarlos con mandarlos al ala de aislamiento si volvía a escucharlos nombrarla. No me hace falta más para saber que Santana está colado por ella.

El saber que estoy a pocas horas de irme me hace más audaz, ignoro las amenazas y paso toda la mañana persiguiéndola, tal y como vengo haciendo estos días. Paso todo el sábado en mi habitación esperando a que mi primo y amigos vengan a por mí y no viene nadie. Termina la hora de visitas y al ver que no aparecen, exijo llamarlos y no me lo permiten. Dicen que las normas son iguales para todos. Al oír la negativa, pierdo los papeles, no me siento orgulloso de ello, mi tono de voz sube varias décimas y empiezo a ponerme algo violento. Entran dos de los enfermeros y me inmovilizan; en contra de mi voluntad, empiezo a ver una grabación de mi primo abatido afirmando que vendría pronto a por mí. Pide que no me preocupe, que todo lo que hace es solo pensando en mi bien. Que lo mejor es que esté, por lo menos, un par de meses más ingresado.

Me vuelvo loco, empiezo a romper todo lo que veo por delante, dos auxiliares intentan sujetarme nuevamente y los noqueo. Santana no se atreve a tocarme. Solo ordena a uno y a otro que me inmovilicen sin éxito. El muy cobarde aprovecha un momento de descuido y me pincha algo dejándome fuera de combate.

Pierdo la cuenta de los días que llevo aislado de todo. Me han metido en una planta distinta. Todo aquí está cerrado con llave. Veo algunas caras conocidas y todas desfiguradas.

Hay un par de ellas en muy mal estado en sillas de ruedas, esto, lejos de parecer una clínica de rehabilitación se asemeja más a un psiquiátrico. Para mantenerme cuerdo, camino de una punta a otra del enorme salón, donde nos sacan para el «ocio»: hay algunos juegos de mesa, barajas y un gran televisor. La sala está rodeada por grandes ventanales por donde entra mucha luz, no obstante, la realidad es que estamos encerrados. Debemos de ser unos veinte en total.

En la esquina opuesta a donde estoy, una cabeza rubia me llama la atención. La dueña de aquella cabecita debe de estar dormida. La postura en la que se encuentra es muy incómoda para una persona despierta. Para no alertar a los enfermeros, empiezo a dar vueltas en círculos, ampliando cada vez más el espacio, hasta pasar por delante de la silla que ocupa esta persona. Efectivamente, está dormida y parece enferma. Me acerco un poco más y descubro con horror que se trata de Aroa. Mando a la mierda las normas de no contacto físico y me acerco.

—Aroa, mírame. ¿Qué te pasa?

—Eh, tú…, aléjate de la paciente. —Mierda, no puedo quedarme, si no se la llevarán y no la volveré a ver.

—Sí, señor. —Me levanto despacio. Sin perderla de vista, afinco posición en una esquina desde donde la pueda vigilar de lejos. Mi cabeza empieza a dar mil vueltas intentando encontrar una manera de poder acercarme a ella y descubrir qué narices le pasa. Por qué esta de esa manera.

La suerte por una vez parece estar de mi lado. Mientras, disimuladamente, la vigilo, hago un mapa mental de la distribución de los funcionarios, las funciones que desempeña cada uno, cuánto tiempo emplean con cada paciente, que por señal están muy mal. Soy uno de los pocos que puedo valerme por mí mismo. Una auxiliar mueve a Aroa, por un instante tengo miedo a perderla de vista, pero para mi suerte se forma una gran pelea entre hombres, mujeres y jóvenes. Todo el personal se dirige a la trifulca que se descontrola, por lo visto alguien ha robado algo que todos quieren, la mujer va al encuentro de sus compañeros olvidándose de Aroa y de mí, los únicos que no estamos en aquel lío. Corro hasta ella.

—Aroa, mírame. Habla conmigo. ¿Qué te pasa? —Ella balbucea algo, pero no logro entender—. Para que pueda ayudarte necesito saber qué está pasando.

Ella pasa la lengua por los labios intentando mojarlos, pero no es capaz, corro un momento a por un vaso de agua y se lo doy. Con las manos trémulas coge el vaso y bebe de un solo trago.

—Me, me… —Las palabras no le salen.

—Necesito que me digas qué pasa, no creo que tarden mucho en darse cuenta de que no estamos. Cuál es tu habitación.

—La 234 —me dice haciendo señas con los dedos.

—Doscientos treinta y cuatro —confirmo verbalmente. Ella afirma con la cabeza—. Bien, no está muy lejos de la mía, te dejaré sola unos minutos. Diré al auxiliar que voy a retirarme. Tú tírate hacia delante como si estuvieras a punto de caer de la silla y hazte la dormida para que te lleven a la tuya, ya encontraré la manera de llegar a ti. —No sé el porqué, pero le doy un beso en la frente y me voy. Me aparto de ella justo en el momento en que un furioso Santana entra y ordena que lleven a todos a sus habitaciones. ¡No sé cómo este hombre puede estar en varios sitios al mismo tiempo! Doy gracias a los cielos por ello, porque su orden me pone las cosas más fáciles. Al pasar al lado de Aroa, veo como aquel desgraciado, aprovechando que el personal está ocupándose de los demás y está atontada, le da un beso muy cerca de la comisura de los labios, eso me hierve la sangre.

—Te dejaré en la seguridad de tu habitación y volveré a atender a todos los que me necesiten. Por favor, no te muevas de allí —le dijo el muy desgraciado, como si ella pudiera moverse. Cómo es posible que le diga eso, ella está totalmente indefensa. Aunque muerto de odio, no digo nada, voy a mi habitación y desde allí lo vigilo.

El pasillo queda despejado, por más que he vigilado no he visto si Santana ha salido o no. Hay mucho ir y venir de gente haciendo que en varias ocasiones pierda la visión de su puerta. No esperaré más, me arriesgaré a ver qué pasa.

Corro hasta su puerta, miro de un lado a otro cerciorándome de que nadie me ha visto. Acerco mi oído a la puerta, no oigo nada, cierro los ojos y la abro despacio, por si sigue dentro, para que yo pueda volver a cerrarla y salir de ahí sin ser descubierto. La veo tumbada en la cama toda encogida, no hay ni rastro de la leona que conocí días atrás, entro y, con suavidad, cierro la puerta. Su habitación es igual a la mía, la única diferencia es que la suya está llena de flores. Me alegra saber que su familia no la tiene desamparada, como me ha dejado la mía. Me acomodo a su lado, siento el impulso de coger su mano, antes de que mi cerebro pudiera ordenar la acción, ella ya se ha ocultado debajo de la sábana.

Capítulo 6

Aroa

No soporto cuando me miran de la manera en que él me está mirando. ¿Qué les pasa a los hombres de este sitio? ¿Con tantas mujeres dispuestas a tener algo con ellos tienen que fijarse en mí? Por cosas como estas siempre estoy sola, es imposible confiar en alguien aquí dentro, todos tienen algún interés oculto.

He llegado aquí inocente y confiando en la persona equivocada, le he abierto mi corazón, contado mi vida y mira el resultado. Él es el único responsable de como estoy ahora. Santana siempre ha sido atento y cariñoso conmigo, nunca he visto nada en él que demuestre que está interesado en mí. Mis padres han desistido y me han dejado en esta clínica, me desmorono, la máscara de chica dura y mala se cae y él está todo el tiempo a mi lado, pasa día y noche pendiente de mí. Es mi apoyo, intenta por todos los medios explicarme el porqué de la decisión de mis padres de meterme aquí. Que han actuado por desesperación, se preocupan por mi autodestrucción y ya no saben cómo ayudarme o hacerme entrar en razón. Aunque nada de aquello para mí tiene sentido, ya no me importa. ¡Bueno, en parte sí! Sin embargo, mis actos fueron movidos por el dolor. El que yo he creído que era mi amigo aquí en realidad es mi peor enemigo, es la persona que me está destruyendo y no puedo hacer nada para pararlo. Su poder de manipulación es ilimitado. No soporto su cercanía y no tengo cómo evitarla. Lo único que puedo hacer es actuar, recibir su falsa protección, seguirle la corriente y rezar para que se encapriche de otra y se olvide de mí.

Desde que ha aparecido este hombre desconocido su comportamiento se ha vuelto más posesivo. Me vigila todo el tiempo, los celos lo transforman. Un verdadero caso de cal y arena. Ya lo he visto reñir a algunos chicos solo por piropearme o hacer algún comentario. Nunca he dado importancia hasta que se le cruzaron los cables y se ha puesto violento con todo aquel que se acercara a mí.

—Aroa, ¿por qué estas así? —Doy un salto por el susto.

—Fuera de mi habitación. No quiero hablar con nadie —digo muerta de miedo por si Santana entra y lo pilla aquí.

—No soy el enemigo, creo que en este sitio pasa algo raro y voy a descubrir qué es.

Lo miro a los ojos y me pierdo en ellos. Son grises, hay tristeza y dolor, pero aun así no es lo suficiente para ocultar el atractivo del hombre que tengo delante. Tiene la barba de tres días muy bien cuidada, que contonea sus labios rosados y carnosos, pelo castaño tirando a caoba, alto y de tez blanca. No es el típico hombre musculoso, tiene un buen cuerpo. Es muy guapo y lo sabe. Se ríe al ver que lo estoy escrutando. Es un creído.

—No te lo creas tanto, eres guapo, no se puede negar. Pero eres viejo. —Él se carcajea. Cuando se da cuenta del ruido que está haciendo se tapa la boca con la mano.

—Observo que estás mejorando, tu rostro está más colorado y, por lo que veo, la leona se está despertando. Y, para tu información, no soy tan viejo, todavía puedo atarme los cordones de los zapatos sin tener que llamar a la grúa para ponerme en posición vertical nuevamente y tampoco tomo diez pastillas al día para los dolores.

—Ninguno asume tomar los remedios azules. No te preocupes, no te pondré a prueba. —¡Mierda, qué me pasa! ¿Por qué en nuestras conversaciones yo siempre le doy a entender que hablo de sexo? Pensándolo bien, mis comentarios no son tan desafortunados, la cara que pone es cómica. Es gracioso como a los hombres les duele ver herido su ego.

—Te demostraré… —Al oírlo, mis ojos casi se salen de las órbitas. Suerte que tiene que tragarse sus palabras y salir corriendo a esconderse en el baño y no ve mi cara. Menos mal que alguien intercepta a Santana en la puerta de mi habitación. Yo pongo mi máscara de indiferencia y espero a ver qué será ahora.

—¿Dónde está lo más bonito del mundo? —Este hombre es ridículo. Cómo puede pretender conquistar a una mujer así, por Dios, qué asco—. Aroa, mi amor, te estoy hablando.

—Perdón, estoy pensando en otra cosa.

—¿En qué, si se puede saber? —Su tono ya no es amigable. Ya está presente el Santana violento.

—En mis padres. Los echo de menos.

—Ya verás como pronto tendrás noticias de ellos. —Me da un beso en la frente y se aleja.

—¿Te vas…?

—Sí, hoy me toca guardia en el otro centro. Prométeme que no saldrás de esta habitación por más ruidos y jaleos que oigas. Nadie va a entrar aquí para molestarte, son órdenes expresas mías. Yo te protegeré. Te pondré el medicamento y así podrás desconectar.

—No, por favor, no lo hagas, déjame. No saldré de aquí, te lo prometo.

—Es por tu bien, jamás te haría daño. Ahí fuera hay muchos peligros y si sales estarás expuesta. —¿Cómo puede ser tan cínico?

—Por favor, por favor…

—Tenemos un suicidio en la planta ocho —dice una enfermera que entra olvidándose de mi presencia.

—Mierda, vamos. ¿De quién se trata?

—De Thomas. —Me apena escuchar el nombre de la víctima. Thomas llegó aquí lleno de esperanzas de desengancharse y reconquistar a su mujer e hijo. Las últimas veces que lo he visto estaba peor que cuando llegó aquí.

Santana sale detrás de ella como un rayo, esta noche será tranquila, no es el primer suicidio de este sitio. Y siempre que esto ocurre no se oye ni un solo ruido. Y, lo más importante, no me obliga a dormir.

—Aroa, ¿de qué va todo lo que dijo este hombre? ¿Cómo que él te da algo para dormir?

—Para ser un abogado vas muy lento. Nos drogan a todos, guapo, nos tienen drogados día y noche. Nos dejan incomunicados. Y no intentes hacerte el héroe, otros desaparecieron por intentarlo.

—¿Cómo? Hablas como si ya conocieras esto desde hace tiempo.

—No tienes la menor idea de cuánto tiempo llevamos aquí, ¿verdad?

—¡Un día…! —Me río sin ganas.

—Un… Mes… —Su cara se desfigura.

—Cómo, ¿por qué no me he dado cuenta?

—Drogas, no sé en qué momento ni qué tipo de droga es. Solo sé que nos están drogando. Y cuando quieren que no les molestemos, nos duermen.

—¿Cómo…? Yo me encuentro bien, he venido aquí para desengancharme y lo he logrado.

—¿De verdad lo has logrado? Piensa bien en las reacciones de tu cuerpo.

No estoy dosificando la información, no hay tiempo. No sé qué es lo que él quiere de mí, lo único que si sé es que él es el único paciente «lúcido» que he encontrado en este maldito lugar desde que me han trasladado a este edificio, y si tengo que agarrarme a él para salir de aquí, no dudaré ni un solo segundo en hacerlo.

—¿Cómo lo has descubierto?

—Para mi suerte y a la vez desgracia, Santana se ha encaprichado de mí, por lo que me administra dosis muy bajas de la «medicación». Muchas veces él pasa la noche en mi habitación velando mi sueño. Ese hombre tiene una fijación conmigo, quizá eso haya salvado mi vida. Una de las noches en la que él velaba mi sueño, aunque se había ocupado personalmente de administrarme esa porquería, la dosis fue muy baja y el efecto se pasó enseguida. En mitad de la noche, él pidió cuentas de las rondas y alguien entró a informarle qué dosis había administrado en cada caso, persona y cómo estas estaban reaccionando, le dieron un informe detallado y yo lo oí todo.

—¿Te acuerdas si dijeron algo de un tal Miguel?

—Sí, me acuerdo perfectamente. Fue el primero que Santana quiso saber cómo estaba. Dijo que había metido la pata y que ahora tendría que cuidarse mucho las espaldas, porque había cometido un gran error y no sabía cómo salir de ello.

—¿Qué más dijeron?

—Que lo tenían dormido y que la muestra ya estaba lista para enviárselo a la familia.

—Mierda… —Ahora las piezas empiezan a encajar. Me imagino que mi primo los está presionando para tener noticias mías. Por eso lo del análisis, ellos envían pruebas de mi recaída—. Aroa, tenemos que encontrar una manera de contactar con el exterior.

—La única manera de conseguir eso es robando el móvil de algún enfermero o auxiliar despistado. Y antes de que te animes, mientras te echabas una siesta de un mes, yo no pasé un solo día sin intentar hacerme con uno. Y por este motivo estoy en esta silla de ruedas. Aquí nadie lleva móviles encima, y si te pillan, estás perdido. —Prefiero ocultar la otra parte, no es agradable para mí rememorarlo.

—¿Qué te administraron para dejarte así?

—Soy psicóloga, no médico. —Me mira con brillo en los ojos.

—¿Por qué me miras así?

No le da tiempo a contestarme, tiene que salir corriendo a ocultarse nuevamente.

—La protegida del jefe ya está dormida. Sigamos haciendo la ronda y poniendo a estos yonquis a dormir.

Capítulo 7

Miguel

Todavía no he podido procesar todo lo que me ha contado Aroa. ¡Cómo he podido estar tan ciego! Todo este tiempo lo he tenido delante de mis narices y no lo he visto. Mis pesadillas son más reales de lo que yo jamás habría podido imaginar. Me están drogando y utilizando a su antojo, ahora que lo pienso fría y detenidamente, mi cuerpo reacciona como cuando consumía cocaína. Aunque no creo que me estén administrando esta droga, ¿o sí? Mierda…, qué horrible es no saber qué pasa a tu alrededor.

Me hubiera gustado seguir escuchando todo lo que ella sabe, pero cuando esta gente pase por mi habitación tienen que encontrarme allí. Necesito hallar la manera de evitar que me administren las mierdas estas. No puedo…, no quiero volver a ello, me ha costado mucho salir para que los mismos que me han curado vuelvan a engancharme.

El reloj marca las diez de la noche y por aquí no aparece nadie. Me quedo tumbado, quieto, con el fin de evitar que se den cuenta de que no estoy dormido, porque tarde o temprano pasaran la ronda. Noto cuando la puerta se abre.

—El pobre desgraciado está dormido, como todas las noches.

—No seas malo, me da mucha pena que crea que está soñando todo lo que le está pasando. En todos estos meses nunca he visto a ninguno reaccionar como lo hace él.

—Arg…, otra que se encandila por el guaperas de planta.

—¿No te pesa en la conciencia lo que hacemos?

—No me siento orgulloso, pero tengo hijos que proteger y criar solo, ¿te has olvidado? Aquí pagan bien y puedo atenderlos. ¿Sabes lo difícil que es para un extranjero viudo, con tres hijos menores conseguir un trabajo?

—Te entiendo, soy española y también tengo dificultades, no tantas como tú, pero las tengo. Me llena de ira lo que hago, tengo mis motivos para seguir con ello. Por desgracia, para igualar lo que nos pagan aquí tendríamos que trabajar en tres turnos ahí fuera.

—Tú misma lo has dicho, nos pagan muy bien. Así que hagamos nuestro trabajo porque hay mucha gente en el otro edificio queriendo lo suyo.

Cada palabra que les oigo decir más me revuelve el estómago. Cómo pueden justificar tan a la ligera lo que hacen. Una de las dos personas me sujeta. Antes de que la aguja penetre en mi piel empiezo a debatirme en la cama como si estuviera teniendo un ataque epiléptico.

—¡Por Dios! ¿Qué hacemos ahora? Este hombre no puede morirse y menos en nuestras manos.

—Tranquilízate, si te pones nerviosa no puedo pensar. ¡El médico no está, eres la enfermera jefe, tenemos que hacer algo ya!

—Es mucha responsabilidad, no sé qué hacer… —grita la mujer con desesperación—. Este hombre nos tiene a todos en vilo y no voy a cargar con su muerte.

—Vuelve aquí, no me dejes solo, por Dios —clama su ayudante.

Poco a poco voy dejando de temblar. El hombre que me sujeta empieza a agradecer a Dios por que yo esté recuperándome. De repente, abro mucho los ojos haciendo que él se asuste y dé un salto hacia atrás.

—¿Qué está pasando? ¿Por qué me siento como si alguien hubiera ejercido presión sobre mí?

—Nada, señor, es que…, es que… —No encuentra las palabras que puedan justificarlo—. Perdone, me ausentaré solo un momento y enseguida vuelvo. —El enfermero, que parece ser de origen latino, sale corriendo dejándome solo. Creo que por hoy me he librado y estos dos me han dado información muy valiosa. ¡Con que soy muy importante, eh…! Seguramente mi primo los tiene locos.

Oigo cómo vuelven, me hago a un lado y finjo estar dormido.

—Si tú no cuentas qué pasó aquí, yo tampoco lo haré. No creo que a Santana le guste la manera en que hemos reaccionado con relación a este paciente.

—Por mí todo bien.

Por miedo a ser pinchado, nuevamente les doy un buen susto al girarme de repente, los miro con los ojos muy abiertos y empiezo una gran actuación.

—He soñado que me pinchan. —En voz alta, pero sin llegar a gritar empiezo a moverme de un lado a otro repitiendo que no—. Las agujas me causan ataques, es un trauma de mi infancia.

—Perdón, no viene escrito en su historial —afirma asustada la mujer que hace de todo con tal de tranquilizarme.

—No todo el mundo lo sabe, no es una cosa que vaya contando por ahí, me da vergüenza decir que tengo tal miedo a las agujas, que el solo pensar que me pinchan me da ataques de pánico.

—No te preocupes, apunto todo ahora mismo en tu historia y de hoy en adelante solo te administraremos medicamentos vía oral.

Me entra hasta la risa, ¿quién en su sano juicio se cree una historia tan absurda como esta? Aunque doy gracias a los cielos por estar estos dos tan acojonados que no me ponen en entredicho y deciden medicarme oralmente, permitiéndome burlar sus intentos de drogarme. Ahora tengo que ingeniármelas para que no lo apunten en mi historia.

La enfermera sale llevándose la maldita bandeja con la jeringuilla. Tengo que hacerme con una cuando me vaya de aquí, tengo que saber qué es lo que esta gente ha estado metiendo en mi cuerpo. Me ofrecen una pastilla.

—Quisiera pediros un favor. —Ambos se miran asustados—. Creo que el director de la clínica no se quedará contento al conocer mi reacción después de lo ocurrido. Lo mejor para todos es que no se refleje nada de lo ocurrido aquí en mi historia. —El hombre inmediatamente capta la amenaza implícita que le hago y da un paso hacia atrás.

—Noelia, yo creo que el paciente tiene razón.

—No puedo hacer eso.

—Es lo mejor, Santana se enfadará si se entera. —Insiste.

—Vale, pero estás muy raro.

Sin decir nada más, comprueban que me tomo la pastilla y salen como un rayo de mi habitación. Corro al baño y me provoco el vómito hasta no dejar absolutamente nada en mi estómago. Me limpio la boca y voy en busca de Aroa. Ella es la única que puede darme respuestas a muchas de mis preguntas.

—Aroa, ¿estás despierta?

—No…, soy como los delfines, duermo con los ojos abiertos.

—Ah…, graciosilla.

—¿Cómo narices no estás zombi por los pasillos o dormido como un tronco? ¿Te has cargado al personal?

—¿Qué cojones te dan para que estés tan chistosa?

—Nada…, olvidas que el jefe me quiere —dice arqueando una ceja.

—Me largo.

—Tranquilo, hombre, tómatelo con tranquilidad, no sabemos cuánto tiempo vamos a estar aquí.

—Tú no lo sé, pero yo pienso largarme cuanto antes. De primeras, ya he encontrado la manera para que no me droguen. Ahora averiguaré la manera de salir de aquí y hacer desaparecer este sitio del mapa. Sé que el edificio aledaño tiene historia y todo ese bla, bla, bla, pero lo que se hace aquí es para que no quede una pared de pie.

—Hombre, no seas drástico, carga contra la administración y los trabajadores, no contra el edificio, que no tiene ninguna culpa de lo que ocurre aquí.

—No te aguanto. Eres insoportable.

—Tú has venido a mi habitación, así que te aguantas.

—Paso de discutir, voy detrás de la manera de largarme de aquí.

No sé por qué estoy tan irritado con ella, solo sé que lo estoy, y mucho. Me meto en mi cama y empiezo a dar mil vueltas intentando asimilar todo lo descubierto hoy.

—¿Puedo pasar?

—¿Qué quieres, Aroa? Estoy irritable, cabreado conmigo mismo por no haberme dado cuenta de lo que estaba ocurriendo a mi alrededor.

—¿Puedo? —Apunta a mi cama.

—Siéntate.

—No sentarme no, acostarme a tu lado.

—Estas loca… Llevo aquí casi seis putos meses, no…, definitivamente, no.

—Anda, hazte a un lado, tienes tanta mierda en la sangre que dudo que tengas una erección.

—¿Y si la tengo?

—Te vas al baño y te la cascas. —De forma descarada me empuja a un lado y se acuesta. Su piel está cubierta por el pijama. Pero su olor tan cerca de mí me está afectando.

—¿Qué mierda quieres de mí? ¡Ya lo sé…! Enloquecerme. —La muy descarada empieza a reírse.

—Calla, aunque me pusiera desnuda delante de ti, tu aparatito no funcionaría.

Aparatito… Cojo su mano y la llevo a mi miembro, que está muy despierto, cuando lo siente, cierra la mano e intenta apartarla.

—¿Qué…, es un aparatito? —No le puedo ver la cara, pero sé que ahora mismo la tiene roja por la vergüenza—. Nunca juegues con fuego, puedes salir chamuscada.

—Suelta mi mano, imbécil. —Por supuesto, la suelto y me aparto para que no se sienta incómoda, yo no puedo decir lo mismo de mí. En todos estos meses de encierro no he tenido una sola erección y ahora, cada vez que la tengo cerca, mi miembro despierta. Ahora mismo lo tengo más tieso que un palo, tengo que hacer lo que ella ha sugerido, si no el dolor de huevos que me espera será monumental.

Respiro hondo, me centro en lo verdaderamente importante, que es salir de aquí. Susurrando le cuento lo que he podido averiguar de los dos enfermeros. Ellos serán mi pasaporte de salida, los utilizaré para conseguir un móvil. ¡Cómo! Todavía no lo sé, pero ellos serán mi pasaporte a la libertad. Ella me escucha con mucha atención, en algunas ocasiones me corta y hace algún comentario sobre lo que digo. No sé si inconsciente o conscientemente se va acercando cada vez más a mi cuerpo, volviendo a espabilar a quien estaba a punto de quedarse dormido.

—No sé cuántos añitos tiene la señorita, pero sé que eres mayor de edad. Por lo que, si sigues frotando ese precioso culo en mi pene de esta manera, te follaré en esta cama y dentro de este asqueroso lugar.

De un salto desaparece de mi lado, se pone sus zapatillas y sale corriendo en dirección a la puerta, la abre y antes de salir se gira hacia mí y me enseña el dedo corazón. No puedo contener la risa, ella ha venido muy segura de sí misma, queriendo ponerme en ridículo y su juego se ha vuelto en su contra. Se ha ido a su habitación tan caliente como yo.

A las seis y media de la mañana, los dos enfermeros pasan a verme y me encuentran con fiebre, sudores fríos y tiritando. Se ponen muy nerviosos. La mujer, al ver que tengo casi cuarenta de fiebre, se descontrola.

—Estoy perdida. Él y ella me van a matar.

—Tranquila, Noe, no tenemos la culpa de que él haya enfermado.

—Tú no tienes la culpa de mi trauma, yo no digo nada si vosotros no decís nada —digo sin apenas fuerzas.

—Gracias, mi niño, gracias. Necesito este trabajo y no quiero morir. —Algo en su voz me dice que lo que menos le preocupa es su puesto de trabajo y me aprovecharé de ello.

—Si me ayudas a llegar al baño para que me dé una ducha fría, nadie morirá aquí hoy.

Entre ella y el enfermero me cogen cada uno de un brazo y me llevan hasta el baño. La señora que ahora sé que se llama Noelia sale y me deja en compañía de su compañero, quien se encarga de desnudarme y meterme bajo el agua. Tirito, ya no sé si es a causa del agua fría o la fiebre.

—Yo no estoy de acuerdo con lo que ocurre aquí —dijo Hugo en un arranque de sinceridad.

Me siento tan mal que no sé si realmente el hombre me dijo esto o es fruto de mi alucinógena mente. Sé perfectamente lo que tengo. Lo que mi cuerpo está experimentando ahora mismo es el mono. No sé qué me dan para que duerma tanto tiempo, lo que desde luego sé es que el causante de mis males es la droga que me administran, todos los síntomas que tengo ahora mismo son de un mono de los grandes.

—¿Quién de ustedes dos es el encargado de administrarme la medicación?

—Puedes tratarme de tú. La responsable de ti es Noelia, ella vive en el centro junto a...

—Sigue. ¿Qué quieres decir?

—Miguel, perdona, he hablado demasiado.

—Cuéntamelo, puedes confiar en mí. —El hombre me mira asustado, aquí dentro estoy transformándome en una persona que no conozco, pero ahora mismo no puedo perder ninguna oportunidad. Y lo presionaré—. ¿Me imagino que no quieres que le cuente a nadie lo que está pasando aquí?

—Miguel, por favor.

—Te prometo que no haré nada en contra de tu persona, solo necesito saber qué es lo que pasa.

—Una de las hijas de Noelia estuvo en la misma situación que todos los que pasan por aquí y el señor Santana...

—Ya estoy de vuelta —dijo Noelia al volver a la habitación, dejando a Hugo con la frase a medio terminar.

Mierda, tengo que ingeniármelas para que este hombre siga contándome esa historia. Ya no me importa nada. Entre los dos me secan y visten. El miedo a que enferme los lleva a hacer todo por mí. Noelia ordena a su compañero a averiguar a qué hora viene Santana, mientras ella me da el desayuno. Estoy hecho una mierda, pero eso me viene de perlas.

Hugo vuelve con una silla de ruedas, me sienta en ella y se encarga personalmente de sacarme al jardín a tomar el sol.

—Hugo, te llamas así, ¿sí?

—Sí, señor.

—Vuelve a tutearme, por favor.

—Todo bien, Miguel.

—En el baño me contabas que la hija de Noel….

—Olvídate de lo que he dicho. Cuanto menos sepas de esta historia, mejor.

—Vale, perdón, no quiero ser inoportuno. —Joder…, he perdido una gran oportunidad de obtener información.

—No te preocupes, solo estoy velando por tu seguridad y la mía.

Cada vez que hablo con alguien aquí dentro la situación queda más enredada. ¿Qué pintan las supuestas hijas de esta señora en toda esta historia? Si ellas viven aquí, ¿quiénes son? No deben de ser muy mayores, y no me suena de nada verla con nadie en actitud maternal por aquí. Son tantas preguntas sin respuestas que me siento agotado. Doy gracias cuando Hugo decide dar por finalizado mi paseo. Necesito ordenar mis ideas para encontrar la salida. Y con toda esta gente mirándome no puedo.

El primer paso ya lo he dado. A estos dos ya más o menos los tengo.

En los pasillos empiezo a ver movimiento de gente yendo y viniendo. Hugo está llegando a mi habitación cuando la puerta de Aroa se abre y de ella sale una enfermera empujando una silla de ruedas, visiblemente más confortable que la mía. Sus ojos hacen contacto con los míos, ella, al darse cuenta de mi situación, intenta levantarse, sutilmente le digo que no con la cabeza. He hecho muchos progresos, y si descubren que tengo contacto con ella lo perderé todo. Y eso no puede pasar.

Aroa llega a mi altura, y para nuestra suerte, la enfermera que la lleva se para a hablar con Hugo, sacando provecho del flirteo de la mujer, que no hace mucho por disimular el interés por su compañero, disimuladamente toca mi mano. En sus ojos hay preocupación. Como puedo, vocalizando, le digo que estoy bien, espero que ella pueda leer mis labios.

Capítulo 8

Se me hace muy raro que Santana no pase para darme los buenos días y enviado a otra persona atenderme. Desde que estoy en este edificio no hay un solo día en que si está de guardia no se ocupe personalmente de que tenga una noche tranquila, alejada de lo que pasa ahí fuera. Aunque odie reconocerlo, necesito su protección, por eso llevo todo este tiempo fingiendo fragilidad, que a veces no puedo ni sostenerme en pie por mí misma.

Cada día que pasa el estar en este sitio se vuelve más peligroso. Las razones del porqué nos hacen esto solo las saben ellos, pero lo que sí sé es que esto tiene que acabar. Me dejaré de juegos, me aliaré con Miguel para que juntos podamos hallar la manera de irnos de aquí.

La enfermera me ayuda a acomodarme en la silla de ruedas y me lleva a mi paseo matutino. Para los que estamos en esta planta ver el sol es un lujo que pocos pueden disfrutar, tenemos horarios distintos a los demás y los pobres desgraciados que no se pueden valer por ellos mismos no bajan ni al jardín. Al salir al pasillo y ver a Miguel en una silla, tengo ganas de mandar todo a la mierda, salir corriendo hacia él y preguntarle qué le ha pasado. ¡Cómo es posible que esté en una silla de ruedas si ayer se libró de que le drogaran! ¿Qué le han hecho estos enfermeros? No puedo quitarle los ojos de encima, él todavía no me ha visto. Sin ser consciente, muevo mi cuerpo hacia delante. Él, al ver mi gesto, me dice que no.

La enfermera inicia la marcha, cuando estoy a su altura, ella se para a hablar con el encargado de cuidar a Miguel. No puedo contenerme: le toco la mano, lo necesito, necesito sentir que está vivo, que está bien. En el tiempo que llevo aquí, son más de una las ocasiones en las que oigo a Santana comentar sobre las personas que pierden la vida en este lugar, y no deseo eso para Miguel. Retira su mano para que no nos pillen, ahora mismo me importa una mierda si me ven, no sé qué me pasa con este hombre, entre él y yo debe de haber unos cinco o seis años de diferencia, nunca me he fijado en hombres mayores que yo, pero desde que él me detuvo en aquel patio y tuvimos aquel juego de palabras, no soy capaz de dejar de pensar en sus bonitos ojos grises, su boca rosada y su gran envergadura presionando mi cuerpo. Menos mal que él está usando la cabeza y manteniéndome a raya. Mi silla se mueve un poco, señal de que retomamos la marcha. Se que está mintiendo, lo veo en sus ojos. Sin embargo, no sé qué hacer para poder ayudarlo. La verdad es que no puedo hacer nada.

El día pasa lentamente, no he vuelto a saber nada de él. La niña insoportable pregunta por él a Noelia. No sabía que ella también estaba aquí, aunque la veo como siempre, todos los que estamos aquí sufrimos algún cambio en el comportamiento, y Mónica, me niego a llamarla como exige a la gente que lo haga, es la misma chica caprichosa e insoportable de siempre. Desde hace unos días veo a Noelia muy nerviosa, grita que le deje en paz, que no le persiga más, haciendo que Mónica, ofendida, le llame borde.

A la hora de la siesta intento colarme en su habitación, pero es imposible, Hugo y Noelia no pasan más de veinte minutos sin ir a verlo. Cosa que me preocupa más todavía. La tarde pasa lentamente. Sé que no está bien, rezo para que haya alguna pelea o algo que requiera la atención del personal y así tener vía libre para acercarme a él.

Son las once de la noche. Estoy lista aguardando el momento propicio para poder salir corriendo a su encuentro.

—Miguel... —lo llamo entre susurros—. Soy yo, Aroa. Despierta.

—No es seguro que estés aquí, estoy bajo vigilancia. No te preocupes por mí, tú cuídate. Ahora estoy inservible, estoy hecho polvo.

—No digas tonterías. ¿Qué te pasa?

—Lo que me pasa nos va a venir bien para salir de aquí. Eso sí..., tengo por delante unos días muy difíciles. —Miguel me explica con pelos y señales todo lo que le está ocurriendo y su plan para sacar provecho a la situación.

—¿Qué estás diciendo? Estás sudando, tienes fiebre. —Al poner la mano sobre su frente y descubrir que está cerca de un colapso, me pongo hecha una fiera. Pedazo de memo, como puede poner su vida en peligro de esta manera.

—Vete ya, dentro de unos minutos vienen —me dice con la esperanza de librarse de mí.

—No me voy a ninguna parte. Hazte a un lado.

—Leona, por favor. —No lo dejo seguir, agarro su rostro entre mis manos y lo beso—. Si es una alucinación, quiero seguir drogado —dice sonriendo.

La idea de acostarme al lado de Miguel no es la más acertada, aun con la fiebre, durante todo el tiempo que estoy tumbada junto a él, su mástil está en alto. Esta vez estoy callada, la última vez que lo provoqué estuve a punto de salir chamuscada. Aquella noche, al llegar a mi habitación, sin reparos y por primera vez desde que estoy aquí me di placer, me masturbé como una quinceañera. Lleve mi mano a mi sexo y me toque con la imagen de él en mi cabeza.

Nuestro momento de arrimar cebolleta fue interrumpido por la llegada de Noelia, tengo que tirarme al suelo llevándome un buen golpe en la caída. Ella entra en la habitación justo en el momento que él manda a la porra al niño bueno y se atreve a acercarse un poco más a mi cuerpo. Me muerdo el labio por la placentera sensación de su respiración en mi cuello. Eso sí…, paso del placer al dolor en segundos porque vaya pedazo de hostia que me he llevado.

—¿Cómo te encuentras? —me preguntó Noelia.

—¿Qué me está pasando? Siento que mi cuerpo se está muriendo. —Angustiada por lo que acabo de oír, me trago el sollozo. Esto ha sido lo peor que he escuchado en este infernal lugar. Si algo le pasa, prenderé fuego a todo esto, no quedará una sola piedra de pie. Miguel parece ser un buen hombre y no se merece morir aquí dentro.

—No digas tonterías —dice la mujer quitando importancia a su comentario. La enfermera entra en el baño con un cuenco a por agua. ¿Qué estará haciendo? No puede estar aseándolo a estas horas. ¿Qué demonios está pasando? La oigo trajinar de un lado a otro, sin que él diga nada.

Ella termina, guarda todo lo que utiliza en el armario que hay en la habitación, le da las buenas noches y se va.

—Aroa, puedes salir.

—¿Qué demonios pasa aquí? —Es lo primero que digo al incorporarme.

—¿Por qué estás tan alterada?

—¿Por qué ella te trata con tanto cuidado?

—¿Estás celosa?

—Más quisieras. Eres mi pasaporte para salir de aquí. Yo sola no puedo lograrlo.

—Ahora en serio, no es sano que nos relacionemos estando aquí dentro. Algo muy chungo está pasando y con la ayuda de Noelia lo voy a descubrir.

—¿Cómo…? ¿Siendo su juguete sexual?

—Olvidaste que mi aparatito no va.

—Eso es mentira y lo sabes. —Me aparto de él. No sé por qué estoy teniendo esta reacción, pero no me gusta la idea de aquella mujer cerca de él. Vale que ella tiene edad para ser su madre, pero para el sexo y el amor no hay edades.

—Te puedo asegurar que ella, a pesar de ser una mujer atractiva, no me despierta ningún interés.

—¿Cómo puedes asegurar eso? ¿Qué ha pasado aquí? —Su comentario, lejos de tranquilizarme, me enfada más todavía.

—Ahora no quiero contarte cosas íntimas. Por favor.

—O me cuentas qué ha pasado y me quedo a tu lado, o te callas y te quedas solo.

—Tú ganas, te lo cuento, pero te vas de todos modos. Ahora no pueden descubrirnos. Ella, por la mañana, me ha desnudado, me ha visto desnudo, me ha tenido en sus manos y nada. Mi aparatito está muerto, muerto.

—¿Por qué demonios te ha visto desnudo y por qué te ha tenido en sus manos? —¡Será cerda la tía! ¡Cómo puede haber gente tan asquerosa! Él está enfermo, degenerada.

—Ven aquí, leona, por la mañana he creído morirme y han tenido que bañarme, me ha tenido en sus manos porque me ha aseado, y nada. Sin embargo, tu sola presencia me tiene… Cambiemos de asunto.

—De eso nada, déjame ver si es verdad.

—Qué parte de que no es buena idea que nos liemos estando aquí no entiendes. —Me paso por el forro lo que dice, me acerco a él, le destapo, meto la mano dentro de su pantalón de pijama y agarro su miembro. Hace unos minutos, cuando tenía su polla presionando mi culo no decía lo mismo.

—No me hagas esto, aunque tenga fiebre soy capaz de tirarme encima de ti si no sacas tu preciosa manita de ahí.

Decido torturarlo un poco por pervertido y dejar que aquella vieja verde le toque, acaricio su miembro arriba y abajo arrancándole más de un jadeo.

—Adiós, me voy a mi habitación.

Dejo un fugaz beso en sus labios, me incorporo y camino hasta la puerta.

—Aroa, Aroa vuelve aquí, no me puedes hacer esto e irte como si nada.

—Claro que puedo. Llama a Noelia, que te asee nuevamente cuando te corras en el pijama.

Tumbada en mi cama pienso en lo que he hecho, la antigua y buena Aroa jamás habría hecho algo así. La verdad es que he disfrutado excitándolo. «Qué feo, Aroa, eres una auténtica zorra calientapollas», me digo a mí misma. Miguel me atrae, para qué voy a negarlo, y el saber que otra mujer ha tocado su zona íntima no me gusta nada. Y por eso le he dado un pequeño castigo. Me río de mi perversidad.

Mi minuto de alegría desaparece cuando dos hombres que nunca había visto entran de manera abrupta en mi habitación y, sin ningún cuidado, me arrancan de la cama y me llevan con ellos.

Desesperada, empiezo a resistirme intentando liberarme sin éxito. No puedo gritar, tengo un trapo en la boca. Paso por delante de la habitación de Miguel y la miro con la vana esperanza de que salga a salvarme. Me arrastran hasta la última habitación, todo es normal hasta que entran en un pasadizo, lo cruzamos hasta dar con un ascensor, introducen el código y me meten dentro. Bajamos a una zona totalmente desconocida para mí, me tiran de mala manera donde no hay ni una gota de luz. En la más completa oscuridad, una voz femenina me llama por mi nombre, se acerca a mí y, sin más, me cruza la cara.

—Así que tú eres la famosa Aroa, vamos a ver qué tienes de especial. Se ha acabado tu protectorado.

Capítulo 9

Miguel

Después de ocho días pasando el mono, mi cuerpo empieza a reaccionar y voy sintiéndome cada vez mejor. Doy gracias por contar con la ayuda de Noelia y Hugo; que no sé si por miedo o por creer que soy tonto, no reconozco los síntomas que meses atrás me tuvieron varios días muy mal, mucho peor que ahora. Ellos se pasan todo el tiempo diciéndome que es un virus. Me callo, la llegada de estas dos personas a mi vida aquí dentro es un rayo de esperanza, por supervivencia y conveniencia tengo que mentir y engañarlos para ganar un poco de su confianza. La que está poniendo un poco más de resistencia es ella, que en el último momento siempre recula. Hay algo que no le deja decidirse a dar el grito de libertad. Digo esto porque en esta semana ella está más cercana y puedo averiguar que odia este sitio tanto o más que yo. No obstante, cuando se da cuenta de que se deja llevar por la emoción se justifica diciendo que está aquí por el buen sueldo que le pagan, pero es mentira.

En todos estos días no he visto a Aroa ni una sola vez, creí que se escaparía para venir a verme y no ha ocurrido. No puedo quitármela de la cabeza, la leona que oculta debajo de la cara de niña buena en dos ocasiones casi me lleva a la locura. Me parece increíble cómo mi cuerpo reacciona a su cercanía, con lo mal que me siento. Después de aquel beso, su marcha me dejó con una sensación de vacío. Este encierro está causando estragos en mi persona, aquella chica juguetona está despertando un interés en mí que no recuerdo haber sentido nunca. No es por presumir, pero no tengo dificultad a la hora de relacionarme con una mujer, y creo que eso, de cierta forma, quita un poco la emoción; con Aroa, el juego de tira y afloja está volviéndome loco. Hace cinco años que no fantaseo con otra mujer que no sea Alejandra, hasta hace unos días me sorprendo pensando en ella, aun sabiendo que su presencia en mi vida es altamente perjudicial. Y desde que esta chica pizpireta se ha cruzado en mi camino no me acuerdo de ella para nada.

Las noches aquí se vuelven muy agitadas, todos gritan por Santana con desesperación. Los enfermeros y auxiliares corren de un lado a otro sin parar intentando calmarlos. Después de mucho insistir, descubro que el director está de viaje y la persona que está al mando es una tirana que hace la vida de los funcionarios, pacientes y enfermeros un infierno. No sé quién es, pero desde luego la quiero bien lejos.

Por primera vez en días puedo salir por mi propio pie al jardín; que si antes me parecía triste, ahora es como si estuviera en un velatorio. Hasta las populares están apagadas y eso sí que es toda una hazaña. Lo bueno de esto es que Moni está tan en su mundo que aun estando tanto tiempo sin verme no viene a acosarme. Hoy, cuando me he despertado, ya estaba nuevamente en la primera planta. Nada más darme cuenta de mi traslado pregunto a Noelia por Aroa, ella me garantiza que también la han trasladado.

Camino por todo el jardín en busca de Aroa sin éxito, no la veo por ningún lado. La tarea de conseguir noticias de ella se hace difícil. Es una mujer ermitaña, no se relaciona con nadie de aquí, indago por todos lados y es como si nunca hubiera estado en este lugar. Los hombres que tanto la admiran cuando la tienen delante, al preguntarles me contestan con otra pregunta, cosa que me desquicia. «¿Tú sabes algo de ella?» ¡Si yo supiera algo de ella no estaría preguntando! Hugo disimuladamente se acerca.

—¿Qué te pasa que no dejas de dar vueltas por todo el jardín? —Por un breve momento pienso en compartir con él mi desasosiego, pero lo descarto. Vale que él está mintiendo a sus jefes, haciéndoles creer que me pincha todas las noches. Aquí la cuestión es que no lo hacen por ayudarme y sí por salvar sus culos.

—Nada, solo me siento inquieto.

—¿Estás sintiendo algo? Ve ya mismo a tu habitación, le digo a Noelia que pase a verte.

—No te preocupes, estoy bien, solo necesito tomar un poco de aire fresco —le digo para que me deje en paz.

—Estaré pendiente de ti, si te encuentras peor ve a tu habitación y en nada estamos allí.

No le contesto, para qué, esto es la selva, cada uno intenta salvar su culo como puede. Tengo que encontrar de una vez algo realmente serio e importante para ellos y así poder obligarles a que me saquen de aquí. Está visto que por las buenas pueden pasar meses hasta que logre convencerlos y no pienso estar tanto tiempo en este sitio. Y si tengo que chantajearlos para que me ayuden, lo haré.

En una de mis vueltas, veo a una de las populares en una esquina llorando. Miro en busca de sus amigas y no las veo. Preocupado, me acerco a ella, me agacho poniéndome a su altura.

—¿Por qué lloras?

—Vete, si me pillan hablando contigo tendré problemas.

—¿Qué estás diciendo?

—Lo que oyes. Fuera, no quiero morir.

—¡Por Dios! ¿Cómo vas a morir por hablar conmigo? Yo jamás haría daño a nadie y menos a una chica tan guapa como... —No me dio tiempo a terminar la frase. Ella, con una rapidez pasmosa, se impulsa y sale corriendo en dirección al edificio. Un enfermero intenta pararla sin éxito. No la sigo, las drogas que nos administran están dejando a todos locos.

La noche llega y no tengo noticias de Aroa. La que viene a pasar la ronda no es Noelia, sino un enfermero desconocido.

—¿Dónde están Noelia y Hugo? —le pregunto.

—Están de vacaciones.

—¡Cómo...!

—Eso es mentira, ellos durante el día han estado aquí. —Doy gracias a los cielos por haber descubierto que por alguna divina razón soy intocable. Intento beneficiarme todo lo que pueda de esta baza para huir de volver a ser drogado noche tras noche. Aquellos dos tienen que volver...

Sin un buen plan formulado, volviendo a improvisar con lo que tengo, empiezo a hacerme el loco desquiciado. Empiezo a gritar que el enfermero es un monstruo y quiere devorarme, me lanzo sobre él simulando defenderme, lo hago con cuidado de no hacer daño al pobre hombre que grita por auxilio como un loco. En realidad, es él el que se defiende, dejando claro mi estatus de protegido, ya que en ningún momento usa la fuerza y habilidad que claramente se ve que tiene. Entran dos hombres más a los que tampoco había visto para ayudarlo. Antes de que se acerquen a mí, cojo el cuchillo de untar, vale, no corta nada, pero con la adrenalina no se acuerdan de ello. Lo acerco a mi cuello y empiezo a gritar.

—No permitiré que me violéis, descuarticéis y devoréis mi cuerpo. Sois unos degenerados. Auxilio, auxilio —grito como un poseso montando un buen escándalo—. Exijo hacer una llamada. Llamaré a mi primo y a todos mis amigos, ellos son unos de los mejores abogados de España y harán que os encierren de por vida. —Los hombres se ponen blancos.

—Don Miguel, tranquilícese —dice un recién llegado que tampoco conozco.

—Tú también quieres abusar de mí. Todos queréis. —Vuelvo a gritar. Delante de mi habitación ya se había formado una buena. Todos quieren saber qué estaba pasando.

Presiono el cuchillo en mi cuello haciendo un corte superficial que deja a la vista una pequeña mancha de sangre.

—Por favor, no lo hagas.

—Dime, ¿quién quieres que venga a cuidarte? —Esta pregunta me encanta, pero no soy tonto, no diré ningún nombre para no ponerme en evidencia. Dejaré la pelota en el tejado de ellos.

—No confío en nadie, todos sois unos depravados, quiero un teléfono para llamar a mi gente. No podéis obligarme a estar aquí, eso va en contra de la ley.

—No podemos dejarte usar el teléfono, nosotros nos ocuparemos de llamar a tu familia para que venga mañana. Lo que sí podemos hacer es mandar a alguien en quien confíes.

—No confío en nadie… —grito a pleno pulmón.

Por el rabillo del ojo veo que uno de los enfermeros intenta acercarse por detrás sin que yo me dé cuenta. Anticipándome a su ataque, doy pasos hacia atrás hasta dar con la pared, me apoyo contra ella y presiono más el cuchillo en mi cuello.

—Que alguien traiga a los dos que lo cuidaban. —Tengo ganas de dar saltos de alegría, pero sigo con mi actuación. No puedo dejar que desconfíen.

Entra Hugo, que me mira asustado.

—Miguel, baja el cuchillo. Dime qué quieres. Todos aquí somos tus amigos.

—Quiero hacer una llamada. —Hugo, confiado, da dos pasos en mi dirección—. No te acerques, no te conozco.

El hombre para en seco y me mira asustado, mi actuación debe estar siendo digna de un premio Goya. La cara del pobre hombre no tiene precio. En todos los días que ha estado cuidando de mí, entre nosotros ha surgido cierta «confianza» que ahora mismo no se ve por ningún lado. Vuelvo a gritar nuevamente exigiendo la llamada. Uno de los hombres empuja a Noelia, que sale de detrás de su compañero con la cabeza gacha.

—Mira, aquí esta Noelia. ¿Te acuerdas de ella? —pregunta uno de los desconocidos. Digo no con la cabeza.

Al mirar a Noelia me asusta lo que veo, tiene magulladuras por los brazos y el ojo morado, por un momento olvido mi papel y me quedo sorprendido de su maltrecha figura. En los últimos días la notaba triste y preocupada. Sin embargo, ahora la veo aterrada.

—Salgan todos y déjenme a solas con él. —Ordena Noelia, que aun estando tan maltratada, delante de aquellas personas demostró autoridad.

—No podemos, nadie le puede tocar.

—Por eso mismo digo. No veis que está asustado, que no confía en nadie. Pero creo que puedo acercarme a él —dice Noelia con voz imponente.

Se miran entre ellos; algo reticentes, van saliendo de uno en uno. Hugo se posiciona a su lado.

—Tú también fuera.

—No te dejaré a solas con él.

—No te lo estoy pidiendo, te lo estoy ordenando, soy tu superior.

Hugo deja a un lado que soy un protegido, se acerca quedando a unos pocos centímetros de mi cara.

—Me da igual quién seas, o con quién te codeas. Si le tocas un solo pelo, te mato con mis propias manos.

—Fuera —grita Noelia.

El hombre la mira con visible dolor y decepción.

Una vez solo corro hasta ella, la sujeto por el hombro escrutándola de arriba abajo, es inevitable no hacerlo, no queda ni rastro de la mujer que vi hace pocas horas.

—¿Qué te ha pasado? ¿Quién te ha hecho esto?

—Eso ahora no importa. Sigue actuando como ahora, por tu bien, te aconsejo que seas el mejor actor del mundo. Todos aquí estamos en peligro y por ironía del destino el que es el protegido viene a ser el que más peligro corre.

—¡Dime qué está pasando!

—Miguel, aunque quisiera, no te lo puedo explicar ahora. No tenemos tiempo. Sigue al pie de la letra lo que te digo. Hugo es un buen hombre, pero no aguanta la presión, por lo que, para él, tú estarás loco, cada vez que cruce alguien por esa puerta que no seamos Aroa o yo hazte el loco.

—¿Sabes algo de Aroa?

—Claro que sé. Si Santana desconfía de que os veis a escondidas no sé qué sería capaz de hacer.

—¿Dónde está ella? La he buscado todo el día y no la he visto.

—Desgraciadamente, en esto no te puedo ayudar ahora mismo. Pero lo averiguo y te mantengo informado. Hazte el dormido. Por nada del mundo salgas de esta habitación sin mí.

Me acuesto dudando si le hago preguntas o no, claramente está molesta por algo, y mi instinto dice que es referente a este lugar. Mientras divago, ella me arropa y se gira para marcharse.

—Espera…, ¿quién te ha pegado? —pregunté al ver su cara de dolor.

—Ya te lo he dicho, no te preocupes. Son gajes del oficio. —Se gira y se va. ¡He vuelto a perder mi oportunidad!

Por su comportamiento me queda claro que no es la primera vez que esto ocurre, y me parte el corazón no poder hacer nada, por lo menos de momento. Por la noche ocurre más de lo mismo, los gritos por Santana, con la diferencia de que ahora son desesperados, algún que otro grito pidiendo auxilio y yo aquí retenido sin poder hacer nada. La puerta se abre en varias ocasiones, los funcionarios se pasan a cada poco a certificar si estoy dormido.

Por la mañana entra una enfermera que no es Noelia, rápidamente empiezo con mi teatro, la mujer sale despavorida. Dejaron el desayuno en mi habitación, pero no se atrevieron a servírmelo en la mesa, abren la puerta, dejan el carrito apoyado en la pared y desaparecen.

Voy a ducharme, a la vuelta encuentro a Noelia, que me hace señas para que no hable; no sé el porqué, pero le sigo el juego. Hago un poco de mi teatro por si acaso, veo aparecer un asustado señor de mediana edad con vestimenta de mantenimiento, el pobre hombre, al verme, se apresura a marcharse y dejarnos solos. Ella me aclara que viene a revisar si no había nada que yo pudiera utilizar para atentar contra mi vida. Que todos me temen y afirman que estoy loco, sacándome una sonrisa.

En el jardín, me acerco a Moni que, al verme, da dos pasos hacia atrás.

—¿Por qué me evitas?

—Amo mi vida —dice esto y sale corriendo.

¿Pero qué mierda pasa aquí? ¿Por qué nadie quiere hablar conmigo? Voy detrás de ella, cuando la alcanzo, la agarro por el brazo para retener su huida y la muy…, no insulto a las mujeres. Arg…, qué rabia. Moni empezó a gritar.

—No soy yo, se lo juro, es él quien no me deja en paz. Si estoy a su lado es culpa de él, que me persigue. Por favor, créanme, yo no quiero nada de él. Ni ser su amiga.

Al escucharla decir eso, la suelto como si me hubiera quemado. ¿Qué cojones es esto ahora? Si días atrás no me dejaba en paz y ahora habla de mí como si fuera un leproso.

—¿Qué mierda estás diciendo? ¿Qué está pasando aquí?

—No quiero morir, déjame ir y no vuelvas a dirigirme la palabra.

Capítulo 10

Jamás pensé que diría eso, pero deseo volver a mi habitación de la clínica, aquella que tanto odio, he roto cosas, dejado las paredes hechas un cristo y dicho que es una mierda maloliente. Llevo aquí, en este agujero, nueve días, solo lo sé porque cuento las noches que he mal dormido por la incomodidad de esta delgada colchoneta. Me muero de hambre, los que me mantienen cautiva apenas me dan de comer y beber. Mis necesidades fisiológicas las tengo que hacer en el váter que tengo dentro del cubículo que me dejaron.

Lo más triste de todo esto es que yo he creado esta fachada de chica mala, rebelde que nada le importa. Toda una mentira; lo único que quería era hacer sufrir a mis padres, apenas he bebido antes de entrar aquí, nunca he consumido drogas. ¡Que ironía! Me he hecho drogadicta en una clínica de desintoxicación.

Todo este tiempo he actuado. Es verdad que he buscado a mi verdadero padre, fui detrás de él en todos los tugurios de Valencia hasta dar con él. Estuvimos frente a frente, he hecho lo indecible por llamar su atención, necesitaba verlo de cerca, comprar de sus manos aquello que destrozó la vida de mi madre y como daño colateral de mi padre y la mía. El muy capullo, sin conocerme de nada, viene a darme consejos. Sentí ganas de escupirle en la cara que llegaba muy tarde para hacer el papel de padre. Respiré hondo, ignoré sus palabras, aproveché la cercanía para mirarlo y tener la certeza de quién era.

Lo dejé sorprendido con la cantidad de estupefacientes que compré. Solo ahora soy consciente de lo inconsciente que fui, no sé qué me hubiera pasado si la Policía me pilla con todo aquello encima. Seguro que me habrían acusado de tráfico de drogas. Todo lo que le pillé tenía una única función: hacer sufrir a mis padres.

Si hoy pudiera volver atrás, no haría nada de aquello. ¡Cómo me arrepiento! Daría lo que fuera por ver a mis padres, darles un fuerte abrazo y pedirles perdón por las noches de insomnio que les he hecho pasar, escuchar todas las broncas y sermones que quieran con tal de tenerlos a mi lado y poder decirles, mirándolos a los ojos, que los quiero. Los adoro y no quisiera morirme sin decírselo.

Todo lo que me está pasando es culpa mía, solo mía. Si no me hubiera empeñado en hacerles daño, ahora no estaría aquí, en poder de una mujer loca que me acusa de querer quitarle toda la felicidad. Me imagino que es la novia, esposa o amante de Santana. Ella da órdenes a todos los que entran aquí y nadie la cuestiona; ella para mí es una sombra, no me permite verla. Su voz es estremecedora. Aun sin fuerzas y sin éxito lucho por defenderme de sus matones que cada vez que entran, disimuladamente me meten mano.

Por más vueltas que doy la única explicación que encuentro para todo esto es que Santana, desde que me ha descubierto, solo se despega de mí para atender sus labores. Y eso la ha enfurecido. ¡Qué vida más desgraciada! Ya no tengo lágrimas que derramar.

Y Miguel, ¿cómo estará?, me imagino que igual que yo. La última vez que lo vi él estaba fatal. Ojalá no se haya dado cuenta de mi ausencia. No quiero que se preocupe por otra cosa que no sea salir de aquí. Cada día que pasa y veo cómo actúa esta gente sin miedo a nada, tengo menos esperanzas de que vayamos a lograrlo. Jamás se lo diré, esto es lo que le motiva a levantarse a diario, y lo apoyaré. Con que él salga de aquí sano y salvo me doy por contenta. Aquí dentro está enfermando y muriendo gente y nadie hace nada para acabar con esto. Si Miguel logra escapar, los denunciará y este sitio será borrado del mapa.

—Eh…, bonita, ¿cómo te encuentras?

—De puta madre, ¿no lo ves? ¡Loca psicópata! —digo escupiendo veneno.

—No sabes el gran error que has cometido metiéndote con el hombre de las demás. Te mataré lentamente —me amenaza con voz fría y tenebrosa—. ¿Y sabes lo más interesante? Que él sabe que estás cerca, que estás en peligro y no hará nada para salvarte. Y ¿sabes por qué?

—Vete al infierno —grito sacándole una carcajada.

—El infierno está aquí, nena, y tú te consumirás poco a poco en él hasta que solo seas ceniza.

—Yo no tengo nada con nadie. Nunca me he relacionado con ningún hombre de aquí.

—Ya lo sé, es verdad. Sin embargo, los tienes a todos encandilados detrás de ti.

—Deja que me vaya, no se lo diré a nadie. Solo déjame marchar —imploro ya sin una pizca de dignidad.

—El enfermero ya mismo vendrá a verte —comenta ignorando mi súplica.

—Por favor, no más drogas. Haré lo que quieras, pero no me hagas consumir esta porquería.

—Como hoy te portaste bien solo te haré consumir la mitad.

—Santana…, sácame de aquí —grito. Estoy tan desesperada que haría lo que fuera para no tener que seguir con esta tortura. Mis momentos de lucidez son cada vez menos y no quiero perderme.

—Grita todo lo que quieras. Nadie te va a escuchar, tu protector está de viaje y va a tardar mucho en volver —dice con satisfacción.

Cuando siento que viene el enfermero me resguardo en la esquina con la inútil intención de ocultarme. No tengo nada que hacer en contra de los que me someten, ellos me triplican en tamaño y fuerza.

—Por favor, no lo hagas. Hasta el día en que todo empezó yo nunca había consumido, nunca había esnifado nada y esta mujer me obliga a hacerlo varias veces al día, me estoy volviendo una yonqui. Ayúdame a salir de aquí y curarme —le suplico.

—Qué malagradecida eres, con la cantidad de gente que hay tras esta puerta capaz de cualquier cosa por una sola raya y tú las estás rechazando.

—Bien, bien —digo con rapidez—. Puedes salir ahí afuera y regalarlas a quien quieras. —Es la ley de la supervivencia. Aquí es ellos o yo. Y mi cuerpo ya está al límite.

—¡No va a poder ser! Estas dosis fueron preparadas especialmente para ti.

Después de escuchar estas últimas palabras no sé que ha pasado, me he desmayado. Cuando recobro el conocimiento estoy en una confortable cama, cosa que agradezco. Donde estaba tenía una esterilla en el suelo, no había ventana, aparte de las del pasillo por donde entraba un poco de claridad. Me siento en la cama y miro a mi alrededor en busca de algo conocido. Tengo la esperanza de que me devuelvan a mi habitación, pero no es así, esta habitación no es la mía. Voy hasta la puerta para mirar en el pasillo y, como me lo imaginaba, está cerrada con llave. Vuelvo a acostarme y me hago un ovillo. Me gustaría tener papel y boli para dejar una carta a mis padres, diciéndoles que, aunque sigo muy dolida por todo lo que me ocultaron, los quiero. Ojalá nunca hubiera escuchado aquella conversación. Hasta aquel día era muy feliz. Me quedo adormilada, aquí no hay nada de ruido, al igual que en el habitáculo que estaba, con la diferencia de que allí hacía mucho frío y aquí no.

El ruido de la llave en la puerta me despierta y no puedo evitar empezar a llorar. Sé que son las personas que me sacaron de mi habitación la primera vez y vienen a por mí, y me llevaran de vuelta a aquel horrible lugar. Ya no quiero luchar, no quiero tener esperanza; solo quiero morir y que esto se acabe de una vez. Yo no he hecho nada para merecer estar pasando por esto. Que me administren todas las drogas que quieran, me rindo, ya no comeré ni beberé. Que se acabe de una vez mi sufrimiento.

Capítulo 11

Hago exactamente como me indica Noelia, a cada persona extraña que entra en mi habitación monto un espectáculo, amenazo con agredirlos si se acercan a mí y todos salen corriendo. Los funcionarios empiezan a negarse a atenderme, entre ellos Hugo, que por lo que veo ya no es compañero de fatigas de Noelia. Ella lo evita y cuando lo ve cerca de mí, es muy dura con él y lo echa de la habitación.

Llego a abrir la boca para preguntar qué pasa entre ellos, pero antes de que pueda proseguir, ella, astuta, direcciona mi atención hacia otro tema que me importa más.

—Ya sé dónde tienen a tu amiga. —Raudo, me incorporo y me acerco a ella.

—¿Dónde? Dímelo, quiero ir a verla.

—No creo que eso sea posible.

—¿Qué me estás diciendo? —grito fuera de mí—. No me cuentes chorradas, me dices dónde la retienen ahora mismo o esta farsa se acaba para los dos.

—Estoy arriesgando mucho para ayudarte. ¿De verdad crees que solo yo saldré jodida si toda esta mierda se destapa? —dice furiosa por mi chantaje—. Mi vida se ha transformado en un infierno desde que crucé las puertas de esta clínica por primera vez muchos años atrás. Y he sido capaz de mantenerme viva y proteger a los míos, que ya es mucho decir con la carga que llevo encima. Sin embargo, te conozco desde hace unos pocos meses y estoy arriesgándolo todo por ayudarte. Y te crees con derecho a amenazarme.

Sus palabras están cargadas de rabia. La mujer dulce y cariñosa que había conocido desaparece y da paso a una desesperada llena de odio y dolor.

—Perdóname, es que ella me importa. Ya no tengo noción del tiempo. Creo que ella y tú sois lo único que me mantiene cuerdo. Ayúdame, Noelia. —La mujer respira profundamente dejando a la vista su evidente cansancio.

—Lo haré, pero no sé cómo saldremos de esta. Aroa está en manos de ella. Y no conozco a nadie que haya regresado con ganas de vivir después de ir de vacaciones.

—¿Qué es eso de ir de vacaciones? —pregunto sin entender nada de lo que está diciendo—. ¿Quién es ella?

—Te contestaré solo lo necesario, cuanto menos sepas, mejor.

—De eso nada, cuando salga de aquí destruiré uno por uno a los que nos hicieron daño. No tengas miedo, yo te protegeré, tú eres otra víctima más.

—Miguel, hijo. —Toma mi mano entre las suyas—. Si logramos salir de aquí, olvídate de este lugar, de esta gente, que me conociste, de todo lo que ha pasado aquí. Aquí dentro ocurre algo muy grande que ni tú con tus influencias puedes parar. Se mueve mucho dinero, hay gente muy importante involucrada. Y yo, muy seguramente, para cuando tú cruces la puerta de salida estaré muerta. Si el fuego cruzado no me mata, lo hará ella. Ten por seguro que ellos no se rendirán. Para que se salven unos, otros morirán y yo seré uno de ellos.

—Eso no va a ocurrir. Te llevaré conmigo. No me iré de aquí sin que tú estés a mi lado.

—Eso no va a ocurrir y lo sabemos. Ahora necesito que me prometas una cosa. Solo te ayudo si me lo prometes. Es mi única condición, lo demás está en las manos de Dios.

—Dime qué quieres.

—Si logras salir de aquí, quiero que vayas a mi casa, cuando llegues allí sabrás qué hacer. Y Hugo tiene que quedar fuera de todo esto. Yo, como puedo, estoy borrando todo rastro de cualquier cosa mala que él haya podido hacer aquí dentro. Él es un buen hombre, le utilizan y obligan a hacer todo esto. Y no se merece pagar por los crímenes de los demás.

—Sabes que lo que me pides es un delito, ¿verdad?

—Y tú sabes que estoy arriesgando mi vida para que salves la tuya, ¿verdad?

La frialdad y dolor con que dijo esa frase me deja claro que se rinde, ya no tiene esperanzas. ¿Qué mierda pasa aquí? Llevaré conmigo al mayor número de personas posible, pero las dos que como sea van conmigo de la mano son Aroa y Noelia.

—¿Quién es ella? —pregunto de repente con la intención de que con la sorpresa me revele la identidad de esa mujer misteriosa.

—Lo único que necesitas saber es que Santana al lado de ella es un ángel.

—Noelia…, ayúdame a entender toda esta situación. Cuéntame quién es ella.

—¿Qué parte de lo que he dicho de que cuanto menos sepas, mejor no has entendido?

Me voy a callar, no la puedo presionar más, está poniéndose roja. Y ahora que ya la tengo a mi lado no la puedo ahuyentar por no saber frenar mis ganas de salir de aquí. Iré sonsacándole la información poco a poco. Ahora me intriga saber quién es esa mujer que no conozco de nada. Nunca la he visto, pero, por lo que pintan, es el mismísimo demonio. Son miles de preguntas que tengo en la cabeza.

—Vale, Noelia, por hoy no te haré más preguntas. No obstante, no te diré que esto se ha acabado aquí, porque no es así. Necesito respuestas y tú eres la única que me las puede dar.

—¿No quieres saber dónde está tu amiga? —Qué astuta. Sabe que no hay nada que me preocupe más ahora mismo que Aroa.

—Dime dónde está.

—La tiene encerrada en el ala recreativa, como vulgarmente la llama la que la tiene. Entrar allí es muy complicado, pero si tienes dinero las cosas se tornan algo más fáciles.

—¿De cuánto estamos hablando? Tengo un buen trabajo, vivo muy bien, pero no soy rico.

—Miraré lo que puedo hacer para que la veas esta noche. —Me quito mi reloj y se lo doy. Me apena deshacerme de él, es lo único de valor que tengo aquí, no creo que un mercenario acepte tarjeta de crédito o me deje pagar después. Estoy seguro de que cuando ellos sepan el motivo por el cual me deshice del reloj, estarán orgullosos de mí. Fue un regalo que me hicieron mis amigos cuando gané mi primer gran caso, que reportó una muy buena publicidad, prestigio y una generosa ganancia al bufete. Todos ya se habían hecho un nombre y con aquel caso fue mi oportunidad de ponerme en la lista de los abogados con prestigio.

Noelia se ha ido hace horas y no he vuelto a saber nada de ella. El encargado de traerme la comida es Hugo, que no se atreve a acercarse a mí. Yo sigo con mi farsa, al ver que él me miraba le grito preguntando qué seguía haciendo allí todavía. Él, rápidamente, sale corriendo. Su manera de mirarme me deja intrigado, es como si quisiera decirme algo y no se atreviera. Aunque me muero por saber qué es, no le pregunto, cuanta menos gente esté involucrada en todo esto, mejor, este hombre le importa a Noelia y por ella haré cuanto esté en mis manos para sacarlo de aquí ileso.

El no tener mi reloj para saber la hora me inquieta. Ahora ya no puedo orientarme con la hora. Todo aquí se hace eterno.

La puerta se abre y entra mi ángel de la guarda en compañía de un hombre alto y fuerte, que con su sola mirada impone respeto. Si me enfrento a él seguramente me lleve la paliza de mi vida. Diviso mi preciado reloj en su muñeca. Seguro que no tendrá la menor idea de qué lleva encima. Noelia no deja de darle indicaciones. El hombre le demuestra respeto y escucha sus órdenes sin rechistar.

—Levántate, vamos a llevarte a ver a Aroa —me ordena Noelia—. Ella ya se ha ido y no volverá hasta mañana, y mi amigo aquí será el encargado de vigilar la planta recreativa hoy.

—Gracias, no sé cómo agradeceros.

—Con este peluco tienes un pase de cinco visitas vis a vis.

—¿Qué estás diciendo, desgraciado. ¿Crees que la situación es para bromear? —le regaña Noelia.

—Perdón. Vamos, no perdamos tiempo. Tengo que llegar cinco minutos antes para sustituir a mi compañero y unos minutos más para meterte dentro del *spa*.

El hombre lleva un uniforme parecido al suyo, Noelia, dejando claro quién está al mando, me ordena vestirme. Las prendas me quedan algo justas, pero me da igual, lo único que quiero es llegar hasta ella. Desde que sé que está retenida en algún lugar de este sitio no puedo pensar en otra cosa, es increíble como una persona que acabo de conocer me hace llegar al punto de arriesgarme por saber si está bien. Si está malherida, no sé qué seré capaz de hacer. Mataré a esa misteriosa mujer con mis propias manos.

Me asombro cuando salimos de mi habitación y nos dirigimos a la última del lado izquierdo. ¡Me están tomando el pelo! Que me devuelva mi reloj, es una broma que monten todo este espectáculo para cruzar cuatro pasos y entrar en una habitación casi delante de la mía. Al abrir la puerta, Noelia me toma por el hombro.

—Haz caso de todo que él te diga. —La miro sin entender nada.

—¿No vienes con nosotros? —pregunto desubicado.

—No puedo. Es un área para personal autorizado. —Mi cabeza empieza a dar mil vueltas. No es que me conozca al dedillo el funcionamiento de este sitio, pero si hay una persona que veo ir y venir por aquí, ese alguien es Noelia.

—Tenemos que irnos. Si llego tarde, mi compañero se va a enfadar —dice el de seguridad.

—Anda, vete… Ya hablaremos.

Por más que quisiera preguntarle el porqué, sé que no puedo. Sigo al de seguridad. Al cruzar la puerta me encuentro una habitación vacía idéntica a la mía, el hombre abre la puerta del armario, presiona un casi invisible botón y delante de nosotros aparece un largo pasillo muy poco alumbrado. Por el camino nos cruzamos con dos guardias más, pasamos por delante de ellos sin problemas; los hombres siquiera nos miran, cosa que me alivia. Aquí dentro no tengo la menor posibilidad de salir sin la ayuda de este hombre del que no conozco ni el nombre.

El silencio es interrumpido por las explicaciones de mi «guía», que va diciendo punto por punto el funcionamiento del ala recreativa. Nos metemos en otro pasillo donde, para tener acceso, hay que meter la huella dactilar. Pasamos por delante de un ascensor que está justo al lado de la escalera por la cual bajamos. El guardia me explica que da acceso a donde vamos, pero para los funcionarios está prohibido utilizarlo, salvo casos especiales. El hombre no calla, no deja de explicarme todos los entresijos del lugar, yo me voy empapando de todo lo que me cuenta para mi beneficio a la hora de sacar a la gente de aquí. En su verborrea está dándome informaciones de vital importancia, no obstante, las dos de más relevancia para mí son que la única persona que está abajo es Aroa y que desde hace unos meses todas las cámaras de seguridad del interior han sido desactivadas. No me hace falta preguntar el porqué, esta gente no quiere dejar ningún tipo de prueba en su contra. Quizá la Policía ya esté detrás de ellos y por eso se cuidan tanto.

El vigilante, aunque me está ayudando, también lo meteré en la cárcel por cómplice en todo esto. Ahora me ganaré su confianza para poder llegar a Aroa, pero llegado el momento pagará por sus crímenes.

Paramos delante de una puerta que parece blindada.

—Señor, después de que crucemos esta puerta estará a unos pocos metros de su chica. Haga todo tal y como yo le mande para que no nos descubran, porque si lo hacen, ambos estamos muertos.

—Como tú digas, abre de una vez —le ordeno.

Escuchamos un ruido, el hombre rápidamente me empuja dentro de una habitación y me hace señas para que me quede callado. Cuando cierra la puerta, todo queda a oscuras, no veo absolutamente nada. A los pocos minutos vuelve a por mí. Le sigo con el corazón en un puño. A medida que nos adentramos por aquellos pasillos, mi ansiedad aumenta.

Él se para delante de una puerta, que lo único que da visibilidad hacia dentro es un pequeño agujero para introducir la comida. Al abrirla nos encontramos con otra barrera que me impide abrazarla. Unos barrotes de hierro nos separan. Aroa todavía no me ha visto, yo desgraciadamente a ella sí, lo que tengo delante de mis ojos me destroza el alma. La leona está acostada en una delgada colchoneta en posición fetal totalmente indefensa.

Una vez tengo el camino libre, corro hasta ella y la llamo por su nombre, poso mi mano sobre su hombro y la muevo despacio sin obtener respuesta. Está completamente dormida.

—Señor, por desgracia no le puedo garantizar que ella se despierte. Es toda una guerrera. Y para reducirla, la drogan con cantidades elevadas. Volveré dentro de cinco horas para sacarlo de aquí.

—¿Qué drogas le administran? —pregunto con la esperanza de que me revele que utilizan aquí.

—No sé decirle, ella se niega a atender las órdenes de la señora, agrede a los que entran para atenderla y la única manera de tenerla tranquila es esta.

—¿Cómo podéis estar de acuerdo con todo esto? —digo exasperado.

—Señor, ¿se ha parado a mirar a su alrededor? Todos los que estamos aquí llegamos por la gran oportunidad que nos cayó del cielo. No teníamos todas las calificaciones que exigen por ahí. Pero sí disposición y ganas de aprender. En los primeros meses, todo fue perfecto. Todas nuestras deudas fueron saldadas, coches nuevos, nuestros hijos en los mejores colegios. ¿Quién no quiere lo mejor para su familia? Estábamos encantados. A los seis meses, cuando toda tu familia ya está habituada a la buena vida, tus padres están orgullosos de ti, tus amigos te envidian por la gran oportunidad que tuviste, tu mundo perfecto se viene abajo, la jefa se presenta delante de ti y te cuenta todo lo que debes hacer.

—¿Y por qué no la denunciáis?

—Tenemos deudas con ella que jamás le podremos pagar, pero esto es lo de menos. Esta mujer es el demonio. Tiene a la familia de todos en su poder. Hablando claro: estamos amenazados, si algo pasa, da igual quién la haya delatado, matará a la familia de todos.

Me tiro de espaldas al sucio suelo y me tapo la cara. No puede ser. Todos los que están aquí son cómplices, pero ninguno por libre y espontánea voluntad.

—Déjanos a solas. —Me tumbo al lado de ella y la abrazo. Ahora mismo no me encuentro con fuerzas para despertarla. Necesito reponerme, en el poco tiempo que la conozco jamás ha pasado por mi cabeza verla en este estado de fragilidad. A cada paso que doy acercándome a la verdad, voy descubriendo más víctimas. Y no soy ningún superhéroe, lo único que deseo es salir de aquí y cada vez lo veo más difícil, no hago más que encontrarme con personas que me necesitan. Y no sé si puedo ayudarles. Disfrutaré de estos minutos de tranquilidad, estar así con ella me calienta el corazón. Me hace fantasear con conocerla fuera de aquí. La atracción que siento por ella cada vez es mayor, el oír como el vigilante describía lo luchadora que es me llena de orgullo. Cómo me hubiera gustado haber dado con ella en otras circunstancias y bien lejos de este lugar.

Aroa se revuelve entre mis brazos.

—Leona, abre tus bonitos ojos para mí.

—Estoy delirando, tú no estás aquí —murmura sin fuerzas.

—Soy real, estoy aquí.

—Es mentira, no es más que una alucinación. Vete de mi cabeza, pensar en ti todo el tiempo solo me hace más daño. —Se le escapa un sollozo, la giro hacia mí y la obligo a mirarme a los ojos, ella se niega a abrirlos. Sigue pensando que soy una alucinación. Está rota, totalmente rota, la presiono contra mi pecho. Es reconfortante, placentero, sin tener nada enfermo de por medio. Tengo que traerla de vuelta.

—Aroa, soy yo, mírame.

—¿De verdad estás aquí?

—Sí…

Sin que lo esperara, agarra mi rostro entre sus manos y me besa. Sin saber todavía muy bien qué está ocurriendo, le devuelvo el beso y nos fundimos en uno solo, siento su tacto debajo de mi camisa, el beso suave se vuelve desesperado. Sus manos viajan por mi cuerpo haciendo que las suaves caricias despierten un volcán en mi interior, mi cuerpo la reclama.

Me giro y me pongo encima de ella. Su cuerpo serpentea debajo del mío llevándome al cielo. Acerco mi boca a su cuello, deslizo mi lengua por él disfrutando de su sabor salado. Sus manos buscan los botones de mi pantalón.

—No, aquí no.

—Aquí sí, no vamos a salir de este lugar y sueño con esto desde el día que me interceptaste en aquel jardín y me inmovilizaste sobre aquel árbol. No me niegues esto. ¿O no quieres?

—Claro que quiero. —¿Esta mujer está loca? ¿Qué hombre en su sano juicio no va a querer tener sexo con ella?

Ya no hay palabras, le quito la camiseta y me adueño de sus firmes pechos. Con maestría se deshace de cada botón de mi camisa que impide a nuestras pieles fundirse una en la otra. Su pantalón es de goma, cosa que me facilita deshacerme de él. Lo arrastro junto a su ropa interior, libero mi sexo y la penetro, no hay palabras, somos puro deseo, nos tocamos reconociéndonos. Dejamos que nuestros cuerpos se reclamen, que se conecten. Es salvaje, primitivo. Al mismo tiempo sensual, no me atrevo a decir romántico, pero hay algo.

—Más fuerte, más duro.

—No…, te haré daño.

—Lo necesito, hazme gritar de placer. —Sus uñas se clavan en mi espalda, siento el escozor en mi piel, una corriente mezcla de dolor y placer recorre mi cuerpo haciéndome perder el control. Me vuelvo salvaje, posesivo, invado su cuerpo con el deseo de marcarla. Sus gritos y gemidos son lo único que oigo, me olvido de mí y me entrego a ella, a su placer.

Aroa se ofrece a mí sin reservas, cruza sus piernas sobre mi cintura abriéndose a mí y ofreciéndome lo más profundo de su cuerpo, de su ser. La embisto una y otra vez, el sudor se escurre por nuestros cuerpos transformando nuestra esencia en una y uniéndonos. El placer que siento es indescriptible.

—Miguel, me corro… —me dice entre gemidos llevándome al cielo.

—Córrete, mi leona. Vamos, dámelo.

Intensifico más mis embistes. A esta pequeña mujer el apodo de leona le viene como anillo al dedo. Acaba de devorarme sin el menor esfuerzo.

—Me corro… —grito dejándome llevar por el inmenso placer que siento al estar dentro de ella.

De vuelta al mundo real, no me siento contento por lo que he hecho. He perdido el control, ella no se merece esta primera vez. Me hubiera gustado llevarla a cenar, regalarle flores y bombones, venerar su cuerpo y no haberlo mancillado como acabo de hacer en este cuchitril.

—¿Tan malo ha sido para que estés así de triste?

—Aroa…, mira a nuestro alrededor. Me atraes y mucho. —Me rasco la cabeza, no tengo la menor idea de lo que me pasa con esa chica. Lo único que sé es que cada vez que estoy cerca de ella pierdo el control—. Yo no deseaba una primera vez contigo tan horrible como esta.

—Siento que haya sido horrible para ti, pues para mí ha sido maravillosa.

—No me entiendes. —Golpeo la maltrecha colchoneta—. Hacer el amor contigo ha sido maravilloso. Encontrarte ha sido maravilloso. Solo quería que nuestra primera vez fuera de otra manera.

—¿Te has parado a pensar que igual si la hubiéramos planeado no habría sido así de especial? El lugar no importa, lo que importa es lo que sientes aquí dentro. —Posó su mano en mi corazón—. Dime, ¿qué sentiste?

—No sé describirlo con palabras —reconozco que estoy avergonzado por no saber explicar lo que sentí al estar dentro de ella. Ha sido maravilloso, no recuerdo haber sentido esto con otras mujeres. Ni cuando Alejandra y yo teníamos relaciones drogados era así de intenso.

—Con un beso serías capaz de explicármelo. —Me guiña un ojo quitando importancia a mi aturdimiento.

—Con uno no lo sé, pero con dos o tres quizá.

Con este juego tonto se evapora el mal rollo que yo había creado. Durante un buen tiempo evitamos hablar sobre lo que pasa a nuestro alrededor, nos conocimos un poco, nos contamos chistes malos. Por un momento, somos dos personas normales y corrientes que se atraen conociéndose. La burbuja explota, un gran estruendo fuera de la celda nos sobresalta.

Capítulo 12

Estamos tan bien, relajados, disfrutando del momento cuando todo se transforma en un caos. En un principio pensamos que habían tirado una bomba y venían a rescatarnos. Pero lo que en realidad ocurre es que el guardia de seguridad abrió sin el menor cuidado la puerta que me separa de la libertad y entró corriendo. Todo ha ocurrido tan rápido que no nos da tiempo a asimilar qué está pasando. Yo, que estoy desnuda sobre el cuerpo de Miguel, al ver al hombre en medio de mi celda, tapo mi desnudez con las manos. Miguel, al ser consciente de mi estado, me oculta detrás de su cuerpo. Como puedo, con el pie arrastro mi camiseta y me visto. No sé qué hacer, no sé si por el efecto de las drogas o el letargo de la situación, por un instante estoy bloqueada, totalmente perdida. Miguel, aun sabiendo que llevo la camisa puesta, se estira intentando taparme todo lo que puede, coge sus cosas y mi pantalón.

El hombre empieza a gritar que tienen que irse, que no hay tiempo, agarra a Miguel del brazo y sale arrastrándolo como ha venido al mundo. Mi amante estaba tan preocupado de taparme que tenía sus ropas entre los brazos sin vestirse. Corro detrás de ellos, agarro a Miguel por la cintura y empiezo a gritar que lo deje en paz, que no le haga nada malo, que la culpa era mía, que yo lo había seducido. Me olvido por completo de dónde estoy y los riesgos que corríamos si nos sorprenden juntos. Mi única preocupación era salvar a Miguel, que al ver lo descontrolada que estaba, se libra del agarre del vigilante y me abraza. El vigilante viene detrás de él y vuelve a cogerle por el brazo.

—Por favor, no te lo lleves. Déjalo en paz.

—Señorita, no puedo, el jefe ha llegado, él y la dama de hierro están discutiendo en el despacho de ella. Tengo poco tiempo para sacarlo de aquí, todos sabemos perfectamente qué están tratando, si os pillan juntos no sabemos qué puede ocurrir. Ambos sois protegidos.

—Aroa —me llama Miguel—. No te preocupes, mi leona. Él es quien me ayudó a llegar a ti.

—¿Volveré a verte?

—¡Eres mi chica!, ahora más que nunca volveré a por ti. —Oírle decir que soy su chica me alegra un poco, me da fuerzas y energías para seguir luchando. Ya no deseo morir, en mi pecho se instala la esperanza de que puedo vivir algo bonito con él, trabajaré codo con codo junto a él en busca de la manera de escaparnos de aquí. Pero la idea de no saber qué está pasando ni cuándo lo volveré a ver nuevamente me preocupa.

—Júrame que no me vas a abandonar.

—Eso nunca, solo te pido que seas fuerte, que no te rindas. Haz lo que haga falta para estar bien.

—Señor, tenemos que irnos —dice preocupado el guardia de seguridad.

—Lucha, mi leona, sé fuerte. Para que yo pueda librar esta batalla, necesito saber que estás bien —dijo mirándome a los ojos.

—Te prometo que lo estaré.

Me da un fugaz beso y sale de mi fría y asquerosa celda dejando un inmenso vacío en mi pecho.

Capítulo 13

El guardia va delante asegurando que el camino está despejado. A cada paso que doy lejos de ella muero un poco por dentro. No sé si hemos perdido tiempo hablando o lo ganamos. Solo sé que ahora mismo siento que debería de enfrentarme al mundo para traerla conmigo y no actuar como he hecho; soy un cobarde por haberla dejado sola. Debería haberla sacado de allí como fuera. Hecho algo más que follar con ella como un animal y marcharme como una rata. No sé cómo la están tratando. ¡Qué hombre que se precie abandona a una mujer en su habitación y se viste en el pasillo para salvarse el culo!

El guardia me hace una señal para que pare. Acato su orden, él se acerca al gran pasillo que tenemos que cruzar para llegar a las escaleras. Yo me pego contra la pared y espero su orden. A lo lejos escucho voces, pero no puedo identificar lo que dicen. Me llama, y a pasos firmes voy en su dirección.

—Señor—. Empieza a explicarme que cruzaremos el tramo más crítico de todo el recorrido, me pide seguir todas sus indicaciones y no hacer ningún tipo de ruido. Su comentario me desconcierta, cuando vinimos pasamos por aquí, y no comentó que fuera peligroso.

—¿Antes no lo era? —pregunto intentando saber qué está pasando.

—Cuando vinimos los jefes no estaban. Y ahora no solo están, sino que se están matando en su despacho por culpa de su amiga.

—Amiga no, novia. —corrijo para que no le quepa duda de que Aroa es mía.

—Lo que usted diga. Yo tengo familia y no quiero morir. Haga lo que yo digo y saldremos de aquí con vida.

Por mi cabeza pasa la idea de acabar con todo esto de una vez. Estoy a unos pocos pasos de los responsables del infierno que estamos viviendo. Asomo la cabeza, miro el gran pasillo y veo una puerta que me separa de ellos. Cuando vine, no me había fijado en ella, está al final del pasillo, me imagino que es allí donde están las personas que ahora mismo más odio en este mundo.

—No intente nada, sería una pérdida de tiempo. Para acceder a aquel despacho se necesita la huella dactilar o abrir la puerta desde dentro. Esta gente lleva un botón del pánico encima. En menos de diez segundos estaría rodeado.

—¿Cómo sabes que pienso ir a por ellos?

—Esa misma mirada tenemos casi todos los que trabajamos aquí.

—¿Por qué nadie hace nada?

—Ya se lo he dicho…, tienen a nuestras familias amenazadas. Señor, me cae bien, tome. —Arranca el reloj que le había dado como pago y me lo devuelve—. Sea lo que sea que trama, déjelo, no saldría bien. Ahora no disponemos de cámaras, pero aun así esta gente controla todo lo que pasa aquí dentro. Y no me gustaría que le pasara nada malo.

—¿Qué me sugieres entonces? ¿Que acepte vivir esta vida de cautiverio junto a la mujer que quiero en mi vida hasta el día que ellos se cansen y acaben con nosotros?

—Créame …, son las dos últimas personas que este par de tarados matarían: Aroa porque él está obsesionado con ella, y usted porque ahora mismo es su peor pesadilla.

—¿Y eso por qué?

—A diario tienen que enviar a su familia una prueba de vida junto a sus análisis, si pasa un solo día sin que prueben que está bien, se le acaba la libertad. Su primo les paga todos los meses, pero no pasa un solo día que no los llame y pida un vídeo o información suya comprobando que está progresando.

—¿Cómo sabes todo esto?

—Somos más de cien funcionarios y el noventa y nueve por ciento los odia. Y entre estas paredes se oyen muchas cosas. ¡Ahora vamos, nos estamos exponiendo demasiado!

Lo sigo con una gran duda en mi cabeza. Si es verdad que he pasado un mes dormido como dijo Aroa, ¿cómo se las apañaron para enviar vídeos a mi primo? Ojalá tenga la oportunidad de preguntarle a este hombre.

Llego a la habitación, mal pongo el pijama deshaciéndome del uniforme y entra Noelia preocupada.

—Casi me da algo de tanta preocupación. ¿Cómo estás? ¿Y la niña cómo está?

—Ella está bien, no pudimos hablar mucho, pero está bien —digo tranquilizando a la pobre mujer, que en estos días ha envejecido diez años—. La tienen cautiva en un cuartucho minúsculo con apenas luz, pero es fuerte y saldrá adelante.

—No te preocupes por eso, Santana llegó y la sacará de allí. Métete en la cama y pase lo que pase hazte el dormido. Entre esos dos las cosas se pondrán muy feas y todo el que se cruce en su camino ahora mismo saldrá damnificado.

—¿Cómo puedes pedirme que no me preocupe? ¿Quién es ella?

—¡Ya te lo dije! Cuanto menos sepas, mejor.

—Esto no va así, si los quiero destruir tengo que saber hasta la marca de su crema dentífrica.

—Anda, mejor vete a dormir. —Estoy harto de que todos me callen la boca cuando les dé la gana.

Por la mañana, la clínica era un verdadero hervidero, todos los internos estaban locos de contentos por ver a Santana. Que quien lo vea con los pacientes se crea que es buena persona, que cuida y se preocupa por ellos, cuando, en realidad, les está destrozando la vida. Primero nos cura para, después, él mismo ocuparse de volver a engancharnos.

En su cara hay varias marcas muy visibles de uñas, creo que no exageraron cuando dijeron que las cosas entre él y la tal dama de hierro se vuelven serias. Como no le quito el ojo de encima, por primera vez veo como ordena a uno de los enfermeros, con un casi imperceptible gesto, que le entregue droga a un paciente que, de inmediato, también entrega algo de vuelta; ¡desgraciado, por eso lo adoran, les proporciona droga! ¿Cómo he podido estar tan ciego? Todo esto ha ocurrido delante de mis narices y no lo he visto. Estamos seleccionados como ganado. En la otra clínica nos miman, nos curan, se ganan nuestra confianza y la de nuestros familiares y en esta vuelven a destrozarnos. Solo yo sé lo mal que lo pasé los días que, por tercera vez, me enfrentaba al mono y sin ayuda para superarlo. Noelia intentando ayudarme y creyendo que no lo sabía me dio metadona, nada más ella dejarme solo la tiré, me niego a tomar nada que me pueda causar adición, no quiero tomar ni ibuprofeno.

Mi día se ilumina cuando la veo aparecer, mi leona, tan guapa, vuelve a tener brillo en los ojos, para mi mayor dicha camina por su propio pie. Lo que estropea mi maravilloso momento es ver como Santana, al divisarla, su cara se ilumina y le regala una enorme sonrisa y ella, aunque forzada, le corresponde.

Yo sé que es por pura supervivencia, pero eso no lo hace menos doloroso, no puedo fingir que no me importa, todo aquí dentro se magnifica y ahora mismo la siento mía. Odio cómo la mira y posa sus asquerosas manos sobre su cuerpo. Las otras pacientes tampoco se ponen contentas con la actitud de él con mi chica, pero no creo que sean movidas por el mismo motivo que yo, más bien todo lo contrario.

Tengo que contenerme para no saltar encima de él cuando la coge de la mano y le da un beso muy cerca de los labios. Veo como su cuerpo se tensa. Santana mira a la segunda planta con una sonrisa en el rostro, giro la cabeza en la misma dirección. Solo veo una cortina cerrando de mala manera, clara evidencia de que a la persona que estaba allí no le ha gustado lo que ha visto.

Su móvil suena. Con una sonrisa de satisfacción se despide de Aroa y se va. Aprovecho el momento que se queda a solas, me acerco y la arrastro lejos de la vista de los demás. Mi mayor necesidad es saber cómo está ella.

—No te acerques a mí, este hombre está completamente obsesionado conmigo. Se volvió loco al ver dónde y cómo estaba.

—No le tengo miedo.

—Pues deberías. A pesar del mal olor del lugar ha percibido el olor a sexo y se ha puesto hecho una furia. Me ha exigido saber qué había pasado. He hecho una cosa de la que no estoy orgullosa. Pero era eso o revelarle que he estado contigo.

—Acuérdate de lo que te dije: haz lo que sea para estar bien.

—Pero lo que hice puede que haya puesto a alguien en peligro.

—¿Qué has dicho tan grave para que te tenga así?

—Le he dicho que uno de sus hombres se masturbaba cada vez que entraba a verme. Él se volvió loco y me obligó a describir a la persona. Miguel…, te lo juro, juro por Dios que no quería poner a nadie en peligro.

—Shhh…, no te martirices, eres una leona, ¿te acuerdas? En la selva solo hay dos opciones: eres el cazador o la caza. Mírame —le pido conteniendo las ganas de cogerla entre mis brazos—. No te sientas mal por querer vivir.

—Uno de los de seguridad me ha tratado muy mal, siempre es muy rudo y… —Las palabras se le atragantan—. Me tiró del pelo, me manoseó y dijo que el día que tuviera una oportunidad me follaría hasta dejarme sin sentido. El odio que siento hacia él hizo que lo describiera a Santana. En mi cabeza solo vino la cara de aquel desgraciado. Pero ahora me siento fatal. No lo vi por ningún lado y tengo miedo de que por mi culpa le hayan hecho algo.

—Leona, era él o yo. Y si tú no hubieras apuntado hacia él, Santana habría indagado hasta dar conmigo. Ahora necesito besarte. Voy a mi habitación, deja pasar unos minutos y ven detrás de mí. Allí tendremos algo de privacidad, nadie se atreve a entrar.

—¿Y eso por qué?

—Una larga historia —digo riéndome. Ojalá la vuelta de Santana no cambie mi tapadera.

Paso por delante de Noelia y le hago una seña para que me siga. Lejos de los ojos de los demás le explico mi plan para estar un rato con Aroa a solas. Por supuesto, su primera reacción es negarse, decir que es una locura. Pero al final accede a ayudarnos.

Me oculto y la espero. La puerta se abre y Aroa entra despacio mirando a todos los lados por miedo a ser pillada, sigilosamente, sin hacer ruido, camino hasta ella, cuando la tengo en el centro de la habitación le tapo la boca, la abrazo por la cintura y clavo mi dureza en su precioso culo. Mi Leona empieza a luchar, me da un cabezazo que esquivo por poco.

—Así me gusta, me encanta que te defiendas —digo en su oído y siento como su cuerpo se relaja y se entrega a mí.

Mi mano se cuela por debajo de su camisa, acaricio su pequeño pecho, que me recibe con gusto. Sus pezones se ponen erectos a mi tacto, le doy un pellizco, haciendo que mi leona mimosa ronronee entre mis brazos. Paso la lengua por su cuello, ella se muerde los labios para contener el gemido, su mano se cuela entre nuestros cuerpos y acaricia mi miembro por encima del pantalón.

Desafortunadamente, una vez más no tengo tiempo para venerarla como a mí me gustaría. Ya nos estamos arriesgando demasiado por estar juntos y por ello tenemos que aprovechar el tiempo lo máximo posible. Con la mano que tengo en su cintura deshago el nudo de su pantalón, libero su pecho y la giro hacia mí. Poso las manos en su cintura, la sujeto fuerte, me agacho quedando a la altura de su sexo, acerco mi rosto y lo muerdo por encima de su ropa interior. Muevo las manos despacio y las deslizo por sus piernas dejándola solo con la enorme camisa que se atreve a caer y ocultar su monte de venus de mi mirada, aparto la prenda para volver a disfrutar de la maravillosa visión que allí abajo no tuve.

El olor de su excitación inunda mi ser. Me incorporo, la abrazo y la conduzco hasta la cama. Antes de tumbarla, prendo su mirada en la mía, y mirándola fijamente a los ojos me quito el pantalón. Estando ambos desnudos, la empujo sobre la cama y me tiro encima de ella.

Dejo que mi miembro la busque. Al sentir mi polla encajándose sola en su canal, enloquezco, vuelvo a morderla para controlar las ganas de poseerla. Aroa serpentea debajo de mí, empiezo a penetrarla muy despacio. El calor de su sexo abrazando mi miembro me enloquece. Mi lengua invade su boca y trago sus gemidos. Empiezo a embestirla. Tengo hambre de ella, de su cuerpo, de su placer. Cuelo la mano entre nuestros cuerpos y acaricio su clítoris, que se pone tieso. Intensifico mis embestidas llevándola al orgasmo. Esta mujer me va a enloquecer, es preciosa, pero cuando se corre es más linda todavía. Sigo penetrándola despacio, dejando que los últimos espasmos de su orgasmo se calmen.

—Esto es maravilloso —me dice besando mis labios—. Pero aquí hay un problema. Tú no te has corrido.

—Ahora mismo no me hace falta nada. Solo el estar dentro de ti y ver tu precioso rostro cuando te corres ya es el mayor de los placeres.

—De eso nada, liebrecilla. Ahora me toca a mí darte tu orgasmo.

—Soy todo tuyo, haz conmigo lo que quieras.

Aroa me mueve a un lado, me pone boca arriba. Acomoda la almohada debajo de mi cabeza, pasa su pierna por encima de mi cuerpo, agarra mi miembro y lo introduce en su dulce y cálido canal. Tengo que morderme los labios para no correrme a causa del enorme placer que siento en este momento. Sin darme tiempo a asimilar el placer que me está proporcionando, empieza a cabalgarme. Tanto es mi éxtasis que meto mi puño en la boca y lo muerdo para contener mis gemidos. Mi cuerpo entra en cortocircuito, corrientes eléctricas me atraviesan de arriba abajo, la agarro por la cintura y la ayudo a moverse encima de mí con más velocidad y precisión. Gimiendo, la inundo con mi leche dejando una vez más mi marca en su cuerpo.

Capítulo 14

Tengo que encontrar cuanto antes la manera de librarme de esta mujer, lo que pasa es que, aunque nunca lo demostraré, le tengo miedo. Ale no conoce límites con tal de conseguir aquello que quiere y sé que no dudaría en acabar con mi vida con tal de no dejarme salirme con la mía y ser feliz.

¡Cómo he podido dejarla coger el mando y apoderarse de todo por lo que tanto he trabajado para conseguir! En un principio, fue una unión fructífera, sus conocimientos y conocidos me abrieron las puertas a un mercado muy rentable. Reconozco que sin ella hoy seguiría siendo el segundo de mi hermano. Y cuando ella llegó a mi vida con su frescura y espontaneidad, me dejé llevar, no opuse ninguna resistencia a que, poco a poco, fuera introduciéndome en su mundo.

Cuando a las pocas semanas se presentó delante de mí con aquel maletín repleto de dinero que ganó en unos pocos días, sacó de él cuatro fajos y me los tiró encima por haberle permitido utilizar una pequeña habitación y un paciente moribundo de la clínica, me dejé llevar. Y fue donde cometí mi mayor error. Le ofrecí sociedad y un local mayor para trabajar y experimentar. Ella aceptó en el momento. Negociamos un porcentaje favorable para ambas partes, Ale me decía que sí a todo; no la vi venir, ella me decía que mientras yo no aprendiera todo el entramado, ella se haría cargo. Como los contactos y el conocimiento eran de ella, no me importó dejarla como la cabeza visible. Yo solo quería contar el dinero, no quería perder mi tiempo con lo que yo consideré en aquel momento una nimiedad.

Cuando me di cuenta de lo que estaba pasando y quise tomar el mando, ella ya había cogido el gusto a ser dueña y señora, le encantaba ver como todos le temían, por más que insistí nunca me enseñó cómo funcionaba todo el entramado. En un arranque de furia le exigí el mando, ella no se ocultó a la hora de decir que no me lo iba pasar, por primera vez me enseñó su verdadera cara. Me humilló, dijo cosas horribles, amenazó a mi hermano y sobrinas, cuando los defendí no dudó en agredirme. Al darse cuenta de que se había pasado, reculó y dijo que lo llevaríamos juntos. Durante años acepté sus términos. Era el segundo al mando, hacíamos las cosas a pequeña escala y aun así ganábamos mucho dinero.

Lo malo vino cuando ella decidió que quería más, de ahí en adelante las cosas empezaron a cambiar a gran velocidad. Ale se volvió temeraria, su ambición nos dejó vulnerables y mi adorado hermano nos descubrió. Nunca la perdonaré por lo que le hizo, Santi era un buen hermano, un buen hombre. Yo lo tenía controlado, desde que su mujer e hijas lo abandonaron de la noche a la mañana, yo era su apoyo y él el mío. Conseguí convencerlo de que ella era inocente, que era cosa de los funcionarios. Creyendo que todo ya estaba resuelto, una noche que yo no estaba de guardia, ella lo mató e inculpó a un pobre desgraciado del asesinato. Mi mundo se vino abajo, me puse al frente de todo, sus hijas viven fuera del país y no conocen la noticia del fallecimiento de su padre. No sé cómo, pero ella, consiguió falsificar el testamento de mi hermano a mi favor, mis sobrinas no fueron notificadas para recibir la legítima, el poder de esta mujer se volvió inimaginable para mí.

Sé que tenemos a peces muy gordos como socios y en nómina, pero aun así me resulta increíble que haya podido ocultar la muerte de un hombre tan querido por todos. Mientras tanto, yo estoy muy preocupado intentando mostrar una tranquilidad que no siento, ella se va de fiesta, a vivir la vida a todo trapo. Desaparece varios meses y cuando vuelve solo trae con ella tormenta.

Soy consciente de que lo que estoy haciendo no está bien. Pero por lo menos intento hacer que esta gente desgraciada sea feliz. Ella no, lo único que le importa es el dinero. Los utiliza y cuando no tienen utilidad los elimina como si nada. Reconozco mi culpa, yo le he dado este poder, le he permitido hacer y deshacer sin consecuencias.

Un día, de la noche a la mañana, me había dicho que yo me quedaba al cargo de todo, que el personal contratado era lo suficientemente profesional para ejecutar el trabajo como si fuera ella la que estuviera aquí. La confianza que ella demostraba no era hacia mí, sino hacia su equipo. Solo que en aquel momento no lo vi, sus desapariciones, que para mí no eran novedad, se hicieron cada vez más constantes. Hasta el punto de pasarse meses sin aparecer por la clínica. Por un lado, estaba muy enfadado, sabía que estaba con su amante, por otro estaba contento porque mis pacientes tenían paz.

Sin embargo, desde que ha descubierto la existencia de Aroa, no pasa un solo día sin llamar y pedir un informe detallado de mi día y de los pacientes, no entiendo el porqué de esto ahora, hace mucho que no tenemos nada, y su vida fuera de aquí es un misterio.

No puedo ocultar que estoy enamorado de Aroa, que la quiero para mí, la conquistaré; no será un camino fácil, después de todo por lo que le he hecho pasar, y en mi última salida de tono he llegado muy lejos, he estado a punto de violarla, solo de pensar en ello siento asco de mí mismo. Ver en sus ojos el desprecio que ha sentido por mí en ese momento saca a la luz lo peor de mí. Pero soy un hombre insistente, lograré que me quiera, le demostraré que puedo ser un buen marido y padre si ella desea darme hijos.

Cuando he recibido la llamada diciendo que ella tiene a Aroa en su poder me he vuelto loco, sé de lo que es capaz está loca. He dejado todo lo que estaba haciendo y he vuelto a Valencia. Se acaba su reinado, le he permitido todo. No tengo ningún tipo de deuda con ella, tendrá que aceptar mis condiciones o se acabaron todos los lujos a los que está acostumbrada. Sin mi clínica, no tiene nada. Ha cruzado una raya que no estoy dispuesto a aceptar. Quiero saber qué va a hacer, no estoy casado con ella, no compartimos casa para que alegue tener una relación estable y reclamar la mitad de lo que es mío. La verdad es que pocas han sido las veces en que nos han visto juntos. Al principio de nuestra sociedad, surgió una relación, viví los momentos más locos y placenteros a su lado, pero eso duró solo el primer año, después se desvanecieron. Sé que hay un hombre que la tiene marcada a fuego y su corazón le pertenece, durante un tiempo he tenido celos. Ahora pagaría para que se vaya con él y se olvidase de mí para siempre.

Lo único que puede hacer es denunciar todo lo que hay montado aquí, pero eso sé que no lo hará porque ella caería conmigo. Antes de embarcar la llamo.

—Estoy de camino y te quiero en la clínica cuando llegue.

—No puedo, estoy en Madrid. Tengo una reunión con un gran distribuidor.

—Me importa una mierda. Tienes seis horas para llegar.

—¡A qué viene este tonito! No te atrevas a hablarme de esa manera.

—Tengo que colgar, si cuando llegue, no estás, prohibiré tu entrada en mi… clínica.

—Tú tienes el contacto, yo la logística. Con eso no creo que haga falta que diga más.

—No sabes con quién estas jugando, Santana.

—Dama de hierro…, sabes que me necesitas. Adiós.

Acabo de despertar a la fiera. En los nueve años que la conozco nunca le he hablado de esta manera. Lo que ella no se imagina es que mientras hablábamos por teléfono, sus hombres estaban siendo expulsados de mi clínica. No me serviría de nada enfrentarla y tener a su gente allí dentro.

Entro por el ala privada, llevo mucho tiempo fuera y si los pacientes me ven, no me dejarán dar un solo paso. Y no quiero la menor distracción. Cuando llego delante del enorme portón de la clínica, su coche está aparcando en la plaza destinada a ella. Al verme, se para.

—Me alegra ver que eres una mujer puntual.

—¿Sabes todo lo que he tenido que hacer para llegar aquí ahora? ¿La cantidad de dinero que hemos perdido?

—No me interesa cómo has llegado. Y por el dinero, sé que te buscarás la vida para ganar todo lo que hemos perdido hoy.

Ella se acerca a mí y me agarra por el brazo.

—¿Puedo saber qué cojones está pasando aquí?

—Suelta mi brazo —le ordeno—. No montaré un espectáculo delante de mis trabajadores.

—Esta es otra, ¿por qué te has deshecho de mi gente?

No le contesto, salgo andando en dirección al ascensor privado que nos lleva directos al sótano, que vigila todo: laboratorio, empaquetado y la central de mando.

Ella empieza a gritarme porque no le hago caso, no le contesto; con una fuerza que no se de dónde saca, tira el dispensador de agua causando un gran estruendo y dejando todo el pasillo inundado. Los vigilantes salen corriendo a verificar qué estaba ocurriendo. Cuando ven que se trata de nosotros dos, solo les hace falta correr. Nuestras discusiones no son pacíficas, la diferencia es que antes ella me gritaba y yo me pasaba intentando convencerla de que no era lo que ella se imaginaba, que me perdonara. Y esta vez eso no va a ocurrir. Me acerco al panel de control, meto mi huella dactilar con una tranquilidad que no siento, rodeo la mesa que normalmente le dejo a ella, apoyo mi americana en el respaldo de la silla y me siento, con la mano le indico que se siente delante de mí. Su cara no tiene precio.

—¿Me vas a decir de una vez qué mierda está pasando aquí?

—Así me gusta, directa al grano. A partir de hoy tú ya no mandas aquí. —De manera espantosa se ríe tirándose hacia atrás.

—Don nadie, ¿te crees que puedes deshacerte de mí de esta manera?

—Querida dama de hierro, no me estoy deshaciendo de ti. Solo te estoy poniendo en tu sitio. Seguirás siendo la cabeza visible de nuestro negocio, contactarás con los clientes, seguirás recibiendo la misma cantidad de dinero. De puertas hacia fuera seguirá todo igual. Pero dentro de mi clínica tú no darás ni una orden más.

—¿Y eso por qué? —dice altanera.

—Porque lo digo yo —le rebato golpeando en la mesa.

—Todo es por culpa de la perrita que tengo en la celda. No te rayes, mi amor, la suelto. —Salgo de mí, en solo un par de zancadas me planto delante de ella, cojo su cara con una mano y estrujándola le digo mirándola a los ojos.

—Lo tenías todo, hace tiempo que no quiero seguir utilizando a los pacientes como nuestras cobayas. ¡Ahora se acabó!

—¿Eres idiota o qué? Eso es necesario para saber cómo va el producto. La calle está llena de nuestro género. Nosotros tenemos lo mejor porque probamos en estos desgraciados. Nuestra droga es *gourmet*. Y estos pobres desgraciados la disfrutan gratis o a precio de coste. ¿Por qué te sientes tan mal? Sabes perfectamente que muchos de ellos recaerán. Yo solo selecciono quién lo hará antes.

—Eres despreciable, tú ni siquiera los miras a la cara, miras el listado y escoges nombres al azar.

—¿Qué quieres que haga? ¿Que me siente con ellos y les haga una entrevista? Tú, ¿quieres ofrecerte voluntario para catar nuestra droga? No me seas ridículo.

—¿Por qué no coges a la yonqui de tu hermana y la pones de catadora? ¡Seguro que estaría encantada!

No la veo venir. Se tira sobre mí y empieza a pegarme. Me defiendo como puedo. Esta mujer es un animal cuando se trata de su pequeña hermana.

—No la metas en esto, todo lo que le ha pasado es por culpa de las mierdas adulteradas que venden en las calles.

—Perdón…, dama de hierro, nosotros somos mejores personas, nuestro producto es mejor. No me seas ridícula. Somos la misma escoria que los demás. No…, somos peores. Porque enfermamos a los que curamos. Y tu hermana es una yonqui.

—Si la vuelves a nombrar una vez más verás de lo que soy capaz. Cuando te conocí no tenía nada. Y mira quién soy ahora. Lo que tengo aquí, lo puedo montar en cualquier otro lugar. Yo soy la organización, si tú desapareces no se va a notar la diferencia.

—Solo dos cosas: primero, que sea la última vez que me pones la mano encima. Segundo, si yo desaparezco, tú, tu hermana y tu madre estáis jodidas, tengo pruebas visuales, auditivas y material lo suficientemente incriminatorio para enviaros a las tres a la silla eléctrica y mira que en España no hay pena de muerte. —Tiro encima de la mesa un *pendrive* con las pruebas que le digo. La temible dama de hierro, que ahora mismo es de chapa, la coge y sale del despacho.

Sé que de hoy en adelante siempre tendré que mirar por encima de mi hombro cada vez que salga a la calle, no por ella, porque cuando vea todo lo que tengo en contra de su familia se replegará. Quiere a aquellas mujeres como creo nunca quiso a nadie en este mundo. De los que tengo que cuidarme es de sus socios. Esta mujer ha dejado muchos corazones rotos por el camino. Muchos de los tratos que cierra lo hace en la cama, y no sé que tienen, que muchos de ellos caen rendidos a sus pies y son capaces de cualquier cosa para conquistarla. Y qué mejor que exterminando al hombre que le quitó el poder.

No pensaré más en Ale, me voy a por la mujer que ocupa mi cabeza y corazón. Esta chica me tiene encandilado y cuanto más me rechaza, más la quiero. Espero ganarme su confianza al sacarla de allí.

Cruzo el pasillo en dirección a su celda, por el camino ya no hay ni rastro del destrozo que hizo a nuestra llegada. Abro su celda y se me cae el corazón con lo que veo. Aroa no es la misma. Está en una esquina encogida con la ropa sucia y cara de terror.

—No te asustes, soy yo. ¿Puedo acercarme?

—No…

—¿Qué te pasa? Soy yo. He venido para sacarte de aquí. Prometo que nunca más volverás a este lugar.

—Mientes, dijiste que ibas a protegerme. Y mira. —Se levanta, abre los brazos y gira enseñándome el despojo humano en el que se ha convertido en estos nueve días que estuve fuera.

—Te juro que será así. La persona que te ha hecho esto ya no tiene poder. Ya no podrá hacerte daño.

—¿La echaste?

—No.

—No me sirve, la quiero lejos, la quiero muerta.

La veo como mi mujer, es ideal para dirigir este sitio junto a mí, habla con una garra, autoridad y determinación que les falta a muchos de los directivos que hay por ahí. Me casaría con ella ahora mismo si quisiera.

¿Que ha pasado aquí?, huele raro..., a pesar del hedor puedo identificar el olor a sexo. Mi enfado se direcciona a otro asunto. Espero que mis sospechas no se hagan realidad. No soportaría saber que Aroa se entregó a alguno de los matones de Ale. Si lo hizo, él es hombre muerto y ella me lo pagará. ¡Quién se cree que es para tenerme detrás de ella meses y abrirse de piernas al primer guaperas que se le pone delante!

—¿Aroa, quién ha estado aquí? ¿Con quién estuviste?

—¿Qué estás diciendo?

Siento el enorme impulso de acercarme a ella e inspeccionarla y asegurarme de que no tuvo relaciones con nadie. Pero si lo hago sé que no me perdonará en la vida, es una mujer muy testaruda.

—Aquí huele a sexo. ¿Tuviste relaciones con alguien? Si lo hiciste, puedes decírmelo, no pasará nada.

—Cuánto me alegro de que hayas sentido este olor fétido. Uno de tus gorilas me ha manoseado, ha pasado su asquerosa lengua por todo mi cuello y rostro y se ha masturbado una y otra vez delante de mí. Y antes de que se marchara de aquí. —Cierro los puños. Sé que lo que va a decir no me va a gustar—. Se ha masturbado cerca de mí, me ha obligado a recorrer con mis manos su semen y esparcirlo por mi cuerpo. Huelo a él. Me tengo asco.

—¿Quién es el desgraciado? —grito furioso. Me hubiera gustado poder llevarla a mi habitación, bañarla y quitar todo el rastro de ese cadáver. Porque es lo que será, en cuanto la deje a salvo en su habitación será lo primero que haga, ir a por este malnacido y matarlo.

Capítulo 15

Miguel, como viene siendo costumbre, ignorando los peligros que corremos, me abraza por detrás pegando mi cuerpo al suyo. Desde que lo conozco, me siento como hacía tiempo no lo hacía, querida, protegida, en casa. Tengo miedo de poner nombre a lo que está creciendo dentro de mí.

Su mano sobre mi vientre, su cálido aliento en mi cuello me hace recordar los sueños románticos que tenía antes de que mi mundo se viniera abajo y yo cayera en el infierno. Inconscientemente, pongo mi mano sobre la suya y juntos acariciamos mi vientre plano. Cualquiera que nos vea creería que somos una pareja que lleva años juntos, cuando en realidad son apenas unas pocas semanas.

—Cuando salgamos de aquí te daré la primera cita que te mereces. —A veces me enfada lo obsesionado que está Miguel con que nuestra primera vez no debería de haber ocurrido de esa manera. Para mí, no puede haber sido más bonita, él no es consciente de que me ha dado una razón para querer vivir, que antes de que él entrara en aquella celda, la persona que estaba tirada sobre aquella colchoneta era un despojo humano que se había rendido, que deseaba la muerte. Atesoro en mi corazón cada minuto de los que pasamos juntos allí abajo, no podía ser más perfecto.

—Por más que me lleves a los mejores restaurantes, me cubras de flores y me lleves a la mejor *suite* de un hotel, ninguna noche de amor podrá ser más bonita e intensa como la que tuvimos. El lugar es lo que menos importa. Lo único que quería era estar contigo.

—Anda, confiesa. Desde la primera vez que me viste, caíste rendida a mi belleza.

—Engreído, si fuiste tú el que salió corriendo detrás de mí en el jardín.

—Me confieso culpable. —Me río de su tono de burla—. Lo digo en serio.

—¿No crees que es mucho decir que seguiremos viéndonos si salimos de aquí?

—Saldremos de aquí. Y sí seguiremos viéndonos cuando salgamos.

—Tú vives en Madrid y yo aquí, en Valencia. Yo no puedo ir todos los fines de semanas a verte.

—Tengo una propuesta. —No le da tiempo a decirme qué propuesta es. La enfermera amiga suya llamo a la puerta. Él, al escuchar su nombre, da un salto en la cama—. Vestíos, Santana ha regresado.

Corro al baño y me aseo lo más rápido que puedo, odio tener que hacerlo, pero no puedo dejar en mi cuerpo el olor a Miguel. Santana, cada día que pasa, se muestra más obsesionado conmigo, y si le pasara algo a Miguel creo que me moriría.

Salgo de la habitación y me encuentro con la enfermera, que al verme se acerca a mí y coge mi mano.

—Niña, ve a tu habitación, métete en la cama y hazte la dormida; Miguel, ve a la biblioteca. De lo demás me ocupo yo.

No le discutimos, Noelia se asegura de que no haya nadie en el pasillo y nos hace una señal para que salgamos. Cuando estoy entrando en mi habitación, veo que Miguel sale corriendo en dirección a la biblioteca.

Me tumbo en la cama y me voy al mundo de la luna. Hacer el amor con él es simplemente maravilloso. ¿Quién diría que encontraría a un hombre como Miguel en un sitio como este? Tengo miedo a despertarme y darme cuenta de que todo ha sido un sueño. No soy una santa, no he tenido uno ni dos novios a mis veinticuatro años, sino unos cuantos, lo que no he tenido han sido ligues de aquí te pillo aquí te mato, eso no va conmigo. Sin embargo, disfruto del sexo, empecé mi vida sexual a los diecisiete años y de ahí puedo decir que he estado con unos siete u ocho chicos, pero con ninguno ha sido como con Miguel. He disfrutado, yo iba detrás de mi placer, hay demasiada información al alcance de todos para que hoy en día una joven de mi edad permita ser solamente un agujero para que un tío se desahogue. Con todos los que me acosté, tenía una relación, pero cuando iba a la cama solo me preocupaba de mi placer. Con Miguel no me hace falta, es rudo, primitivo, sin embargo, el simple toque de sus manos en mi cuerpo me hace temblar.

—¿Puedo pasar? —Uff, pongo los ojos en blanco. Con lo feliz que estaba en mi mundo de sueños y romanticismo—. ¿Cómo te encuentras?

—¿Cómo crees que me encuentro? Estoy recluida aquí en contra de mi voluntad, una desquiciada me secuestra, me encierra en una celda, me droga y un degenerado abusa de mí.

—¿Cómo…? —Mierda, hablé demasiado. Ahora cómo salgo de esta—. Dime qué es eso de que te drogaron.

Doy un salto de la cama, me acerco a él, pongo mis manos en su pecho y con voz melosa le digo:

—Ya te he dicho que lo ha hecho uno de tus matones.

—Tenemos que analizar tu sangre para ver qué te administraron. Vamos ahora mismo a la enfermería. —He aquí la prueba de que nos drogan, creía que, por lo menos, iba a hacer algo más de teatro por mi comentario y no. Quiere correr a saber qué me han metido. ¿Este hombre es tonto, después de tres semanas se cree de verdad que puede haber algo en mi sangre? No soy médico y mi conocimiento de esta área es nula, pero no creo que pueda encontrar nada.

—No…, no quiero volver a ver una aguja nunca más en mi vida. Ahora estoy a salvo. Tú cuidarás de mí, ¿sí?

—Necesito sab…

—No, ya he dicho que no voy a permitir que me pinchen más —digo interrumpiendo su verborrea.

—Vale, pero si sientes cualquier cosa rara, dímelo. Y ninguna de las personas que te ha hecho daño sigue estando aquí.

—¿Puedes dejarme descansar un poco? Todavía no me he recuperado de todo lo que he pasado en los días que no estabas.

—Duerme tranquila, yo estaré cerca velando tu sueño.

—Me quedo más tranquila —digo con fingida alegría.

Capítulo 16

Noelia lleva días intentando conseguirme un móvil, pero es mucho más difícil de lo que pensé en un principio. Ella ya me ha advertido de que los empleados que viven aquí, como es el caso de ella, tienen prohibido tener móviles, y los que vienen de fuera, se los requisan en la entrada. Nadie pasa por la garita de seguridad sin una revisión a conciencia. Ella está intentando de todo para conseguir pasar uno.

Intentamos convencer a Hugo para que llamara a mi primo, pero su miedo a la dama de hierro es más grande que las ganas de ayudarme. Le ofrezco dinero, billetes para salir del país, le hago varias ofertas y nada. Su contestación es muy clara. «Miguel, sé que no me dejarías desamparado. Pero tienes que entender que una persona como, yo, con tres niños, no tengo la menor opción de ocultarme de esta gente. Ellos siempre saben todo. Y mis niños solo me tienen a mí». Después de eso, no tengo más valor para pedirle ayuda. No tengo el derecho de ponerlo en peligro para salvarme. Y para mi mayor desespero, ya hace un mes que no hablo con

Aroa, nunca la veo sola, cuando no está con Santana es con una enfermera. Lo más cerca de ella que estoy en todo este tiempo es cuando nos cruzamos en el pasillo. Ella me envía notas con Noelia con el fin de tranquilizarme, pero no me sirve. Necesito besarla, sentirla, hacerla mía. Me repite una y otra vez que él no la toca, que intenta conquistarla y que su seguridad para él se ha transformado en una obsesión.

Tengo ganas de ahorcarlo cuando veo la paliza que le da a un chico solo por el hecho de pasar al lado de Aroa y decirle guapa. Lo que me alegra es que mi leona se enfrenta a él y le pone en ridículo delante de todos. Aquel hombre pierde el sentido cuando se trata de ella.

Se me acaba de ocurrir una idea. La odio, pero es la única que nos puede sacar de aquí. Corro a la biblioteca y le escribo una nota. Se la doy a Noelia para que se la pase a Aroa. Le pido que se encuentre conmigo en el baño, es el único lugar donde él no la acompaña. Me colaré allí y la esperaré. Correremos un gran riesgo. Pero es necesario.

Llevo encerrado dentro de esta cabina más de diez minutos y ella no aparece.

—Santana, por Dios, ¿puedes dejarme mear en paz? Voy a acabar cogiéndote asco. Cómprate una vida, hombre. Pareces mi perrito faldero.

—¿Por qué me tratas así de mal cuando lo único que quiero es cuidarte?

—Pues mira…, no me cuides tanto, que me agobias. No me dejas respirar, vuelve con tu mujer y déjame en paz. Si sigues vigilándome como lo vienes haciendo soy capaz de suicidarme.

—No digas eso ni en broma —grita furioso—. Me voy a mi despacho y te dejo tranquila.

—Tampoco quiero a la enfermera detrás de mí —afirma enfadada.

—Ella hoy está de descanso.

Oigo como la puerta se cierra. Mi leona se rebeló. Abro la cabina en la que estoy, al verme, ella se tira a mis brazos y empieza a llorar.

—¿Qué te pasa?

—Alegría por verte. No soporto más esta situación.

—Se me ha ocurrido una idea para que podamos salir de aquí. Pero es un plan que no me gusta y sé que a ti tampoco te va a gustar, pero, por desgracia, es la única opción que tenemos.

—Nada puede ser peor que esto.

—¡Lo es…, créeme! Solo de pensarlo se me revuelve el estómago.

—Miguel, suéltalo de una vez. Muerto el perro, se acabó la rabia.

—Santana es la única persona que lleva móvil encima en este lugar. Y por más que lo intentamos, no somos capaces de meter uno aquí dentro.

—Déjate de rodeos, dilo de una vez. Me estás poniendo nerviosa.

—Tienes que seducirlo, coger su móvil y enviar un mensaje a Rafa. Sé que mi primo y mis amigos, nada más saber que estoy en peligro, se personaran aquí y nos salvarán.

—¿Me estás diciendo que tengo que acostarme con él?

—No…, eso nunca. Antes lo mato. Tú lo seduces. Te daremos algo para que le administres en la bebida y cuando esté profundamente dormido, envías el mensaje y lo borras.

—¿Y si su móvil es con clave?

—También he pensado en eso. Efectivamente, es de clave y huella dactilar. La clave es esta, Noelia la ha apuntado. Ella la memorizó hace tiempo, cuando le vio meterla en una ocasión. Ahora nos queda cruzar los dedos para que no la haya cambiado.

—Acepto, haré lo que sea para que salgamos de aquí.

—No permitas que él te toque ni un pelo. Eres mía.
—La abrazo y la pego contra mi pecho.

De repente, ella me empuja empieza a vomitar. Le sujeto la cabeza para que no caiga.

—Perdón por el lamentable momento. Las mierdas que me administraron me están matando. Necesito un médico de verdad.

—¿Llevas mucho así?

—Una semana.

—Con más motivos tenemos que ejecutar este plan, el tiempo se nos acaba, necesitamos salir de aquí ya. Ahora que conseguiste un poco de respiro podremos hablar, aunque sea unos minutos, lo podremos hacer. Mantenme informado de cómo te encuentras. Arreglaré todo para ver si la semana que viene podemos hacerle la encerrona.

No contento, pero sin más opción, la dejo salir del baño. Noelia ordena a Hugo que la acompañe, el pobre hombre demuestra cada día tener más miedo a este lugar. Él está más asustado que nosotros, que somos las verdaderas víctimas. Recibo la señal de que puedo salir, voy corriendo directo a la biblioteca, la tapadera acordada para que nadie desconfíe.

Mi paz se ve interrumpida por Moni, que, al parecer, ya no tiene miedo a acercarse a mí. No me gusta ser grosero con nadie, solo que hoy necesito paz para asimilar lo que le he pedido a mi chica que haga. Pensaré hasta en el más mínimo detalle para que Santana no la toque. La sola idea de que eso pueda ocurrir me mata.

—¿Me acompañas a dar un paseo?

—¿Ya no soy el coco o el hombre del saco? —digo con voz infantil. Burlándome claramente de ella.

—¿Por qué me tratas así?

—Porque no me gusta las chiquillas, tengo una sobrina de tu edad. Y que, por supuesto, tiene más cerebro.

—Cuidado con lo que dices. Sé ciertas cosas que si llegan a la dirección puedes tener problemas. Y no queremos que eso ocurra, ¿sí?

—¿Me estas amenazando, niña?

—Sí…, sé que te encuentras con la fea esa de Aroa. Si no quieres que os delate, me acompañarás en mi paseo matinal.

—No…, no cederé al chantaje de una mocosa. Será tu palabra contra la de Aroa, los enfermeros, que saben que eso es mentira y la mía. ¿A quién crees que va a creer? Él no es tonto, ya vio cómo te arrastras detrás de mí y yo te desprecio. Ya tengo mi discurso listo. «Santana, esta señorita está loca, se ha metido en mi habitación cuando echaba la siesta, como la he rechazado, se ha inventado esta historia para hacerme daño y causar malentendidos entre Aroa y tú». ¿Qué te parece?

—Eres un desgraciado, encontraré la manera de probar que estáis juntos y me las pagarás.

—Piérdete.

Ahora, para empeorar las cosas, tendré a esta mocosa detrás de pruebas de que Aroa y yo estamos juntos. Este maldito plan tiene que salir bien o estaremos perdidos. Por la noche puliré los detalles con Noelia y, de paso, le contaré que Moni sabe lo mío con Aroa, quizá sepa como neutralizarla para que no eche por tierra nuestro plan. Ojalá una vez envíe el mensaje, mi primo actúe rápido. Desgraciadamente, desde dentro no puedo hacer nada más para ayudarlo.

Capítulo 17

Aroa

Toda una maldita semana teniendo que ir detrás de Santana, el muy desgraciado se ha puesto muy digno. Como le había dicho que me agobiaba, decidió apartarse de mí y darme mi espacio. Por eso me tocó ir detrás de él una y otra vez. Y lo más asqueroso ha sido tener que decir que echo de menos que vele mis noches. Miguel se ha vuelto loco cuando lo ha sabido, desgraciadamente es necesario, no encuentro la manera de acercarme a él como antes. Me evita, siempre está junto a la mocosa de Mónica, que se pega a él como una lapa. Cuando me he enterado de que quiere chantajear a mi chico, he querido matarla, cosa que no está del todo descartada. No me gusta un pelo la manera de mirarlo. Ya ajustaré cuentas con ella en otro momento, ahora tengo que centrarme en alcanzar nuestro objetivo. Creo que con este comentario he logrado captar nuevamente la atención de Santana. Esperaré a ver el resultado esta noche. Si él se presenta es porque ha sido efectivo.

Asqueada por tener que aguantar seguramente a mi verdugo, me acuesto en la cama de cara a la pared, me hago un ovillo y empiezo a contar los segundos a ver si viene. Necesito que este hombre aparezca.

Siento como la puerta se va abriendo despacio, sé que es él, Miguel ya se habría lanzado a por mí y me habría tomado entre sus brazos. Lo bueno de que él se haya apartado es que después de un largo período sin poder estar con el hombre que se ha metido bajo mi piel, no ha habido una sola noche en la que no nos veamos y nos amemos.

Siento la mano de Santana acariciando mi hombro, le tengo tanto asco que empiezo a temblar y a sudar, la habitación empieza a girar. No sé si podré con esto, su sola presencia me enferma. «Aroa, piensa en la libertad de Miguel, la tuya y de todas las personas que necesitan salir de aquí», grita una vocecilla en mi cabeza. «Estás enfermando aquí dentro», me digo a mí misma infundiéndome valor para soportar lo que está por venir. Que mi chico nunca lo descubra, sé que si lo hace se volverá loco y no se lo merece. Me giro con una fingida sonrisa en el rostro.

—Hola…, ¿te he despertado?

—No, hace días que no logro conciliar el sueño.

—¿Qué te pasa? Te veo pálida.

—La falta de sueño, por las noches las pesadillas no me dejan dormir y no me alimento bien.

Cierro los ojos muerta de asco por lo que veo que va a hacer. Santana se agacha, toma mi rostro entre sus manos y despacio va acercando sus labios a los míos. Cuando está a escasos milímetros, lo empujo lejos, pongo la cabeza al lado de la cama y devuelvo lo poco que había cenado. Santana maldice, me da la espalda y sale. A los pocos minutos aparecen los de la limpieza, una enfermera y él, que tiene una cara que no sé muy bien cómo descifrar.

La enfermera me acompaña al baño, me ayuda a lavarme, me cepillo los dientes y vuelvo a vestirme. Llego a la habitación y lo que veo en su mano hace que empiece a hiperventilar.

—No lo hagas, por favor. Me lo has prometido.

—Y cumpliré con mi promesa. No te administraré nada. Solo te sacaré sangre para ver qué es lo que te pasa. Desde que te tuvieron retenida no eres la misma. Y por más que indague no logro descubrir qué medicamento usaron.

—Prométeme que no me inyectarás nada.

—Mira, la jeringuilla no tiene nada. Compruébalo tú misma. —Cojo el maldito trasto y lo averiguo con mis propios ojos. Lo devuelvo y le ofrezco el brazo para que la enfermera, bajo la estricta vigilancia de Santana, me saque la sangre. Cuando ella termina, tengo que aguantar una nueva arcada, él se acerca a mí y deja un beso en mis labios. Cierro los ojos y solo pienso que es necesario para salir de aquí, que ya falta poco. Miro en dirección al sillón donde tiene su americana y veo el objeto de mis deseos.

—Duérmete, estaré sentado allí velando por ti.

—Gracias, eres muy bueno conmigo. —Me hago a un lado fingiendo intentar dormir—. Santana…

—Dime.

—Sea lo que sea que encuentres en mi organismo, no me lo ocultes. Si estoy muriendo por algo que aquella mujer me haya administrado quiero saberlo.

—No permitiré que te pase nada. Si es necesario doy mi vida por la tuya.

Finjo que estoy dormida, me niego a contestar a esta patraña, si estoy así es por su culpa, si no me hubiera trasladado a este sitio y me hubiera drogado reiteradamente no estaría en esta situación. Por más que lo he intentado me ha sido imposible acercarme a su móvil. Cada vez que me muevo él se despierta.

No nos queda otra que ir al extremo, Miguel y yo evitamos hablar del tema. Ya tenemos todo listo, con la ayuda de Noelia tengo una cena «romántica» preparada para Santana.

Fingiendo ilusión, le pido autorización para prepararle una sorpresa. Aun así, su primera reacción es de desconfianza, no es idiota. ¡Después de echarlo de mi lado como lo hice me vuelvo una acosadora! Para intentar despistarlo al ver su sospecha, le sugiero llevarme a un restaurante, y que sea lo que sea que revele aquel maldito resultado ya lo descubriremos en un ambiente feliz, con nosotros dos dándonos una oportunidad. Mis palabras surten efecto, la sonrisa no le cabe en la cara. Por supuesto, como yo ya me lo imaginaba, con mil excusas descarta la idea de salir. Y menos mal; estaría todo perdido si acepta llevarme a un restaurante.

Noelia se encarga de traer su vino favorito. Él personalmente elige la comida delante de mí, haciendo alarde de una falsa galantería pide que me preparen una cena digna de una reina.

Me compra un vestido ceñido al cuerpo. La prenda es preciosa, solo que el simple hecho de que me lo voy a poner para él me hace odiarlo. No quiero salir para que Miguel no me vea. Él lo está pasando fatal, Noelia tiene que amenazarlo con sedarlo si no se tranquiliza. Lo entiendo, yo en su lugar estaría de la misma manera. No me apetece embellecerme para él, por lo que no permito a las enfermeras hacerme ningún tipo de peinado, dejo mi media melena suelta. Llevo tanto tiempo encerrada en este sitio que mi pelo ya ha crecido, cuando llegué aquí lo tenía más bien corto. Una enfermera me saca de mis devaneos y me obliga a ponerme una horquilla, tengo que reconocer que es preciosa. Toda la clínica está al tanto del gran acontecimiento de hoy, pero somos solo tres los que conocemos la verdadera finalidad.

Cruzo los dedos para que todo salga bien. Y lo más importante: que no le pote encima, porque cada vez que lo tengo cerca es inevitable sentir náuseas, repulsa a su voz, hacia él.

La suerte está echada. Todo está dispuesto, solo espero su llegada. Santana llega con un precioso ramo de flores, se acerca a mí, me agarra por la cintura devora mis labios y solo entonces me entrega el ramo de flores. Lo cojo y huelo intentando contener las ganas de devolver. Qué repugnancia siento ahora mismo, él nunca se había atrevido a comerme la boca de esta manera. Camino en dirección al baño.

—¿Adónde vas?

—A buscar algo para poner mis preciosas flores. —Es la primera excusa que me viene a la mente para justificar mi huida.

—No te preocupes por ellas. Te regalaré una floristería entera por día si aceptas… —No permito que termine. Oírlo en voz alta lo hace más repugnante todavía.

—No digas tonterías, Santana. Estaré encantada en recibir tus flores, pero ninguna tendrá el valor sentimental de esta. Este ramo marca el inicio de una nueva vida.

—Tienes toda la razón. —Se acerca, me las quita de las manos y se va de la habitación. No me había fijado en que se había quitado la chaqueta del ridículo traje que trae, veo que el móvil está en el bolsillo interior. Me muero por correr hasta él, pero tengo que esperar el momento adecuado. Si lo cojo ahora, puedo echar todo a perder.

Santana vuelve con el ramo en un precioso jarrón. Si no fuera el monstruo que es cualquier mujer que recibiera sus atenciones caería rendida a sus pies. Cuando no le entran los celos o se vuelve algo pesado y se sobrepasa es un hombre cariñoso y detallista. Sin embargo, cada vez que veo su cara…

—Aquí las tienes, la cena será servida dentro de treinta minutos.

—¿Tomamos algo?

—Tranquila, nos queda mucha noche por delante. Ya te he dicho que estás preciosa. —No creo que vaya a poder, sus manos sobre mi cuerpo me están enfermando.

—Eres un adulador. Seguro que se lo dices a todas. —Me aparto de él.

—Te juro que no. Nunca una mujer me hizo perder la cabeza como tú. —Se acerca a mí y me abraza por la cintura—. Tú serás mi perdición.

Ojalá sea verdad con todo el mal sentido de la palabra.

—Tengo mucha hambre. ¿Queda mucho?

—Para ti todo se hace cuando y como quieras. —Me pide un momento y se ausenta. En cuestión de minutos teníamos a dos cocineros llamando a la puerta.

Galante, retira la silla para que me siente y toma asiento delante de mí. Me mira intensamente, haciendo que mi corazón se dispare, mete la mano en el bolsillo interno de su chaqueta. No puedo dejar de pensar que me va a pedir que sea formalmente su prometida, creo que me va a dar algo. Respiro aliviada al ver que se trataba del sobre con el resultado de mis análisis.

—No quiero abrirlo ahora. Bebamos algo, cenemos y después, al final de la noche, miramos lo que el destino tiene preparado para mí.

Cuando por fin logro que abra el maldito vino, lo tengo delante de mí y sin quitarme el ojo de encima un solo segundo. Tengo que ingeniármelas como sea.

Me muevo inquieta en la mesa. No puedo perder esta oportunidad. Señor, ayúdame. Ya lo tengo. Estiro mi mano por encima de la mesa y cojo la suya.

—Te confieso que nunca he tenido una cosa así.

—No…, te prometo que si aceptas ser mi novia tendrás cosas como estas y más. Pondré el mundo a tus pies.

—Una vez más tengo que contenerme para no potar. Ni muerta sería la novia de semejante desgraciado. Pero ahora me toca actuar.

—Sí, acepto.

—¡Así, sin más! ¿Qué está pasando? —Maldito desgraciado, de tonto no tiene un pelo.

—Vale, no acepto, mejor te vas a tu habitación —digo enfadada y sin necesidad de fingir.

—Perdóname…, es que no me lo esperaba, sueño con esto desde hace tanto tiempo que pensaba que ya no ocurriría. Empecemos nuevamente. ¿Acept… —le interrumpo, loca por terminar con eso de una vez.

—Ya he dicho que sí, para que esto sea oficial solo falta el precioso ramo de flores que me regalaste adornando nuestra mesa. —Santana se levanta y va al baño a por el ramo. Aprovecho y cojo el pequeño frasco donde tengo el somnífero, me estiro sobre la mesa y derramo todo el contenido en su vino. Acabo de cometer una locura, Noelia recalcó un millón de veces que no echara más de seis gotas y he echado todo el frasco, ojalá no se muera o se dé cuenta.

Él vuelve, acomoda el ramo en la mesa de manera que no interfiera en nuestra visión, coge la copa de vino y propone un brindis.

El miedo a que sienta el sabor alterado de su vino favorito me hace tener una reacción loca. Meto mi mano en la fuente de los gambones al ajillo, que está hirviendo, pero lo único de aquel plato en lo que me fijé es que tenía muchas guindillas, por lo que seguramente estará muy picante. Sin que le dé tiempo a asimilar lo que está pasando, le meto una en la boca y de manera sensual me chupo los dedos.

—¿A qué viene eso? —preguntó riéndose.

—Así soy yo —digo encogiéndome de hombros.

Bebo un gran trago de mi vino sin perderlo de vista. Me llena de gozo ver que él hace lo mismo. Santana casi vacía su copa de un solo trago. Cuando percibo su intención de rodear la mesa y venir a por mí, me siento y le indico con la mano que haga lo mismo. Me mira con una sonrisa pícara y afirma con la cabeza.

Le sirvo el pescado a la sal que nos han preparado acompañado de patatas panaderas. Echo un trozo muy pequeño en mi plato, estoy tan nerviosa que tengo el estómago cerrado. El muy engreído, al ver que miro mi comida, se pone a hacer mil y una promesas de que me llevará a los mejores sitios de Valencia, que la comida de aquí no era lo que me merecía y bla, bla, bla. Es el hombre más pesado que he conocido en mi vida, relleno su copa y la mía, intentaré, antes de que él se quede totalmente dormido, que vea como abrimos una nueva botella. Consigo disimuladamente vaciar mi copa y volver a rellenarla, de paso, relleno la suya. Él mismo es el encargado de abrir otra botella. Pero antes de que la pudiera poner sobre la mesa se cae redondo. Me preocupo por el gran golpe que se da contra la mesa. Le miro para ver si se ha hecho sangre, al constatar que no, corro a por Miguel y Noelia que, al verme, vienen a mi encuentro.

Entre los dos lo recogen del suelo y lo ponen en mi cama. Me acerco con el móvil, presiono su dedo para que el aparato reconozca su huella y cruzando los dedos para que siga siendo la misma, meto la contraseña. Celebro ver que la pantalla se desbloquea, corro al baño y espero a Miguel.

Le entrego el móvil y él marca el número de su primo, este no era el plan, estamos arriesgándonos a que les pillen aquí. Llama, llama y nadie contesta. Intenta el de otra persona con la misma respuesta.

—No me cogen.

—No puede ser, déjame llamar a mis padres.

—No podemos, ellos no sabrán cómo actuar y pueden ponernos en peligro. Enviaré un mansaje a mi primo. Quizá no quiso coger la llamada por no reconocer el número.

Rafa,: *Fetter, estoy en peligro. Esta clínica no es lo que piensas.*

Está en línea. Lo conseguimos. Celebra.

Rafa: *Fetter, ¿qué estás diciendo? Por favor, no mientas. Quédate ahí para curarte.*
Yo: *Nos tiene retenidos, nos drogan.*
Rafa*: No te creo, ¿por qué me haces esto, Miguel?*

Mierda…, le he dado miles de motivos para que no me crea. Ahora me toca pagar las consecuencias, tengo que encontrar la manera de demostrarle que no miento.

—¿Y si le enviamos un vídeo de Santana en el estado que se encuentra?

—Eres un genio, mi leona.

Salimos corriendo a la habitación, yo me pongo a grabar mientras Miguel coge la mano de Santana y la deja caer sin que el hombre ni se inmute, le da suaves palmadas en la cara con la misma respuesta. Giro el móvil, que sigue grabando, hacia mí. Y le digo al primo de mi novio:

Aroa: *¿Con esto es suficiente, o necesitas algo más? Tuve que permitir que este asqueroso me tocara para conseguir este puto móvil. Si no nos vas a ayudar, dínoslo y llamaré a mis padres, o a la Policía, llamaremos a alguien que sí se preocupe por nosotros, y no dude de nuestra palabra.*

Le doy a enviar, cuando levanto la mirada del móvil, me encuentro con Miguel y Noelia mirándome asustados.

Rafa: *Perdona, fetter, y premiun, por lo que veo. Os creo, dime qué pasa.*

Aun con todo lo que está pasando no puedo dejar de reír al ver la cara de Aroa al oír las dos palabras en noruego que pronuncia Rafa.

—Es prima en nuestro idioma.

—¿Se supone que tengo que entenderlo? —Esta mujer es de lo que no hay.

—*Fetter* es primo y *premiun* prima en noruego.

Rafa: *Parejita, dejad las clases de idiomas para después. Dime de una vez qué está* pasando.

Yo: *Es muy largo para contártelo ahora. Lo único que necesitas saber es que todos estamos aquí en contra de nuestra voluntad y que nos drogan.*

Rafa: *Dame solo un segundo. Para que no perdamos tiempo.*

Al minuto, tenemos un grupo de WhatsApp con Rafa, Pedro, Rubén, Jorge y yo. Todos me preguntan atropellados qué está pasando. Desde cuánto tiempo hace que nos drogan, el chat se transformó en un caos. Sé que mientras hablan conmigo están al teléfono accionando todos sus contactos para sacarnos de aquí. Les hago un resumen de lo que nos está pasando, desde que nos trasladaron, los peligros que corremos y poco más. No podemos estar mucho tiempo.

Noelia me recuerda avisarlos de que en el camino hasta aquí hay cámaras de vigilancia. Pedro me tranquiliza diciendo que esto no será ningún problema. Nos piden que aguantemos dos días, que será el tiempo que tardarán en preparar todo para sacarnos sin ponernos en riesgo. Cerramos la conversación y nos encargamos de borrar todo el rastro de lo que hicimos del móvil de Santana. Nos aseguramos de no dejar ninguna copia y limpiamos todo el rastro de lo que allí había pasado.

—Miguel, tienes que irte.

—No quiero dejarte aquí a solas con él.

—Confía en mí. Yo sé manejarlo, no me pasará nada. Saldremos de aquí y no me despegaré de ti. Y sí, acepto, voy a vivir contigo a Madrid.

—¿Lo dices de verdad? Creía que no aceptarías, cuando te lo dije te quedaste callada.

—Sí, la vida es muy corta y no me hace falta nada más para saber que te quiero. Y eres muy astuto, escoges el momento en que nos amamos para invitarme a vivir contigo. Yo necesitaba reflexionar sobre ello, mi última decisión tomada impulsivamente no me salió bien. Y ahora estoy segura de mi decisión.

—Yo también te quiero y te lo demostraré toda mi vida.

—Ahora ve, mi liebrecilla.

—Mi leona, estamos cerca de que todo esto se acabe, aguanta solo estas cuarenta y ocho horas.

—Vete. —Lo empujo para que se vaya, yo estoy temblando de la cabeza a los pies. Y no podemos arriesgarnos a que nos pillen ahora que estamos tan cerca del final. Después de mucho insistir, consigo que Miguel se vaya de mi habitación. Ahora viene la parte más complicada. Se me ha ocurrido una idea para dar más realismo a toda esta farsa.

—Noelia, ayúdame a desnudarlo.

—Niña, ¿qué estás pensando hacer?

—No te preocupes. Es solo por dar más realismo a

toda esta farsa. Le haré creer que tuvimos sexo. No le digas nada a Miguel, deja que yo misma se lo cuente.

Aunque reticente, la mujer acepta ayudarme. Lo desnudamos, la despido, me voy al baño me quito el caro vestido, que no deseo volver a ver cuando salga de aquí. Me acuerdo del vino que he derramado y voy a limpiarlo, pero, para mi suerte, Noelia ya se había encargado. Me giro para ir para la cama y veo el sobre con el resultado de mi análisis. Me siento en la silla delante de él y me quedo mirándolo, no tengo valor para abrirlo. Me muero de miedo de lo que pueda tener dentro. Allí abajo me han hecho tantas cosas, aquella mujer me tiene tanto odio, repitió en diversas ocasiones que me iba a destruir y ahora que tengo el resultado, no tengo la valentía de antes. Apoyo mis brazos sobre la mesa sujeto mi cabeza entre mis manos y me quedo mirándolo. Respiro hondo y en un arranque de valentía lo cojo y lo abro.

Lo que hay dentro me deja sin aire, sin suelo, empiezo a llorar desconsolada. Esto no puede ser. Me duele el pecho por la pena y el dolor que siento. Quiero salir corriendo en busca de Miguel, que él me refugie y proteja entre sus brazos. Yo sola no podré con eso.

Miro mi cama y veo a Santana allí tumbado solo con su horrible calzoncillo de cuadros. Me digo a mí misma que tengo que ser fuerte, solo cuarenta y ocho horas, esto estará acabado y podré afrontar mi nueva realidad. Tomo aire, recojo la carta, la doblo y la escondo para que Santana no la descubra.

Capítulo 18

Miguel

Ya he perdido la cuenta de las veces que he pasado por delante de la habitación de Aroa. Me muero de preocupación. Desde que salí de allí ayer por la noche no tengo noticias de ella. El único momento en que se ha dejado ver, yo no estaba. Noelia, que ya no me soportaba más, me obligó a salir a tomar el aire. Y justo en este momento salió ella, Hugo, aunque no sabe de qué va todo esto, al ver mi nerviosismo me asegura que ella está bien. Le pide que me diga que no me preocupe, que tiene todo bajo control. Sin embargo, algo dentro de mí me dice que Aroa no está bien, que me necesita. Vi entrar todos los alimentos sin que ellos dieran señales de vida; en sus menús había de todo, incluido un enorme ramo de flores en cada carrito que pasa por delante de nosotros. Tengo ganas de tirarlos uno a uno contra su cara. Debería de ser yo quien le regalara flores.

Moni, que no es tonta, no me deja en paz. Por su culpa tuve que salir nuevamente al jardín, ya estaban levantando demasiadas sospechas mis paseos por el pasillo delante de su puerta.

Ya bien entrada la madrugada, ella entra en mi habitación como si nada. Nada más abrirse la puerta, reconozco su maravilloso olor, le doy la espalda y me pongo mirando a la pared.

—Liebrecilla, mírame. —Es del todo infantil mi comportamiento. Pero no la quiero ver, no quiero hablar con ella—. No me hagas esto, te necesito. Era necesario que yo estuviera con él.

—Me alegra saber que estás bien. Ahora, por favor, déjame dormir, tengo sueño.

—¿Puedo acostarme a tu lado? Él no volverá hasta mañana por la mañana.

—No…

—¿De verdad me estás haciendo esto? ¿Te acuerdas de que este maldito plan fue idea tuya?

—La idea era que lo drogaras y contactáramos con el exterior. No que pasaras la noche y el día junto a él.

—¿Qué estás insinuando, Miguel?

—No insinúo nada, son los hechos.

—No me puedo creer que me estés diciendo esto. ¿Sabes lo duras que han sido para mí estas dieciocho horas junto a la persona que más desprecio en este mundo? ¿La de veces que su toque me hizo vomitar del asco que le tengo?

—¿De verdad…?

—Cuando te des cuenta de lo infantil que estás siendo, ven a buscarme.

—Buenas noches, leona. Te quiero.

Oigo como de un portazo la puerta se cierra. Me muero por ir detrás de ella, pero no lo haré, sé que si voy será para dejar salir mi rabia, mis celos. Sentimiento que hasta que la conocí era desconocido para mí. Lo mejor es que lo deje pasar y cuando estemos a salvo fuera de aquí hablemos. Mañana se acabará este infierno.

Despierto oliendo la libertad. Hoy será el fin de más de tres meses de cárcel. Desayuno todo lo que me sirvieron, no sé si necesitaré más fuerzas para salir de aquí y llevar a mi novia conmigo, espero que todo se solucione sin que llegue la sangre al río, que Santana y sus cómplices paguen y las personas a las que mantienen como rehenes sean por fin libres, sin que nadie tenga que perder la vida por el camino.

En el patio busco a Noelia.

—¿Sabes algo de Aroa?

—Está en su habitación, has sido muy egoísta con ella, la muchacha ha hecho lo que ha hecho para salvarnos. Ella no se ha acostado con él.

—Nadie me entiende, yo no pienso que ella se haya acostado con él. Si tuviera que hacerlo para estar viva, no la dejaría por ello. Lo que me enferma es el saber que él la ha tocado, que ha pasado más horas junto a ella que yo en los dos meses que estamos juntos. Eso es lo que me mata.

—¿Y por qué no le has dicho esto en vez de echarla de tu habitación?

—Por Dios…, estaba ofuscado. Por eso la busco, para pedirle perdón, si es necesario lo hago de rodillas. Soy humano y cometo errores.

—Le hará bien oírte decir eso.

—Voy a su habitación ahora mismo.

Noelia se acerca a mí, posa su mano en mi hombro y me obliga a caminar lejos del edificio.

—No puedes. Santana está con ella. —Me dejo caer sentado en el suelo, apoyo mis codos en las rodillas y sujeto mi cabeza entre las manos.

—¿Hace cuánto que está con ella? —pregunto mirando al suelo.

—No mucho. Ha llegado y ha ido directo a su habitación.

Una vez más, él la tiene y yo no puedo hacer nada. Solo esperar a que ocurra cuanto antes el rescate.

Las horas pasan y nada sucede. Sin paciencia, echo a Moni de mi lado a gritos. Todos me miran asustados, es la primera vez que me ven exaltado. La única persona que soporto a mi lado es mi nueva amiga, que ya no le importa lo que pudieran decir. Ella está conmigo en todo momento. Me enseña dónde vive y nuevamente me hace jurar que cuando llegue el rescate voy a ir a su casa. Le pregunto por qué y no me quiere contestar. Dice que hasta que no estén todos a salvo, su secreto debería estar oculto dentro de aquellas paredes. No le hago más preguntas, ella no quiere hablar y la verdad es que yo tampoco estoy para oír a nadie. No puedo dejar de pensar que aquel asqueroso hombre está con mi novia en su habitación. Sé que no lo va a dejar salirse con la suya, lo tiene controlado, solo que todo en esta vida tiene un límite y el de Santana está llegando, en cualquier momento va a reventar. Ya no oculta su interés por ella.

Llega la hora de la cena, todos nos recogemos a nuestras habitaciones, a diferencia de la mañana y el mediodía no pruebo bocado. Mi estómago está cerrado. No entiendo por qué mi primo todavía no ha echado aquella maldita puerta abajo. No sé si voy a ser capaz de aguantar un día más. Me tumbo en la cama con ropa y todo, todo me da igual. Cada poco tiempo me acerco a la puerta con la esperanza de verla salir sola y sonriente.

Noelia y Hugo, después de hacer su ronda, vienen a hacerme compañía. Ambos me dan una noticia que me alegra un poco la noche, dicen que han logrado, con la ayuda de otros compañeros, no administrar la «medicación» a los pacientes. No han podido hacerlo con todos, pero sí con una gran cantidad. Pobres diablos, saldrán de aquí peor que cuando entraron, ojalá puedan recuperarse. Estoy acostado en mi cama mirando al techo, Noelia y Hugo hablando de sus cosas en una esquina cuando, de repente, oímos el megáfono de la Policía.

—Señor Santana, aquí la Policía Nacional. Todo el edificio está rodeado. Salga con las manos en alto y nadie saldrá herido.

Doy un salto de la cama, me siento sin saber cómo actuar. He deseado esto más que nada y ahora no sé qué hacer. Abro la puerta para salir en busca de Aroa, Noelia me agarra por el brazo y me mete dentro.

—No te muevas de aquí, yo la traigo.

Hugo y ella no dudan ni un solo segundo en salir a atender a los pacientes, que sin saber qué estaba ocurriendo, empiezan a salir al pasillo en busca de información, con la colaboración de sus otros compañeros, que tampoco saben qué ocurre intentan devolverlos a la seguridad de sus habitaciones sin mucho éxito con las mismas que entran, salen. De la nada, aparecen varios hombres fuertemente armados, nunca los había visto por aquí y menos con todos esos armamentos pesados.

Mando a la mierda la recomendación de Noelia y corro en busca de Aroa, pero antes de que llegue a la mitad del pasillo, dos gorilas me agarran, me enfrento a ellos sin ninguna oportunidad, tienen formación militar y son dos, en cuestión de segundos me tienen reducido en el suelo. Cada uno me agarra de un lado y me llevan en dirección a la habitación de Aroa, aunque magullado, me alegro, por lo menos estaré junto a ella y podré asegurarme con mis propios ojos de que está bien. Pasamos de largo, echo un loco empiezo a gritar y patalear. De nada me sirve, ellos me llevan en volandas en dirección al ascensor que nunca habíamos visto en funcionamiento. Aquí, en esta planta, no está escondido como en la otra, meten una llave y descendemos hasta el sótano, al llegar abajo se comunican por radio y la puerta que deseé tirar abajo cuando descubrí que tras ella estaba Santana y la tal dama de hierro se abrió. La primera persona que veo es Santana.

—¿Dónde está Aroa? —grito. De nada servía fingir, estaba claro, por la manera en que me traen que ya saben de nuestra relación.

—No te preocupes por mi mujer, ella se encuentra indispuesta y está dormida.

—Ella no es tu mujer, me oyes —grito fuera de mí.

—Tienes razón, no lo es, pero lo será. Y tú, desgraciado. —Se acerca a mí y me coge por el pelo—. Serás nuestro pasaporte para salir de aquí.

—Ni lo sueñes, antes te mataré, no te llevarás a mi novia.

—Ella no es nada tuyo, ¿me entiendes? —Se siente tan frustrado por mi comentario que su boca empieza a espumar. Su ofuscación es tanta que comete el error de acercarse demasiado a mí. Y no pierdo la oportunidad, le doy un fuerte cabezazo, aprovecho su aturdimiento y le quito la pistola. Le apunto en la cabeza, lo encañono y lo utilizo de escudo—. Ordena a tus hombres que no se acerquen a mí. Dónde está mi novia, llévame hasta ella.

—Nunca te llevaré hasta ella, esto es enorme…, sin mí nunca la encontrarás. Tengo hombres armados por todas partes. Ahí fuera seguramente hay una verdadera guerra campal.

Le doy con la culata de la pistola y le grito:

—¿Dónde está mi novia? No lo volveré a preguntar. —La sangre le tapa la visión, el tarado empieza a reírse.

—¿Sabes?, sois muy astutos, me he creído todo lo que aquella maldita zorra me ha dicho. El plan que vosotros habéis trazado es casi perfecto, el único fallo es que mi móvil hace copias de seguridad en tiempo real de todo lo que hablo y escribo. Y justo hoy necesitaba una copia del análisis que le hice a la zorra de tu novia, yo estaba preocupado por su salud y el sobre con el resultado había desaparecido.

—Déjala fuera de todo esto.

—Si estamos aquí es por su culpa, ella me ha traicionado. Pero mira qué ironía, ella misma me ha hecho descubrir su casi perfecto plan. He ido hasta mi casa para ver las copias de mis llamadas y solicitar una copia urgente de su análisis. ¡Y cuál es mi sorpresa! Hay llamadas y mensajes recientes y yo hace horas que no uso el móvil. Como ya sabes, aquí no estamos habituados a tener contacto con el exterior —dice con burla—. Lo que más me llama la atención es su duración, yo soy breve al teléfono, miro y os descubro, lo sé todo. He estado todo el día fuera preparando una buena recepción a tu primo y tus amigos. De aquí salimos ellos o yo muertos, pero a la cárcel no voy.

Me quedo congelado, pensamos en casi todo, pero en ningún momento que su móvil guardara copias automáticamente, para decir la verdad, yo ni sabía que eso era posible. Eso seguro que es ilegal. Los golpes en la puerta nos hacen a todos saltar. Me entra una gran alegría, era lo que llevo esperando todo el día.

—La Policía ya está dentro del edificio y saben que estamos aquí.

—¿Por qué haces todo esto? ¿No ganas suficiente dinero con la clínica?

—Mi hermano sí ganaba, yo era solo un asalariado. Y tú sabes que el dinero nunca está demás.

—¿Quién es la dama de hierro? —Santana suelta una carcajada.

—Olvídate de esa mujer, ella es el mismísimo diablo. Es mejor que tu cara bonita nunca la tenga enfrente. Jamás darán con ella, yo la avisé, ahora mismo debe de estar aterrizando en algún país del mundo.

—¿Por qué no la haces caer contigo? Estarás años en la cárcel por crímenes que ambos habéis cometido.

—Si es que salgo vivo de aquí, la única manera de que siga viviendo es que a ella no le pase nada. Te daré un consejo: cada vez que oigas nombrar a la dama de hierro, corre. Ella destruye todo lo que toca. Y no descansará hasta vengarse de aquellos que la desarticularon temporalmente.

—No es temporalmente, todos los que estáis metidos en esto, estáis acabados.

—¿De verdad lo crees? Te confesaré una cosa. Yo en tu lugar preferiría la muerte. Todo esto te viene grande. No te imaginas todo lo que hay por detrás de la organización.

—No os tengo miedo. Pagaréis por vuestros crímenes y todo el daño que hicisteis a toda esta gente, en especial a mi novia.

—Yo nunca hice daño a Aroa, cuando supe lo que estaban haciendo con ella castigué a todos por ello, yo la quiero…

—Si tanto la quieres, déjala ir.

—Antes que verla contigo la mato. —Un disparo me lleva al suelo. Sus palabras me hacen desconcentrarme y sus matones no pierden la oportunidad.

Santana coge su pistola del suelo y me apunta a la cabeza.

—Si me matas, se sumará un cargo más en tu contra —digo presionando la herida de mi abdomen.

—¡Crees que me importa!, uno más o uno menos me da exactamente igual, tú me has destrozado la vida, me has quitado la oportunidad de conquistar a la única mujer que he querido. Sin embargo, no todo está perdido, si te mato y me voy de aquí con ella la puedo conquistar.

—Estás enfermo.

—Me estás volviendo loco. Se acabó. —Santana da dos pasos acercándose más a mí, y engatilla la pistola.

—Santana, no… —Todo da un gran giro. Santana apunta la pistola en dirección a la persona que grita y dispara. Cuando se dio cuenta de lo que hizo, empezó a gritar pidiendo auxilio. Como puedo, presiono mi herida y me arrastro hasta ella.

La Policía entra y los hombres de Santana disparan, me arrastro hasta Aroa y protejo su cuerpo con el mío recibiendo un disparo en la clavícula. Los mercenarios no duraron de pie ni un minuto, fueron abatidos con diversos disparos sin ninguna baja por parte de la Policía.

Mi primo y mis amigos corren hasta mí.

—Miguel, aguanta, los paramédicos ya están aquí.

—No, primero ayudadla a ella, no me iré de aquí sin ver que ella es evacuada primero.

—No hables…, ambos saldréis de aquí juntos, no permitiré que os pase nada.

—Miguel —me llama Aroa—. Estoy perdiendo mucha sangre, no creo que aguante.

—No te preocupes, tu herida no es grave, mi amor —digo con las pocas fuerzas que me quedan. Sé que estoy perdiendo demasiada sangre.

—No, lo digo por mí, nuestro…, nuestro bebé —dice eso, se lleva la mano a su vientre y se desmaya.

—Ayuda…, por favor, salven a mi mujer, a mi hijo —grito con el último resquicio de fuerzas que me quedaban antes de que todo se volviera oscuro.

Miguel

– Superación –

Segunda parte

Capítulo 1

Estoy tumbada en la cama del hospital mirando al vacío. Tengo la habitación llena de gente y me siento más sola que nunca. Creo que jamás podré olvidar aquel día. No soy una persona miedosa que se rinde fácilmente, sin embargo, cuando lo vi entrar en mi habitación, me aterré. No hicieron falta palabras para saber que él nos había descubierto, su expresión corporal y su mirada de odio lo dijeron todo. Parecía un perro con la rabia listo para atacar, intenté huir; mis esfuerzos fueron en vano, solo sirvió para aumentar su ira. Su agarre fue tan fuerte que sus dedos quedaron marcados en mis brazos, aun así, luché. Lo golpeé, me enfrenté a él, le dije a la cara cuánto lo odiaba. Siempre supe que Santana era una mala persona, que no quería a nadie más que a él mismo, pero nunca me imaginé que sería capaz de tanta crueldad. Su objetivo en ningún momento fue matarme, su fijación era hacer sufrir a Miguel y quitarme a mi bebé, le di diversos golpes y él en ningún momento los esquivó. Lo único que repetía una y otra vez era:

—Te quiero más que a mi vida, por ti soy capaz de morirme. Pero si no vas a ser mía, no serás de él, tampoco el bebé que llevas en el vientre. Te lo arrancaré delante de él. Y después tendremos los nuestros propios.

Ilusa de mí por pretender razonar con él, estuve horas en mi habitación intentando camelarlo, pude certificar en primera persona lo desequilibrado que estaba, en un momento decía que me perdonaba, que nos fugáramos juntos, en otro que iba a matarnos a todos por haberle hecho perder todo. Gritó que de allí solo saldría muerto, que a la cárcel no iba, que no sobreviviría sin mí encerrado solo en una celda. Que la tal dama de hierro lo amenazó, que si abría la boca iba a por sus sobrinas, fueron tantas informaciones en tan poco tiempo que me descontrolé y gritando le mandé que se callara y, sin que me lo esperara, me pegó. Santana, arrepentido se tiró a mis pies implorando que le devolviera el golpe, al punto de ofrecerme su pistola para que le pegara un tiro. Y maldita la hora en que no lo hice. Estaba fuera de sí, muy arrepentido, creo que ese fue el único momento en el que vi algo de humanidad en él. Empezó a repetir que tenía que salvarlas, al principio no sabía de qué estaba hablando. Lo único que había en sus ojos era arrepentimiento y preocupación, estaba aterrado por lo que pudiera pasar a sus sobrinas, que ni siquiera saben que su padre ha muerto. No sabía de qué estaba hablando. Aproveché el momento de debilidad, me acerque a él, sujeté una de sus manos, y con la otra le acaricié la cara, Santana cerró los ojos y buscó mi caricia igual que un gatito.

—¿Te preocupas por ellas?
—Soy la única familia que les queda. Su madre desapareció como por arte de magia. Mi hermano está muerto y…

—No todo está perdido —afirmo.

—¡Cómo que no…! ¿Vas a venir conmigo? ¡Seguramente la Policía a estas horas estará preparando un gran operativo para invadir mi clínica!

—Santana, ya son las cuatro de la tarde y por aquí no aparece nadie.

—Estás intentando engañarme. ¿Crees que puedes salir de aquí? Tengo hombres fuertemente armados por todas partes.

El hombre frágil había desaparecido y volvió el cruel y despiadado. Por lo que pude percibir, las únicas personas que de verdad le preocupaban eran sus sobrinas. Por los demás era totalmente indiferente. Le pregunté si no se preocupaba por toda la gente que estaba en el edificio y su contestación fue una simple encogida de hombros llena de indiferencia. Durante un breve momento, llegué a cotejar la idea de aceptar su «sugerencia» de salir de allí con él. Todo con tal de darle una oportunidad a Miguel y a los demás de ser rescatados sin problemas.

—Santana, nada de esto es necesario, yo me iré contigo, déjalos ir.

—Ya sé lo que quieres hacer, estás intentando distraerme, sabes que se acabó.

Perdí el sentido, lo último que recuerdo es un trapo presionando mi nariz. Cuando me desperté estaba en una habitación muy grande, con instrumentos y aparatos de hospital. A mi lado había un niño de no más de dieciséis años, estaba muy delgado e inconsciente. Intenté incorporarme y descubrí que estaba atada, las amarras no eran fuertes, no me hacían daño, pero ejecutaban su función a la perfección, por más que tiré de ellas no cedieron. Forcejeé hasta hacerme sangre. Entró un hombre todo de blanco, al acercarse a mí lo reconocí, era uno de los médicos de la clínica. Pocas veces lo veíamos arriba. Él aparecía en pocas ocasiones, y hacía visitas rápidas. Nos administraba algo y acto seguido nos sacaba sangre. Después, no volvíamos a verlo en semanas.

—Por fin despiertas, ya empezaba a preocuparme.
—¿Qué me van a hacer?
—Habla suave. No sé qué está pasando, me imagino que nada bueno dado el comportamiento del jefe.
—Ayúdeme, por favor…
—No puedo hacer nada por ti, yo nunca he estado de acuerdo con nada de lo que ellos hacen, pero no tengo otra alternativa.
—No soy cura para que te confieses conmigo. Ya te explicarás con las autoridades, ayúdame y testificaré en tu favor.
—¿Me estás diciendo que vienen a por nosotros?
—Si no me vas a ayudar, cállate y vete de aquí.
—Tranquila, si tú me ayudas yo intentaré ayudarte.
—¿Me ves con cara de gilipollas?

Aquel hombre era la única ayuda que tenía en aquel momento. Aun así, no era capaz de contener mi ira. Solo pensaba en salvar a mi bebé y a Miguel. Mi suerte fue que él veía en mí lo mismo que yo en él: la salvación.

—El trato es el siguiente, tú me ayudas, yo te ayudo.
—Trato hecho, haré todo lo que pueda. ¿Cuándo viene la Policía?

Me cagué en todo. De todas las personas que hay en el mundo que podían ayudarme tenía que tocarme el médico loco. El hombre no hacía más que repetirse, no parecía estar en sus cabales. Santana apareció y el hombre se transformó, se puso una máscara de frialdad e indiferencia que en aquel momento llegué a creer que había cambiado de idea.

Caminó de encuentro a mi verdugo y con lo que me imagino fuera mi historial en la mano, empezó a comentarle cosas. No los pude oír debido a la distancia. Ambos en varias ocasiones se giraban a mirarme, el médico le dijo algo a mi secuestrador que no hacía más que poner expresión de fastidio.

Santana miraba la hora una y otra vez. Yo no los perdía de vista, un hombre entró corriendo interrumpiéndolos bruscamente y le entregó una radio. Él empezó a dar voces con la persona que estaba al otro lado, visiblemente enfadado cortó la llamada; gritó llamando al que le trajo la radio y a sangre fría le disparó, yo ahogué un grito, las lágrimas empezaron a recorrer mi rostro; el médico, siguiendo su instinto, corrió a socorrer a la víctima. Solo entonces vi de lo que realmente era capaz Santana. Él se acercó al hombre que agonizaba en el suelo y le disparó dos veces más a la cabeza, quitando así cualquier posibilidad de que se salvara. Se giró hacia el médico, le apuntó con la pistola y le ordenó que se levantara con las manos en alto. El hombre se incorporó despacio pidiendo que no lo matara, Santana lo condujo hasta mí, yo, al ver que el médico con la mano toda ensangrentada venía en mi dirección, mi instinto de protección me gritó que saliera corriendo, que pidiera ayuda, que hiciera algo por salvar mi vida, cualquier cosa pero que no me quedara allí. Santana leyó mis pensamientos, se acercó a mí, me agarró por el pelo y dijo:

—De aquí solo sales muerta. Serás mi mujer por las buenas o por las malas.

Aplastó su asquerosa boca contra la mía, se enfadó por yo no corresponderle el beso y mordió mi labio con tal fuerza que me hizo sangre. Sin pensarlo, le escupí en la cara. Su enorme mano, que tenía habilidades para curar, pero que, sin embargo, utilizaba para quitar y destrozar vidas, sujetó mi cara obligándome a mirarlo.

—Nunca vuelvas a hacer eso.
—Me haces daño.

Mis palabras le impactaron, rápidamente me soltó y se apartó de la cama.

—Deshazte del bebé y que nada le ocurra a ella, si le veo un solo pinchazo innecesario, toda tu familia estará muerta, incluida la que está fuera de la ciudad, para ser más específico, en Granada, estudiando Medicina. La niña está orgullosa de papá y quiere ser como él. —El médico perdió el color.
—Haré todo lo que me ordenes, pero no los toques.
—Eso solo depende de ti. Ya es muy tarde, hemos perdido muchas horas con tonterías, hazle el legrado.
—Solo está de unas cuatro semanas, no es necesario, puedo provocarle un aborto natural sin el riesgo de comprometer su matriz.
—Hazlo. No quiero fallos.
Santana se fue dejándonos solos, el médico caminaba de un lado a otro recogiendo cosas, el niño que estaba a mi lado era ajeno a todo lo que estaba ocurriendo. Yo solo pensaba en Miguel, que seguramente estaba buscándome como un loco. Me sentí agotada física y mentalmente. Llevaba no sabía cuántas horas tratando con un loco. Viendo como el médico se acercaba con un carrito, empecé a debatirme y a gritar.

—*Por favor, no lo hagas* —le pido desesperada.

—*No tengo otra alternativa, si él no te ve sangrando, matará a toda mi familia. Te aplicaré una dosis muy baja, recemos porque sea verdad que la ayuda viene de camino.*

—*¿Como ocurrirá?* —le pregunto llorando.

—*No te voy a mentir, será doloroso. Pero es la única manera que tengo aquí a mano para darle una oportunidad a tu bebé.*

—*No te excuses, dímelo de una vez.*

—*Empezarás a sentir dolor en la barriga, ganas de ir al baño, cosa que no debes hacer, tendrás que evitar hacer esfuerzos. El dolor se va a intensificar y empezarás a perder más sangre, si no haces esfuerzos y no te pones nerviosa, ganarás tiempo.* —No le dejo terminar.

—*¿Cómo no me voy a poner nerviosa sabiendo que mi bebé estará muriendo, que estará escapando de mi cuerpo sin que yo pueda hacer nada?*

—*¿Quieres que te dé un relajante?*

—*No…, lo que quiero es que me sueltes y me dejes ir.*

—*Nadie sale de aquí si él no quiere. Esto es como un búnker. Es imposible salir de aquí.*

Ya no quise saber, ni escuchar nada más. Me hice a un lado y que el doctor hiciera conmigo lo que quisiera. Mirara por donde mirara, no tenía salida. Él se acercó a mí con la jeringuilla en la mano.

—*Por favor, no lo hagas* —imploro intentando por todos los medios evitar que acabe con la vida de mi bebé.

—*Perdóname, no tengo otra alternativa. Te prometo que si este bebé no se salva podrás tener otro.*

Tanto el médico como yo nos echamos a llorar. Sentí como él, muy despacio, inyectaba la aguja en mi vena no miré, solo lloraba, un llanto silencioso, el más doloroso de toda mi vida. En aquel momento comprendí el porqué mis padres nunca me contaron la verdad, ellos no querían que yo sufriera. Sabían que mi verdadero padre no sería bueno para mí. Mi bebé era del tamaño de un garbanzo, acababa de saber que él existía y sería capaz de cualquier cosa con tal de que no le pasara nada malo y siguiera conmigo. Es lo que mis padres hicieron y no supe valorar.

El médico agarró mi mano y se quedó a mi lado hasta que todo tuvo un fatídico desenlace. Santana entró de repente y nos encontró cogidos de la mano, apuntó al médico y le ordenó que se apartará de mí, el pobre hombre llorando atendió a su orden. A sangre fría le disparó en la cabeza. Yo empecé a gritar desesperada, había matado a aquel hombre por nada. Por celos hacia una mujer que lo despreciaba y lo único que el pobre hombre estaba haciendo era darme un poco de consuelo.

Me olvidé de las recomendaciones del médico y empecé a insultarlo, a decirle que era un monstruo. Él, fieramente se acercó a mí, con brutalidad abrió mis piernas y miró para cerciorarse de que el médico había concluido su trabajo, al ver la pequeña mancha de sangre con una sonrisa burlona dijo:

—El fruto de tu desliz dentro de poco no existirá. Voy a hacer que sea más rápido.

Cogió otra jeringuilla que había en el carrito y me la inyectó. Mi desolación fue tanta que me desmayé. El pobre médico había arriesgado su vida por nada. No sé cuánto tiempo estuve desmayada. Cuando desperté, escuché un fuerte ruido, voces discutiendo. Reconocí la voz de Miguel preguntando por mí, me incorporé y, para mi alegría, ya no estaba atada. No me paré a pensar quién me había liberado de las ataduras, me puse de pie y un fuerte mareo me hizo recordar a mi bebé, metí la mano entre mis piernas y con dolor pude verificar que estaban manchadas de sangre.

—Bebé, lucha, por favor, no te vayas. Quédate con mamá.

Un ruido llamó mi atención, miré en la dirección y vi al pobre chico que antes estaba en la camilla al lado de la mía. Solo que ya no estaba allí, sino recostado en la pared respirando con dificultad. Por un instante no supe qué hacer, si ir a por él o por ayuda, era solo un crío, no había empezado a vivir siquiera. Me sentía muy débil, pero aun así intenté tranquilizarlo. Le dije que iba sacarlo de allí, él me correspondió con una débil sonrisa. Tambaleándome, fui al encuentro de las voces, pasé delante de una habitación muy grande donde había docenas de personas desnudas sentadas al fondo vigiladas por un hombre fuertemente armado. Mi corazón se disparó, una chica me vio, con el dedo le indiqué que se quedara callada, ella bajó la cabeza y la ocultó entre las piernas, sus ojos reflejaban el mismo miedo que yo sentía en aquel momento. Como pude, pasé por delante de la habitación intentando hacer el menor ruido posible para no llamar la atención del matón que los vigilaba.

Una vez fuera de la vista de aquella gente me recosté contra la pared para tomar algo de aire, el gran esfuerzo me estaba pasando factura, noté como el flujo de sangre entre mis piernas era más intenso. Con dificultad y después de lo que a mí me pareció una eternidad llegué hasta el despacho de la dama de hierro, es fácil saber que el dueño de aquel espacio era una mujer, todo estaba decorado con muy buen gusto.

Vi a Miguel siendo apuntado por Santana y no lo pensé. Grité su nombre, todo ocurrió muy rápido: mi grito, él disparó, él malherido, Santana y sus hombres en el suelo. Y aquí estoy yo dos semanas después, rodeada de gente y sintiéndome más sola que nunca.

—Aroa…

La voz del primo de mi novio me trae de vuelta de aquel mal recuerdo que vivo una y otra vez desde que he abierto mis ojos dentro de este hospital.

—Rafael, no quiero ser grosera contigo, sé que todo lo que haces es por mi bien. Pero no voy a comer, no quiero hablar con nadie hasta que no me digáis qué pasa con Miguel.

—Lo que te puedo decir es que él es fuerte, un luchador. Te lo dice el hombre que está a su lado desde que era solo un niño, lo he visto pasar por lo indecible y no rendirse. Y ahora que te tiene a ti, te lo aseguro, saldrá de esta.

—¿Y por qué no responde? ¿Por qué no se despierta? Si él está así es por mi culpa.

—Mi primo me va a matar si se despierta y descubre que su chica está mal. ¿Has visto lo que ha hecho para que tú seas evacuada primero? Se ha puesto la pistola en la cabeza, no era necesario que llegara a eso. Tenéis un camino muy duro por delante.

—No tengo fuerzas.

—No estaréis solos, estaremos todos con vosotros.

Capítulo 2

Desde que recibí aquella llamada, nuestras vidas se transformaron en una locura, por más que doy vueltas no soy capaz de entender cómo pudo ocurrir. ¿Qué lleva a una persona que tiene una de las clínicas de rehabilitación más prestigiosa del país a hacer cosas como aquellas? Hasta la Policía se sorprende con todo lo que allí había. Aquella gente jugaba a lo grande, la maquinaria de laboratorio que tenían para elaborar sus drogas de diseño eran todas importadas, de las que pocos laboratorios del país tienen.

Lo más triste es la forma despiadada en la que utilizaban a los pacientes como conejillos de indias. ¿Todo por qué? Más dinero, como si con lo que ganaban fuera poco.

Me siento un primo de mierda, estaba tan metido en mi «relación», por llamarlo de alguna forma, que no presté la debida atención a mi única familia en este país. Y ahora, por mi descuido, está en la cama de un hospital más muerto que vivo. Quizá mis dudas en atender su pedido; en tener que escoger entre él y su novia quién era el primero en recibir socorro haya empeorado su situación. No podía pensar con claridad. Cuando recibí su mensaje para que llegara a aquella maldita clínica, me pasó toda nuestra vida por la cabeza. Es que desde que tengo uso de razón Miguel lucha por su vida, por su lugar en el mundo.

No sé muy bien en qué momento, todo en su vida, que parecía estar encauzado se volvió negro, él se distanció tanto bajo la influencia de aquella mujer que lo absorbió. Y por más que yo lo intentaba, no era capaz de llegar a él como antes y perdí el control de la situación. Tengo la suerte de contar con unos amigos maravillosos que nunca me han dejado solo en mi lucha para ayudar a Miguel, aunque todos ellos tienen motivos de sobra para darle la espalda. Estamos en pleno fin de semana y aquí están los cinco: Pedro, que vino acompañado de su mujer, hijo y madre a Valencia, el pequeño Tiago está de paseo con su abuela, Paula está siendo un ángel para Aroa, es la única persona que consigue que ella hable un poco sin llorar.

La incursión fue horrible, nos obligaron a quedarnos lejos cuando invadieron la clínica, el desactivar el sistema de vigilancia y poner las imágenes en bucle para que no se dieran cuenta tardó más de lo previsto, lo que retrasó la operación, el estar en medio de un valle solo dificultó más la cosa. Cuando tiraron abajo el portón, el silencio automáticamente se vio interrumpido por la gran ráfaga de disparos, los policías que estaban más abajo con nosotros no dejaban de comunicarse con sus compañeros de arriba, cada vez que escuchábamos que uno estaba herido, se nos hacía más difícil estar allí fuera sin poder hacer nada. El fuego cruzado fue breve, en solo diez minutos los agentes consiguieron entrar en la clínica. Sin embargo, a nosotros nos mantuvieron allí más tiempo, solo conseguimos subir a causa de las influencias de Pedro, que al ver que nos mantendrían allí las accionó.

El comandante que dirigía la operación nos recibió. Al preguntarle por Miguel, no quiso decirme dónde estaba. Me volví loco, confieso que no pensé en su novia, solo quería sacarlo a él de allí.

—¿Usted es Rafael?
—¿De qué me conoces?
—Yo he ayudado a su primo a contactar con usted, soy Noelia.

Me dijo una señora rodeada por policías y abrazada a una adolescente a la cual ocultaba dentro de su gabardina.

—¿Sabes dónde puede estar Miguel?
—En la planta subterránea, no la conozco muy bien, tiene difícil acceso.
—Llévame allí ahora mismo.

Agarro a la señora por la mano e intento arrastrarla. Ella se niega a moverse y abraza a la chica que empieza a llorar e implorar que no permitiera que se la lleven nuevamente. El policía que nos custodiaba pregunta qué está pasando. La señora se apresura en contestarle diciendo que nada. Aprovechando su despiste, arranco a la chica de sus brazos y la entrego a mi amigo para que se ocupe de ella, sabía que la cuidará bien, que nada le va a pasar. Ignorando los ruegos de la mujer, la arrastro conmigo.

Cruzamos varias puertas, nos metimos por un pasillo interminable y bajamos una escalera. La mujer hace todo el camino mirando a todos lados en busca de pacientes, el edificio estaba desierto. En cuestión de minutos la Policía lo había despejado. Un oficial quiso cortarme el paso, Pedro apareció acompañado de un hombre que autorizo mi acceso con la condición de que no me acercara al área donde creían estar los cabecillas de todo aquello. Contento por saber que ellos ya habían dado con mi primo les digo que sí. Solo cuando estuve cerca de donde supuestamente yo no debía entrar, entendí el porqué. Un gran operativo estaba intentando abrir la puerta, que no se movía ni un milímetro, clara señal de que lo que había allí dentro era algo gordo.

—Es una puerta altamente blindada —gritó uno de los policías.

—Échenla abajo como sea —le contestó el comandante.

—Señor, para derribar esta puerta es necesaria una carga elevada de dinamita.

Al escuchar aquella información, mi cabeza empezó a dar vueltas, por más que aquellos hombres supieran lo que estaban haciendo, no podría asegurar la vida de los que están dentro. Era imposible que conocieran dónde estaban.

—No..., ni se os ocurra poner la vida de mi primo en peligro —grité fuera de mí.

Jorge se personó a mi lado e intentó tranquilizarme.

—Rafa, déjalos hacer su trabajo, entendemos que estés preocupado, pero no puedes interferir en el operativo.

—Jorge... —Rubén no me dejó proseguir.

—Pedro está arriba ayudando a la gente, pero si te pones bravucón entre los tres te sacaremos de aquí. ¡Tú dirás!

Sabía que no era un farol, eran totalmente capaces de sacarme de allí a hombros. Di unos cuantos pasos atrás y me quedé callado mirando qué hacían para sacar a las personas que estaban dentro. Por nada del mundo quería apartarme de aquella puerta.

178

Bajaron numerosas herramientas, los hombres se turnaban para golpearla, otros buscaban entradas por otro lado, estaban poniendo todo su empeño para llegar hasta mi primo, pero para mí seguía siendo poco.

Después de lo que me pareció una eternidad, la puerta se abrió y vi como mi primo se arrastraba por el suelo para proteger con su cuerpo a una mujer que tampoco estaba en buen estado. ¡Ese fue el momento más difícil de mi vida! ¿A quién socorrer primero? El helicóptero solo podía evacuar a una persona cada vez, cuando mi primo vio la duda en mis ojos se apuntó con un arma que no sé de dónde había sacado. Yo no escuche nada más, solo veía a mi primo en el suelo desangrándose y con aquella pistola apuntando a su cabeza, sabía que él tenía que salir de allí primero. El disparo de ella no era de riesgo y él se desangraba.

—… si no te sacamos de aquí, ahora, morirás.

—Si ella muere, yo me moriré de todas las maneras. — Empezó a toser. Los paramédicos corrieron a su encuentro, cuando se dio cuenta, cargó la pistola—. *A ella primero. —* No pude más y empecé a llorar.

—¿Cómo me haces esto? Acabas de conocerla y la pones por delante de tu propia vida. Qué ha sido do [1]fettere forenet for alltid? Yo nunca he tenido importancia para ti.

—Fetter, mi bebé se está muriendo, te prometo que no me voy a morir. Ayúdalos.

Ambos se desmayaron al mismo tiempo, me desesperé, un policía me retiró a rastras del lado de mi primo y me llevó con mis amigos que me sujetaron. Me debatí intentando librarme de sus agarres como fuera posible. ¡Bebé, novia! Yo estaba tan concentrado en mi puto enamoramiento que no me di cuenta de que mi primo había encontrado algo que le daba sentido a su vida, ¿y qué hice yo a cambio?

Los médicos no sé por qué razón no terminaban de sacarlo de allí. Desesperado, les grité:

—¡Que lo lleven a él, joder! ¡Se está muriendo, no lo veis!

Todo pasó muy rápido, Pedro dio un paso al frente, antes de que pudiera decir nada, a mi primo ya lo estaban sacando de aquel maldito lugar. A ella la llevaban en la ambulancia, estaba embarazada y corría riesgo, su estado era grave, pero podía aguantar.

Sé que mi primo no me perdonará por no haber atendido su petición. Pero si no lo hubiera hecho, él habría muerto.

Capítulo 3

Miguel

«Aroa…, ¿dónde estás?». ¿Por qué nadie me dice nada? Todo el tiempo entra y sale gente que se para delante de mi cama, algunos cogen mi mano, la acarician o simplemente la aprietan, puedo sentir sus toques, sin embargo, no puedo responder, ni verlos; estoy como en el limbo. Soy totalmente consciente de lo que ocurre a mi alrededor. Los puedo oír, pero nadie dice nada que de verdad me interese, hablan de cosas inútiles, algunas veces susurran. La falta de tema de conversación les hace comentar las mayores estupideces con tal de no enfrentar la realidad. Que me digan de una vez qué ha pasado con mi novia y mi bebé, qué ha pasado con Santana, si ya capturaron a sus cómplices. Llevo no sé cuánto tiempo aquí en esta cama y siempre es lo mismo.

Los lamentos y conversaciones de los enfermos por la noche no me dejan olvidar aquel lugar, agradezco cuando las máquinas que monitorizan mis signos vitales y administran mi medicación pitan. Es un alivio para mí estos minutos hasta que la enfermera viene, pongo toda mi atención en eso para desconectarme del ruido de fuera.

Mi primo no me deja solo ni un solo minuto, nuestros amigos siempre que pueden están aquí junto a nosotros. Por horas escucho la voz de una mujer haciéndole compañía, no me pasó desapercibido que fue la única capaz de hacerle reír. No le veo la cara, solo puedo oír su voz, pero me alegra saber que mi primo también ha encontrado a alguien que ha logrado descongelar su duro corazón. Si hay una persona en mi familia que se merece ser feliz, esa es él.

Me pongo tenso, llega una de las horas que más odio, la hora del aseo, eso de que se presente aquí el que esté de guardia y me limpie de arriba a abajo con una esponja mojada hasta lo más recóndito de mi cuerpo, me entran ganas de gritar y no puedo. Sé que cuando salga de aquí eso será motivo de mucha guasa, mi primo y amigos se lo pasarán en grande bromeando y riéndose en mi cara por ello. En más de una ocasión es un enfermero quien se encarga.

Una señora entra llorando y pide a mi primo que la acompañe, no reconozco su voz. Él sale corriendo y no puedo evitar preocuparme por Aroa y mi hijo. Quisiera poder poner cara a la gente, mis ojos no atienden a mi mando, no se abren, me tienen en la más completa oscuridad. Rafa se acerca a mi cama, siento el roce de su mano sobre la mía, ordeno a mis dedos que se muevan, deseo demostrarle que cumplí con mi palabra, que no estoy muerto, pero mi cuerpo no responde.

—Ve tranquilo, yo me quedo con él.

—Gracias…

—No, Rafa, no quiero hacerte daño.

—¿En que él es mejor que yo? Romperá tu corazón.

—No se lo entregaré.

—No sigas mintiéndote a ti misma, Nuria. Me dejaste plantado muchas veces por él. Siempre es él.

—Te están esperando, anda…, tira. Tú sabes que tengo mis razones.

—Si me dieras una oportunidad, lo nuestro podría funcionar. Nos llevamos bien, no nos complicamos la vida con cosas innecesarias.

—No funcionaría y lo sabes.

—Claro, siempre que las cosas van bien él aparece y lo estropea todo. No lo puedo evitar, tengo que robarte un beso.

—Yo no te voy a denunciar.

¿De verdad tengo que ser testigo de esto? ¿Qué me he perdido por estar dentro de aquella maldita clínica? Me parece surrealista oír a mi primo insistiendo con una mujer. Lo bueno es que cuando se metan conmigo, a Rafa ya tengo con que callarlo.

A las dos semanas de ser testigo auditivo de todo lo que ocurría a mi alrededor, por fin consigo abrir los ojos. La habitación está llena de gente que no conozco de nada, que al ver que me he despertado rodea mi cama interesándose por mi salud. Una morena muy guapa al ver que estoy «despierto», por así decirlo, se acerca rápidamente y los echa hacia atrás. Mira todo lo que tengo conectado a mi cuerpo. Intento incorporarme y ella me lo impide.

—No hagas movimientos bruscos, te puedes marear —intento protestar y no puedo, un tubo en mi boca me lo impide—. Tranquilo, ya viene el médico a retirarte esto.

Me siento como un extraterrestre, las personas que están en mi habitación vuelven a rodear mi cama. Giro mi cara al otro lado, no deseo ver a nadie que no sea mi gente. Sé que es del todo contradictorio debido a mi profesión, pero cuando no estoy en el juzgado, no me gusta ser el centro de atención.

—Hijo, sé que no nos conoces. —La señora coge mi mano y la aprieta, siento el deseo de quitársela, pero su voz es tan dulce que aun sintiéndome incómodo la miro y escucho. Sus palabras me hacen sentir todavía más incómodo, toda esta gente que me rodea son familiares de las personas a las que, según ella, he salvado, y siempre que pueden pasan a visitarme. Que desean agradecerme todo lo que ellos creen que he hecho por sus hijos. Me apena ver lo emocionada que está, doy un suave apretón a su mano para reconfortarla. Pero lo que dice no es verdad. No soy un héroe, no tengo a la mujer que quiero conmigo, no he cumplido la promesa que hice a Noelia, no se qué ha sido de ella y de Hugo. No quiero la gratitud de nadie, me alegro de que se hayan salvado, pero nada ha salido como yo había planeado y nada de lo que he hecho ha sido pensando en los demás. Quería salir de allí con Aroa y Noelia y de qué me ha valido todo el esfuerzo si pierdo lo que acabo de descubrir que más amo en el mundo. En todo ese tiempo pasan docenas de personas por aquí, sin embargo, ellos no, y tengo miedo a que haya pasado lo que vaticinó Noelia, no me perdonaré si a ella le ha pasado algo. Doy gracias cuando nos interrumpe el médico, que nada más entrar en la habitación echa a todos.

Rafa llega cuando todos se marchan y la enfermera intenta impedirle el paso. Él, de primeras, ha aceptado, sin embargo, cuando la señora le dice que yo he despertado, se vuelve loco y en cuanto no le dejan verme no se mueve ni un paso atrás. Él se abalanza sobre mí y me abraza. Es un trago difícil.

—¿*Fetter*, estás bien? —afirmo con la cabeza que sí. El médico le pide que se retire. La mujer que casi siempre está junto a él ignora la prohibición de la enfermera y entra, puedo reconocer su voz, ella lo abraza y le saca medio a rastras de la habitación.

Inerte en la cama, siento como los médicos tocan casi todo mi cuerpo, el momento de quitar el tubo de mi boca es muy molesto, toso unas cuantas veces; aun así, nada más tomar un poco de aire quiero preguntar por Aroa.

Los médicos, al ver el esfuerzo que estaba haciendo por hablar, me aconsejan dejar pasar un poco antes de forzar mis cuerdas vocales, me preguntan si quiero agua, con la cabeza les digo que sí. Después de una exhaustiva exploración, el personal sanitario sale y deja que la gente entre. Esta vez solo lo hace mi primo acompañado de dos mujeres. Al verlo al lado de mi cama, no puedo contenerme, cojo su mano y forzando todo lo que puedo le pregunto por Aroa. Mi voz sale muy ronca, me escuece, pero no me importa, más me duele el pecho por miedo a haberla perdido. Su contestación, lejos de tranquilizarme, hace que me enfade. Rafa no hace más que darme evasivas y pedir que me calme. La enfermera llega con el agua y le riñe por estar hablando conmigo. La morena, que al parecer me conoce, para los pies a la enfermera.

—Que yo sepa, aquí el que no puede hablar es el paciente, y no lo veo haciendo tal cosa.

—¿Tú quién eres para venir a darme lecciones en mi puesto de trabajo? —le rebatió la enfermera.

—Soy lo que usted no es. Una enfermera titulada que sabe respetar la alegría de un familiar al ver que el enfermo se está recuperando.

—Usted no es de aquí.

—Ya estamos… Uff, qué cansino es esto. No, no lo soy, ¿pero sabes…? Es aquí donde pago mis impuestos, es aquí donde queda todo el dinero que gano y coopero para el progreso de este país, que te guste a ti o no es el mío también.

Giro la cabeza a la fiera morena, en mis labios nace una sombra de sonrisa. Me encanta la manera tajante, pero educada en que puso la enfermera en su sitio. Mi primo me mira riendo, aprieta mi mano llamando mi atención.

—Pedro está fuera de mercado —dice Rafa riéndose—. Espera, que hay más: tiene un hijo.

Creo que sigo drogado, no es posible, ¡Pedro casado…! Con hijos. Tengo que salir de esta cama lo más rápido posible, hay mucho con lo que ponerme al día.

Mi primo encuentra ahí un filón para no contestar a mis preguntas y las dos mujeres que están con él, muy astutas, no hacen más que respaldarlo para tenerme entretenido. Puedo constatar en primera persona que, efectivamente, Pedro está fuera de mercado y mi primo con la mujer del pelo de colores, no sé qué decir. Se les ve muy acaramelados, sin embargo, con las mismas que saltan chispas, se evitan. Es muy rara la relación que se traen entre manos.

—Has nacido nuevamente. No nos des más sustos de estos. Y ponte en forma de una vez para que vuelvas a trabajar.

—¿El empleo sigue siendo mío? —Haciendo caso omiso a las recomendaciones, fuerzo la voz para preguntar. La emoción que siento me embarga. Pedro siempre me había dicho que me ayudaría, pero no creía que me devolvería el trabajo después de mi comportamiento, traicioné su confianza y la de su hermano.

—Siempre te he dicho que cuando te curaras volverías a tu puesto y así es, deja de hacer el vago y vuelve luego. Ahora que somos dos menos no damos abasto.

Los miro sin entender muy bien eso de que son dos menos, ¿qué significa eso? La guapa morena que a lo que todo indica es la: novia, pareja, esposa o yo qué sé, toma el frente.

—Hola, soy Paula, estos son unos brutos. Soy la pareja de este rubio descarado. —Pedro abre una sonrisa bien marica, otro que ya tengo con qué defenderme—. Lo que él —apunta a Pedro— quiere decir es que Daniel no está en el despacho, por eso no lo has visto por aquí. Y antes de que preguntes. Sí…, él se ha casado con Fátima y tiene hijos. —Yo no salgo de mi asombro. ¿Cómo es eso? Pedro la abraza por la cintura y aclara.

—El otro que falta eres tú. Nunca hemos cubierto tu plaza. En estos tres años y medio que has estado ausente llevamos todo entre los cuatro.

La conversación se distiende, me llenan de información, por momentos llego a reírme, las dos chicas parecen ser buena gente. Mis otros amigos llaman para interesarse por mi estado, me dicen que Daniel ha pasado por aquí a visitarme, no sé si yo en su lugar lo hubiera hecho, me porté fatal con su esposa.

Al día siguiente, ya hablando con normalidad, no les permito que me engañen con evasivas. Exijo saber de Aroa. Intenta la misma táctica sin efecto. Al ver que no van a ser sinceros conmigo, echo a todos de la habitación, aunque sé que no irán lejos, que estarán todos merodeando, esperando que pase mi enfado para volver a entrar.

Rafa entró en un par de ocasiones, sé que me oculta algo y harto de ser paciente, de esperar y de que nadie me diga nada, cansado de su comportamiento le amenazo con que la buscaría. Lo único que es capaz de decirme es que Aroa está con vida. No se lo digo porque sé que no se lo merece, sin embargo, vuelvo a sentirme prisionero, un títere en manos de los demás y no es justo. Le hago varias preguntas sin respuesta y acabo por echarlo nuevamente. Como puedo, me incorporo, siento un dolor infernal en el abdomen, pero mi deseo por encontrarla es mayor que mi sufrimiento. Llevo puesta una de estas humillantes batas, sin quitar la vista de la puerta, voy hasta el armario. Tengo la esperanza de que me hayan traído o comprado algo decente. Descubro con alegría un chándal que no es nada fácil poner a causa de mis heridas. Me giro para salir y me encuentro con la mirada triste de mi primo. Mi corazón dio un vuelco.

—Segunda planta, habitación 209. —Le agradezco con un gesto de cabeza, me quedo en la habitación y lo veo salir. Sé perfectamente lo que iba hacer, le doy tiempo para despejarme el camino y que yo salga. Rafa sabe que ahora mismo solo hay una manera de pararme, que es atarme o dejarme inconsciente, de lo contrario, la encontraré.

Con el pasillo despejado, salgo en busca de mi amor. Aunque esté contento por saber que voy a verla, estoy muy inquieto por el silencio de todos. Necesito saber qué ha pasado con los de la clínica. Aun estando fuera de aquel lugar no consigo quitarlo de mi cabeza. Llevo menos de veinticuatro horas de vuelta y no puedo estar tranquilo. Mientras no la vea, siento que ellos han ganado.

Paso por delante del puesto de las enfermeras lo más erguido que puedo, no miro hacia allí, todas están tan concentradas en sus quehaceres que no se dan cuenta de mi «huida». Llego hasta el ascensor y, para mi suerte llega justo en ese momento, me da igual que suba, lo que quiero es salir de aquella planta cuanto antes. Subo hasta la sexta y última planta y con desesperación espero a que llegara a la mía. Al bajar, me veo de frente con dos enfermeras, respiro hondo, me yergo, miro al frente y camino como si nada. Para mi desgracia, he cogido el ascensor que me ha dejado en la otra punta, tengo que cruzar un pasillo kilométrico para llegar hasta su habitación, al ver el número en la pared, mi corazón se llena de intranquilidad y alegría. Tengo sentimientos encontrados, me muero de miedo de lo que pueda encontrar. Toco a la puerta y una voz femenina me da paso. Voy a abrirla y un ruido llama mi atención, al mirar, veo venir a mi primo y dos enfermeras corriendo en mi dirección, rápidamente entro, miro a la única cama ocupada y la veo; está dormida. A su lado hay un señor sujetándole la mano y una señora en la otra butaca leyendo. Enseguida supe que se trataba de sus padres. Al percibir mi presencia, ambos se levantaron y se acercaron a mí.

—Gracias por haber salvado a mi niña.

Mi corazón se encoge. Se refieren solo a ella. Lo que significa que mi hijo no se ha salvado. No les puedo decir nada. Ya estoy empezando a hartarme de que la gente me vea como a un héroe y no lo soy en absoluto.

—¿Pueden, por favor dejarme a solas con ella? —La pareja mira a mi primo que acaba de entrar junto a las enfermeras, él les señala la puerta. No me importa lo que piensen de mí, no soy un puto héroe, no he podido salvar a mi hijo. Si no la hubiera utilizado como hice, no habría quedado embarazada y ahora no estaría pasando por eso. Soy un desgraciado. Le dejaré todo lo que tengo y desapareceré del mapa. No me merezco nada, no voy a ser capaz de ver en su rostro el dolor de que por mi culpa haya gestado y perdido a nuestro hijo.

—Usted no puede estar aquí —dice la enfermera.

—Si no me hubieseis tratado como a un imbécil, quizá —digo recalcando el quizá— yo no estaría aquí. —Dios…, que desaparezcan todos de mi vista. No quiero ver a nadie aparte de ella.

—Lo único que hacemos es preservarte.

—Respeto tu trabajo, pero déjame diez minutos con ella, pasado este tiempo saldré ahí fuera y me iré a mi maldita habitación. Pero si me llevas sin que pueda hablar con ella, pasarás todo el día detrás de mí y tendrás que sedarme. Cosa por la cual te demandaré. —Ya no sé qué digo. Solo quiero librarme de todos.

—Diez minutos, ni uno más, es mejor no despertarla, está muy débil, y usted, si se siente mal, llámeme. —Qué impotencia, qué ganas de gritar, claro que voy a despertarla, necesito decirle que lo siento, que desgraciadamente no he podido hacer nada por salvarla. ¡Qué más da…, no diré nada a esta mujer, nunca lo entendería! Le doy la razón y espero a que salgan. Mi primo, como siempre tocahuevos, no se va.

—Espero que puedas perdonarme…. —dice Rafa—. Estoy orgulloso de ti. No te preocupes por el tiempo. Yo me encargo. —Apoya su frente con la mía, da dos toques suaves en mi cara—. Ojalá un día puedas perdonarme. —¿Qué mierda quiere decir mi primo con eso? Si alguien tiene que ser perdonado aquí es él, desde que tengo uso de razón le doy dolores de cabeza.

Rafa, con una enorme tristeza en los ojos, sale de la habitación, hace mucho que no le oía decir que estaba orgulloso de mí y sus palabras esta vez sonaron diferentes. Está muy raro. Es un poco ridículo, porque somos casi de la misma edad, pero para mí es muy importante que él esté orgulloso de mi.

Me acerco a ella, miro su bonita figura tendida sobre la cama, no tiene ninguna marca o magulladura, cosa que me alegra. Tomo su mano y la llevo a mis labios. Siento un pequeño mareo, rápidamente me siento en la cama que se hunde, y su cuerpo se mueve pegándose al mío, ella da un largo suspiro, aunque ahora lo parezca, sé que de indefensa no tiene nada. Aun con mi hombro doliendo debido al segundo disparo de Santana, que al ver que la Policía estaba dentro, empezó a gritar que iba acabar conmigo. Me tumbo a su lado y paso mi brazo sano por encima de ella. Quiero atesorar su tacto, su olor para cuando no la tenga a mi lado. Sé que, aunque quiera estar a su lado, no será capaz de perdonarme por no haber salvado a nuestro bebé.

—Miguel.

—Sh…, déjame abrazarte unos minutos, sentir tu olor antes de que…

—Te quiero. —Trago en seco al oírla declarar su amor por mí.

—Y yo a ti, leona.

—Sé que es un sueño.

—Leona. —Beso su cabeza, entierro mi rostro en su cuello y la huelo—. No es un sueño. Estoy aquí. —Aroa se gira rápidamente haciéndome mucho daño. Creo que me he quedado sin color, ya que ella toma mi rostro entre sus manos y empieza a llenarla de besos y repetir una y otra vez:

—Perdóname, perdóname, perdóname… —Parece una niña pequeña, aún con un gran dolor me río de su reacción.

—Si me besas en los labios, el doctor dijo que el dolor se va —digo a modo de broma para distender un poco el ambiente—. Dime, leona, ¿cómo estas?

—Ahora que estás aquí, bien.

—Y el… —Se hace el silencio. Me muero de miedo por hacer la pregunta.

—Tengo que darte una noticia. Sé que es culpa mía.

—Mi amor, si hay culpables aquí son ellos.

—Esta decisión no sé si… —La palabra se queda atascada en su garganta—, solo he hecho lo que he creído correcto. —Estoy acojonado. ¡Decisión! ¿Qué decisión? La voz de Aroa se quiebra y las lágrimas empiezan a correr por su rostro.

—Miguel, el bebé…

—¿Desde cuándo sabías que estabas embarazada? —la interrumpí, todavía no estaba preparado para escuchar lo que tenía que decirme.

—Lo supe el día que llamamos a tu primo, pero esto te lo contaré en otro momento. Lo que te tengo que decir es más importante.

—¿Qué es más importante que saber que llevabas un hijo mío en tu vientre?

—¿Por qué hablas de nuestro bebé en pasado? —me grita llamando la atención de la enfermera, que abre la puerta y nos mira con cara seria—. No hables de nuestro hijo en pasado. —Aroa toma mi mano y la posa sobre su barriga—. Nuestro bebé sigue aquí dentro.

La enfermera cierra la puerta y nos deja intimidad. Yo le acaricio la barriga y dejo las lágrimas correr, llevo todo este tiempo martirizándome al creer que mi bebé no se había salvado y aquí sigue, dentro de la mujer que robó mi corazón, soy el hombre más feliz del mundo. Cómo me gustaría poder besarle la barriga y decirle a mi bebé que siempre lo cuidaré, pero, por desgracia, mi condición física no me lo permite. Aroa recoge mis lágrimas entre sus dedos.

—¿Es verdad lo que me estás diciendo? —le pregunto emocionado.

—Sí, nuestro hijo es fuerte, como su padre. —Siento ganas de gritar que de eso nada, que soy un puto cobarde, que me oculté detrás de la bebida, drogas y peleas para no enfrentarme a mis fantasmas.

—Acabas de hacerme el hombre más feliz del mundo.

—Tengo algo importante que contarte sobre el bebé… —Su voz vuelve a quebrarse.

Mi cabeza empieza a dar vueltas. ¿Qué tan serio puede ser lo que quiere hablarme para tenerla así? No logro entender, ¡no le ha pasado nada a nuestro bebé!, y toda la gente que nos importa está aquí y están bien, así que tampoco es nada sobre ellos. Me estoy asustando.

—Me estas asustando.

—Si no nos quieres en tu vida, no te culparé. Yo soy la responsable de que esto ocurriera.

—¿Qué estás diciendo? Por favor, déjate de rodeos. —Ya no puedo más con toda esta intriga.

—Debido a todo lo que me metieron en el cuerpo, el principio de aborto, el estrés que sufrió el bebé…

—Aroa, qué pasa. Acabas de decirme que el bebé está bien.

—Nuestro bebé tiene un noventa por ciento de probabilidades de nacer con alguna malformación.

Me quedo congelado, ¿cómo que mi bebé puede nacer con malformación?

—No te preocupes, mi amor, tengo unos buenos ahorros, iremos a los mejores especialistas y verás como todo saldrá bien. —Es lo único que se me ocurre decir. Todavía no sé muy bien qué está pasando.

—Miguel, aquí no se trata de dinero, por supuesto que nos puede ayudar, aquí la cuestión es que si de verdad el bebé tiene una malformación no hay vuelta atrás. Los médicos me aconsejaron abortar, yo me he negado, no me odies por ello. Entenderé si no quieres quedarte a mi lado.

—¡Cómo me dices esto! —le grito por primera vez—. ¿Me crees así de desalmado? Porque si pasa por tu cabeza que no aceptaría a mi hijo por tener un problema es que no debemos estar juntos.

—No eres una liebrecilla, eres mi león. No sabes el peso que acabas de quitarme de encima. Y solo por eso dejaré pasar que me has gritado.

—Perdóname —digo avergonzado—. Lo superaremos juntos.

Lo que era para ser diez minutos se transformó en todo un día. No por amabilidad de los médicos y enfermeras; si no por mi cabezonería e insistencia. Me he negado en rotundo a salir de allí. He conocido a mis suegros, que nos han apoyado en nuestra decisión. Mi primo, aunque sigue raro, no deja de repetir lo orgulloso que está de mí. Tengo que pararle los pies, porque quería llamar a su madre y darle la noticia de mi paternidad. Su madre se portó bien conmigo, pero eso no quita que ella sea la hermana mayor de mi madre, y a esta señora no la quiero en mi vida y mucho menos en la de mi hijo o hija.

El médico, cuando ha pasado, me explica con detalles el estado de Aroa, que está de ocho semanas de gestación, y el del bebé, que todavía hay una gran probabilidad de aborto, que el embarazo es de alto riesgo. Nos felicita por la decisión que hemos tomado, aunque dice que podemos estar hipotecándonos de por vida, que el ochenta por ciento de las parejas optan por interrumpir el embarazo. Los porcentajes y las decisiones de los demás no me interesan. Cada cual sabe su situación y el peso de la cruz que cada uno puede cargar.

Capítulo 4

Después de casi un mes encima de una cama velando por la vida de mi bebé, que pendía de un hilo, por fin hoy voy a poder salir y empezar a hacer una vida relativamente normal. Mientras he estado ingresada, he tenido un tercer principio de aborto, los médicos constantemente me decían que las probabilidades de que yo pasara del tercer mes eran muy bajas, por no decir nulas. Sin embargo, Miguel y yo nunca nos rendimos, sabíamos que nuestro pequeño es un luchador, que se quedaría con nosotros. Y así fue. Ayer cumplí los tres meses y por fin salgo del hospital. Mis padres están disgustados, ellos han intentado de todo para convencerme de que me quedara en su casa y permitirles cuidar del bebé y de mí; no será así. Quizá esté siendo una imprudente por ello, pero me iré a vivir a Madrid con mi pareja. No puedo retenerlo más aquí en Valencia. Él lleva mucho tiempo fuera, sus compañeros lo necesitan y yo tengo ganas de empezar una nueva vida a su lado, apoyarlo y que juntos podamos retomar nuestras actividades cotidianas, hacer una vida normal.

En este mes y medio en el que estuve en el hospital nos hemos conocido un poco más. Miguel me ha abierto su corazón, me ha contado su historia familiar, que no es nada agradable. En un principio tenía miedo de que me diera pena. Aunque en muchas ocasiones he tenido ganas de decirle que pena era lo único que no sentía en aquel momento, pero callada, le he dejado hablar, a cada palabra que ha dicho, siento rabia, frustración, indignación y, sobre todo, orgullo, orgullo del hombre en el que se ha transformado, aunque ha tenido sus momentos. También siento orgullo por Rafa, por el gran hombre que es, por haber luchado y guiado a Miguel. Se que un día iré a Noruega de la mano de mi pareja, quiero que los padres de Rafa conozcan a mi bebé, y a los padres de Miguel no les permitiré que se acerquen a él por nada en este mundo; aun tenga que pegarles un tiro.

Después de pasar diez días lejos de Miguel, que ha tenido que irse a Madrid y yo quedarme en Valencia en reposo total impuesto por mi madre, finalmente me iré para mi nuevo hogar, donde de verdad empezaré mi nueva vida.

Allí no me sentiré sola, en todo el tiempo que estuve ingresada, Paula, la pareja del jefe de Miguel, estuvo conmigo. Ella dejo sus estudios para cuidarme, es una tía diez y entablamos una bonita amistad. Y la verdad es que quiero irme lejos de aquí, el estar en la misma ciudad donde ocurrió todo aquello no me permite olvidarlo.

En los días que he estado aquí, en los noticiarios no se hablaba de otra cosa, el teléfono de la casa de mi madre no deja de sonar con llamadas de periodistas pidiendo entrevistarme y eso que nuestras caras no han salido en las noticias. He desenchufado la tele, no quiero seguir viendo todo el circo que se está montando alrededor de la desgracia de mucha gente. Lejos de aquí solo seré una embarazada más con su pareja. Mi carrera, estudios y todo lo demás ha pasado a un segundo plano, para mí es un gran alivio saber que Santana y los hombres que estaban con él abajo murieron, espero que nadie me juzgue por ello. Aquel hombre me hizo vivir el infierno en la tierra. El día que pasé encerrada en mi habitación con él fue uno de los peores de mi vida, hubo momentos en que el conquistador daba paso al maltratador, sus deseos por mí le hacían perder la cabeza, mis rechazos le enfadaban y perdía los papeles. Era una persona bipolar, cuando se daba cuenta de cómo me estaba tratando me pedía disculpas, en una de las ocasiones, llorando tuve que pedirle que me soltara, que me estaba haciendo daño, cuando lo hizo y vio sus cinco dedos marcados en mis brazos se volvió loco. A ratos lloraba pidiéndome perdón y al siguiente decía que aquello había ocurrido por mi culpa. Intentó forzarme a tener relaciones con él, las arcadas fueron casi imposibles de contener, su olor, su tacto todo de él me daba asco. Y el estar fuera de aquí y saber que jamás lo volveré a ver, me ayuda a que sea más fácil olvidarlo. Sus sobrinas se enteraron de la noticia por los medios de comunicación y volaron hasta aquí, estaban consternadas, visitaron a todos los que pudieron, pidieron perdón públicamente, dijeron lo que yo ya sabía, que ellas no tenían conocimiento de nada, ni de la muerte de su padre, que había sido once meses atrás. La verdad es que parecen ser buenas personas, no se qué será del legado que les había dejado su padre, todo el prestigio que tenían, aquella gente lo arrastró por el fango.

Capítulo 5

Seguro crees que es una buena idea que estés con tu familia en aquel apartamento?

—¿   —Rafa, te prometo que no volveré a meterme nada —afirmo exasperado. ¿Cuándo le haré entender que mi única preocupación ahora es la salud de Aroa y del bebé? Sé que no lo dice por reprochármelo, sino por preocupación.

—Sabes que te respeto, he pasado dos años sin tener noticias tuyas, te fuiste con aquella mujer y solo me llamabas una vez al mes y aun así no te pedí explicaciones.

—Eso es pasado…

—Para ti…, ¿crees que ella lo ve de la misma manera? —interroga mi primo—. Alejandra tiene fijación por ti. ¿Sabes la cantidad de veces que me ha llamado, que se ha presentado en mi despacho, en mi edificio queriendo saber dónde estabas?

—*Fetter*…, tú mismo has escuchado al conserje decir que ella se fue de viaje junto a su novio y que dijo que estaría mucho tiempo fuera. Alejandra no es mujer de atarse a nadie. Ella lleva mucho tiempo sin noticias mías, casi un año. Tiene su vida hecha con otra persona.

—Prométeme que si te ves tentado por la cercanía a ella te irás.

—Acuérdate de que ahora tengo mujer y que ella tiene un embarazo de riesgo, que llevo más de tres malditos años sin ingresar un solo euro en mi cuenta.

—Yo te ayudo.

—¡Rafa…!, no quiero que me des tu dinero. —¿Cómo le hago entender que todo ha cambiado, que antes de la llegada de Aroa en mi vida yo iba a vender mi piso e irme a vivir con él? Pero ahora no puedo, el piso es grande, está en una buena zona, en un buen ambiente para criar a un hijo, y para qué vamos a mentir, tampoco puedo aspirar a comprar nada ni remotamente parecido.

—Vale…, ya no te hostigaré más con ese tema. Solo quiero que sepas que mi piso es tuyo.

—Lo sé. Anda, vamos a por mi futura esposa.

—Me encanta verte así de feliz.

—¡Te estás volviendo un poco sensiblero o es cosa mía! —Entre risas damos por cerrado el asunto y conducimos hasta la casa de mis suegros.

Nuestra llegada no es recibida con mucha ilusión, y no les culpo. Me llevaré a su hija y su nieto a kilómetros de ellos. Aroa, al verme, corre a mi encuentro, pero antes de que llegue a la mitad de camino todos ya le estamos riñendo, cosa que ella no deja pasar por las buenas.

Aroa ya se ha hecho con el lugar, mis rincones ya no son míos, hay fotos de ella y de su familia esparcidas por toda la casa, mi armario, que no era muy grande, por elección. Ahora me veo arrinconado en una esquina. Y confieso que soy el hombre más feliz del mundo por ello. Cuando las cosas estén bien económicamente haré una reforma y le construiré un vestidor. Por desgracia, ahora no puedo ni soñar con eso. Mis ahorros son cada día menores, tenía menos de lo que me imaginaba, no se lo dije por no preocuparla. Sin embargo, mi realidad ahora mismo es bastante negra, si nos surge alguna urgencia, no sé si podré afrontar los gastos sin tener que pedir ayuda, en solo dos años lapidé más de diez de trabajo. He sido un inconsecuente. Tengo la certeza de que Rafa lo sabe, lo bueno es que con su saber estar no me dice nada, aunque me atosiga preguntando si necesito algo. No quiero ser grosero con nadie y menos con él, pero empiezo a sentirme muy agobiado.

Llevamos un mes viviendo juntos y no puedo ser más feliz, cada minuto que paso al lado de ella, más la quiero. Su barriga ya se empieza a notar y me encanta, aunque a ella no tanto. Está todo el tiempo diciendo que ya no la voy a querer por estar gorda y un montón de tonterías más. Siempre que ella empieza con esas historias le doy placer sin penetrarla, me muero de miedo de hacerle daño a nuestro bebé, pero le dejo claro cuánto la deseo, que para mí no hay otra mujer en el mundo, que estoy loco por ella. Los momentos entre mi hijo y yo son inolvidables, Aroa, en alguna ocasión se emociona al ver como le hablo a su barriga y hago el payaso como si pudiera ser visto. Sueño con poder ver su carita y tenerlo en mis brazos. Es impresionante cómo puedes llegar a querer a una persona sin ni siquiera conocerla.

A mi llegada a casa noto a Aroa distante, por primera vez no viene a recibirme a la puerta llenándome de besos, tampoco me pregunta qué tal mi día. Para no agobiarla, me voy a mi despacho a estudiar un caso y dejarle su espacio. Trabajo varias horas sin salir por la puerta, necesito demostrar eficiencia y, lo más importante: ganar casos y más casos para hacer caja.

Cuando por fin miro el reloj descubro que ya son las once de la noche. Me extraña que no haya venido a por mí, salgo detrás de ella con mi corazón queriendo salir del pecho a causa de la preocupación, siempre cenamos juntos y como muy tarde a las nueve. Llego al salón y la encuentro viendo la televisión tan tranquila, miro a la mesa y, con tristeza, descubro que está puesta.

—¿Ya has cenado?

—Sí.

—¿Y por qué no me has llamado?

—¿Tenía que hacerlo? No sabía que estaba obligada a ello.

—¿Qué te pasa?

—Nada… —Se levanta y se va a la habitación.

Voy detrás de ella y la encuentro metida en la cama, paro delante de ella y me quedo mirándola, tan bonita, sin embargo, sus ojos están tristes, no me miran con el mismo brillo. Pienso en preguntarle, pero al ver mi intención se gira dándome la espalda. Capto el mensaje, desilusionado, hago como cuando llegué, le dejo su espacio, me voy al cuarto de baño, me lavo los dientes y me acuesto a su lado, la abrazo pegando mi cuerpo al suyo, como hago todos los días.

—Suéltame, tengo calor. —Rápidamente me aparto.

Dormimos cada uno en una esquina de la cama. Por la mañana me levanto y ella sigue acostada, aunque me gusta la rutina que habíamos cogido de desayunar juntos, no la molesto. Antes de salir, voy a la habitación, sigue dormida, le doy un beso en la frente y me voy a trabajar.

En todo el día no recibo ninguna noticia suya, cuando en los días anteriores siempre me ha relatado paso a paso cómo iba su día. La llamo y me contesta con frialdad.

Los días siguientes, la distancia entre nosotros no hace más que crecer. Es como si estuviera huyendo de mí, de mis toques y cada vez que le pregunto qué pasa me contesta lo mismo; «que nada, que está estupendamente». Su comportamiento inevitablemente empieza a afectarme, todos en el despacho se dan cuenta, el Miguel sonriente, feliz y bromista ha vuelto a desaparecer, vuelve el taciturno y huraño. Los demás se apartan, Rafa es harina de otro costal. Me llama a su despacho, tiene tal enfado que creo que me iba a pegar.

—No sé qué mierda te pasa, pero soluciónalo ya. Y te lo advierto, si te estás metiendo mierda nuevamente, olvídate de mí.

—¿Va a ser siempre así…? Cada vez que no me ría, no haga el payaso es porque estoy drogándome. No eres mi puto padre. —Nada más terminar la frase, me arrepiento, estoy pagando mi frustración con la persona que menos se lo merece. Sin ganas de querer seguir discutiendo, me levanto de la silla, apoyo mis dos manos sobre su escritorio y digo—: Lo siento, sin embargo, creo que te has pasado tres pueblos, soy un saco de imperfecciones, cometí y cometeré muchos errores, pero hay uno de ellos que no volveré a cometer. Y tú —le apunto con el dedo— no me estás ayudando con esta desconfianza. Siempre seré un adicto, contra eso no hay cura, pero conocí el infierno…

—Lo siento, todos estamos muy preocupados.

—Pues dejad de preocuparos tanto. ¿Sabes…? Han muerto personas allí, un crío de solo dieciséis años, que tenía una vida de mierda al lado de su padre y puede que no tenga una segunda oportunidad. ¿Te parece poco?

—Miguel…

—¡No digas nada!, solo yo sé todo lo que llevo por dentro.

No le doy tiempo a replicarme; abandono su despacho, me meto en el mío y me encierro. Es agotador, frustrante y humillante saber que lo único que esperan de ti es que de un momento a otro les falles. Siento como que no tienen fe en mí, sé que les di mil motivos para que dudaran, pero ahora tengo a un ser que va en primer lugar, que va a depender de mí y seré para él todo lo que mi familia no ha sido para mí. Sin poder concentrarme y siendo arbitrario, doy el día por terminado a las cuatro de la tarde.

Entro en casa deseando ver a Aroa, que me abrace, que me cuente su día y yo le pueda contar el mío, que ella me diga que es solo una mala racha y que pronto todo estará bien. Ojalá se le haya pasado el enfado y volvamos a ser lo que éramos unos días atrás. Echo de menos poder abrazarla por las noches, conocer cada detalle de su día, reírnos juntos sin motivos. ¡Ya no sé qué más hacer para que sea feliz!

Entro lleno de esperanzas, la llamo por su nombre y no contesta, miro por todo el piso y no la encuentro, me asusto. Corro hasta nuestro armario para certificarme que todo sigue allí, con alivio, veo que no falta nada. La llamo y no me lo coge, corta la llamada y me manda un escueto mensaje:

«Estoy bien».

Mis esperanzas de pasar lo que queda de tarde junto a ella se desvanecen en el mismo instante. Me encierro en mi despacho y me pongo a trabajar. A las siete menos diez oigo abrirse la puerta. Elevo el documento que sostengo en las manos y finjo poner atención en lo que leo, pero la realidad es otra, en las horas que llevo aquí en lo único que pienso es en ella entrando por esta puerta con su bonita sonrisa y besándome como siempre hace. Los minutos pasan y ella ni siquiera se acerca a comprobar si estoy. Aunque esté dolido por su comportamiento, me trago mi orgullo y salgo en su búsqueda.

Al llegar al salón, la encuentro como viene siendo costumbre: sentada, en una postura rígida, seria, como si estuviera enfadada con el mundo. Su postura es minuciosamente pensada y ensayada. Es tan antinatural su comportamiento que sé que está actuando, no logro entender qué es lo que está pasando. Pienso en volver al despacho y seguir trabajando, sin embargo, al girarme me vienen a la mente los días felices que compartimos, cómo me buscaba por las noches queriendo hacer el amor llevándome a la locura. Me excitaba tanto que en más de una ocasión tuve que meterme debajo del agua fría. ¡Es gracioso! Estoy perdidamente enamorado de esta mujer que me va a dar un hijo y, sin embargo, solo tuvimos relaciones íntimas en escasas y fugaces ocasiones. Se me escapa una risa al recordar nuestros momentos de pasión.

—¿Qué te hace tanta gracia?

—Hola, leona, ¿cómo te ha ido el día? —La saludo con la bandera de paz en alto.

—Te he hecho una pregunta. ¿Me la vas a contestar?

—Sí, por supuesto, estaba recordando nuestros encuentros.

—Los que nunca deberían de haber ocurrido. Eso habría sido lo mejor.

—Haré como que no he oído eso. No me esperes, trabajaré hasta tarde. —Entro en el despacho y cierro con llave. ¡Que alguien me explique qué es lo que está pasando! Su comportamiento ha cambiado demasiado. Es como si yo le diera asco.

Me sumerjo en el trabajo para intentar olvidar sus palabras, que retumban en mi cabeza como un bombo, me hacen mucho daño. No me rendiré, en cuanto me dé la oportunidad de acercarme a ella haré todo lo que esté en mis manos para que se desahogue conmigo y juntos encontremos la solución a lo que sea que le perturba y podamos seguir adelante.

Se acerca la fecha de hacer la amniocentesis, y aunque nuestra decisión ya está tomada, estoy muerto de miedo. Ojalá pueda hablar con ella antes, arreglar las cosas y juntos enfrentar lo que sea que nos digan los médicos, sé que el resultado no es inmediato, pero el simple hecho de estar a su lado para mí es importante. Espero poder agarrar su mano, apoyarnos el uno en el otro y juntos recibir la noticia que sea con relación a nuestro bebé.

Llega el día y ella no contacta conmigo. Paula tampoco fue capaz de sonsacarle nada. Se llevan muy bien mientras el asunto no sea relacionado conmigo. Su resentimiento hacia mí es tan grande que no quiere ni oír mi nombre. Lo que ella no sabe es que puede odiarme todo lo que quiera, que no me quiera ver, y lo respetaré. Lo que no haré es abandonar a mi hijo porque ella así lo desee. Este bebé es tan mío como de ella. Sé que la mataré con la decisión que he tomado, pero no consentiré perderme todo de mi bebé y, por ello, en el caso de que ella me deje, pediré la custodia compartida. Estamos en igualdad de condiciones. Lucharemos con las mismas armas y contando con los mismos puntos. Mis pecados son los mismo que los suyos, ambos tropezamos en la misma piedra: las drogas, y ambos estamos limpios. No sacaré a mi bebé de la casa, seremos ella y yo los que nos movamos. El periodo de lactancia, por supuesto, el bebé estará con ella. Dormiré en el felpudo de la puerta si hace falta, pero no me alejaré Lo cambiaré por las noches, lo bañaré, lo sacaré al parque y lo tranquilizaré cuando llore. En cuanto a eso no hay trato.

Ya que ella no me tiene en cuenta, me presentaré allí y nadie me lo va a impedir. No veo la hora de poder salir de aquí y llegar al hospital para acompañarla al análisis, y así saber de una vez por todas si todo va bien con nuestro bebé o no. Sea cual sea el resultado, no cambia nada el amor que siento por él. Llevo todos estos meses refiriéndome al bebé en masculino, y la realidad es que si es una niña va a acabar conmigo, amaré a este bebé, da igual su condición sexual, como si mañana me dice que es gay, sin embargo, las niñas me pueden. Cada vez que recibimos los vídeos de las sobrinas de mi primo, las hijas de las hermanas de Rafa, me derrito, los niños son adorables, sobra decir que mis primas y mis hermanas son máquinas de reproducir, una tiene cinco y la otra siete. Las niñas son más astutas, pillas y en los vídeos, cuando el juego no se trata de la fuerza bruta, las muy pillas unen fuerzas y siempre se salen con la suya. Y si Aroa me da una niña, yo me encargaré de hacerla la más pilla del mundo. Sé que tengo muchos sobrinos, una de diecinueve años que está en la universidad, pero, desgraciadamente, de ellos tengo poca información.

Llego al hospital cinco minutos antes de la hora estipulada. Miro por todos lados en busca de Aroa y no la veo. Me acerco al mostrador y pregunto.

—¿La paciente Aroa Garrido Méndez ya está dentro?
—La chica busca en el ordenador.

—¿Señor…?

—Miguel Amund JØrg, soy el padre. —La mirada que me echa la señorita del mostrador me deja claro que algo no va bien.

—Señor Amund, la señorita Aroa hace una hora que abandonó la clínica.

—¿Cómo…? Su consulta es dentro de diez minutos.

—Señor, como un favor personal ha sido adelantada una hora.

No me puedo creer que me haya hecho esto. ¿Qué he hecho tan mal para que me privara de una cosa tan nuestra?

No se trata de ella y de mí, sino de nuestro bebé. Sin decir nada, doy la espalda a la chica y me dirijo a mi casa. Todo tiene un límite y el mío ha llegado hasta aquí. No la obligaré a estar a mi lado, pero no le permitiré que me aparte de mi hijo.

Llego a mi edificio hecho una furia, el conserje me llama, gritando le digo que ahora no, le dejo plantado en medio del recibidor y subo a mi piso. Este pobre hombre debe de tener la cabeza echa un lío. Antes de que desapareciera, no me despegaba de Alejandra, prácticamente hacíamos vida de casados, aunque no lo veíamos de esta forma. Desaparezco más de tres años, vuelvo con una chica visiblemente más joven que yo. Durante un mes soy el hombre más dichoso del mundo y ahora soy una puta alma en pena. ¡Qué mierda hago dando vueltas a eso! Voy ahora mismo a hablar con ella, por nada del mundo le voy a consentir que vuelva a tratarme de esta manera. No sé qué mierda le pasa, pero he llegado a mi límite.

Aroa al verme entrar, se levanta y va a la habitación.

—¿Puedo saber por qué no me comunicaste el cambio de hora?

—No. No es un buen momento. —Se mete en la cama, me da la espalda y se tapa la cabeza dando el tema por cerrado. No pude contenerme, estrellé mi móvil contra la pared y abandoné la habitación.

Capítulo 6

Mentiroso…, cómo he podido ser tan ingenua al creer que un hombre guapo y bien posicionado como él se ha fijado en mí. Que de verdad iba a querer formar una familia con una don nadie como yo. Una mujer que se hizo pasar por drogadicta por el simple afán de hacer daño a sus padres solo por no poder soportar una verdad que en ningún momento le perjudicó, que, por el contrario, le dio una vida mejor, que recibió todo el cariño del mundo de un hombre que fue engañado por el amor de su vida y aun así la sigue mirando con ojos enamorados.

Quizá yo haya proyectado en Miguel ese amor que veía en mi padre y lo único que he conseguido es que se quedara conmigo por lástima. Lo correcto es que me vaya. Que lo deje ser feliz, pero soy una egoísta. Aun conociendo sus verdaderos sentimientos, le quiero. No le hago pasar el mal trago de tener que tocarme, pero de ahí a irme no lo haré. Es muy mezquino por mi parte, lo sé, no obstante, no tengo dónde ir, no quiero volver a casa de mis padres, todavía no estoy preparada para lo inevitable. Durante mi ingreso jamás tocaron el tema de la discusión que oí, en los diez días que estuve en su casa, cada vez que ellos intentaron hablar les pedía que dejáramos para hablar sobre ello en otro momento y salía huyendo por no querer afrontar el problema. Me siento una hija egoísta, injusta y, por qué no decirlo, ruin, desde que pasó lo que pasó nunca los tuve en cuenta y ahora no puedo, no quiero volver a casa con un problema más en la espalda. No lo digo por mi bebé, él nunca será un problema, el problema aquí soy yo, que no tengo nada, que solo sé autocompadecerme y huir. Yo, que siempre me golpeaba el pecho diciendo que era una valiente, una luchadora; es todo mentira, yo soy solo fachada.

Me quedaré aquí hasta que mi bebé nazca, después buscaré un trabajo y un piso por aquí cerca, por nada del mundo apartaré a Miguel de nuestro hijo o hija. Puede que cuando lo descubriera estuviera en *shock*, como todo nuestro entorno. Pero estaba siendo mi roca, mi bote salvavidas la persona que no me dejó derrumbarme y ahora todo eso se perdió. Estoy muerta en vida por saber que todo lo que me ha dicho es mentira, que nunca me ha querido, que yo soy solo un pasatiempo. Que el amor de su vida está fuera esperando por él, que tienen planes para casarse.

Doy gracias a que ella sea una mujer íntegra y respetuosa y al saber de mi existencia no aceptara tener una relación con él a mis espaldas, no sé si hubiera podido aguantar el descubrir que Miguel tenía una doble vida como lo hizo mi madre. Carla, al descubrir mi existencia, se ha ocultado de él, llevan tiempo sin tener noticias el uno del otro, pero su nombre grabado en la piel de ella, todos los vídeos, audios y mensajes no dejan lugar a dudas del amor que tienen el uno por el otro, ella me ha confesado que lo ve a diario desde la distancia, que lo quiere, pero que no se dejará ver. Tengo que agradecer todos los días el haber estado con ella en aquel maldito ascensor cuando todo ocurrió. Que ella haya sido tan buena conmigo, me haya cuidado, que se haya dejado de lado para ocuparse de mí olvidándose de sí misma, olvidarse de su claustrofobia como si yo fuera su hermana pequeña. No me alcanzan todas las palabras de agradecimiento del mundo para darle las gracias por lo que hizo por mí en aquellos horribles veintisiete minutos encerradas dentro de aquella caja infernal que dejó de funcionar.

Hoy hace cuatro meses que estamos viviendo juntos y tres que apenas nos dirigimos la palabra. Él ya se ha rendido, nos comunicamos por notas que dejamos en la nevera. No me falta de nada, sus horarios casi nunca cambian, si va a llegar a casa un poco más tarde, me envía un mensaje. Compartimos la mesa de la cena. ¡Y la verdad es que no sé para qué! No nos miramos siquiera. Miguel no me deja recoger, él, nada más terminar, se pone a ello. Eso sí…, no me dirige la palabra. Paula pasa casi a diario a verme, siempre que tiene tiempo libre viene con el pequeño Thiago, que es un niño precioso. Su presencia no me incomoda porque no hace preguntas. Solo me hace compañía y me ayuda con las cosas del bebé.

—¿Podemos hablar?

—Qué susto me has dado. No te he oído entrar. ¿Podrías, por favor, no entrar a hurtadillas?

—Sé que mi presencia te fastidia, pero también vivo aquí.

—No hace falta que uses ese tono de reproche conmigo. Si lo deseas, mañana cuando llegues ya no estaré.

—¿Qué estás diciendo? Por favor, hablemos de una vez. No podemos seguir así.

—¿De verdad crees que tenemos algo de qué hablar?

—Sí que tenemos. Respeto tu decisión de apartarme de tu vida, pero de la de mi hijo, no.

—No hace falta que cargues con nosotros. Mi estancia aquí es temporal. Nada más dé a luz… —me corta antes de que diga cualquier tontería que pueda agravar todavía más nuestra situación.

—Vale ya…, nuestro bebé está a punto de nacer. Tú me apartas de vosotros, llevamos tres meses haciendo vidas separadas porque tú así lo quieres. No me das explicaciones y no me dejas hablar. ¿Qué más vas a decir? ¿Que me quieres? Querer se puede querer a un coche, una casa en la playa, una camisa. Yo a ti te amo. ¿Y tú, tú me amas? —dice exasperado.

—Piensa bien antes de decirme cualquier mentira. Ya lo sé todo.

—¿Todo el qué?

—Conozco toda tu historia con Carla.

—¿De qué Carla me hablas? No conozco a ninguna Carla.

—No puedo con esto. ¡Cómo tienes el descaro de decir que no la conoces! Sé que el piso es tuyo, pero la pregunta es simple: ¿te vas tú o me voy yo?

—Por Dios, qué estás diciendo. No existe ninguna mujer. Sentémonos y hablemos del tema. No me apartes.

—No te quiero cerca de mí ahora mismo. Vete o volveré a Valencia.

—Tú ganas, no te vayas, yo me voy.

Veo que las lágrimas caen por su rostro y mi furia aumenta. Sé que estas lágrimas son de alegría. Seguro que sale corriendo detrás de ella, lo que él no sabe es que somos amigas. Ella es la amiga que nunca tuve y me ha jurado que no va a volver con él por nada del mundo. Hemos forjado una amistad muy bonita, muy fuerte, que ni el sentimiento que se tienen podrá con ella. Cojo el móvil y le envío un mensaje.

—Carla, ¿puedo pasar la noche contigo? Le he echado de casa.

—Hay un amigo en mi casa, si no te da apuro, paso a por ti.

—Prometo que no os daréis cuenta de mi presencia.

—No seas tonta, espérame dentro de veinte minutos delante de tu edificio.

—Gracias, amiga.

—No seas tonta, estate atenta a mi coche. Te quiero, tonti.

Las lágrimas bajan por mis mejillas sin control, ¿cómo he podido ser capaz de echarlo de su propia casa? Ahora me siento mal. Sé que se irá a casa de su primo, que es más padre que primo. Rafa no se merece todo este dolor de cabeza. Solo es que ahora no veo otra alternativa, todas las cosas de mi bebé están en esta casa, yo no tengo apenas ahorros. Mis padres no pueden mantenerme. Siento el ruido de sus maletas siendo arrastradas y las lágrimas caen sin control.

—No sé qué es lo que está pasando, pero te juro por mi primo, mi única familia aquí, que no conozco a ninguna Carla —me dice desolado.

—Mientes… Fuera. Si tú no te vas, me iré yo. —¿Cómo puedo contradecirme de esta manera? En realidad, lo único que quiero es tirarme en sus brazos y que me diga que todo esto es un mal sueño, que Carla nunca ha existido, pero, desgraciadamente, la realidad es la que es.

—Vale, si necesitas cualquier cosa, sea la hora que sea, llámame.

La puerta se cierra de un portazo y dejo de oír el ruido de sus maletas siendo arrastradas. Corro hasta la puerta, apoyo mis dos manos sobre ella.

213

—Miguel, Miguel, no me abandones. Yo te amo —grito desolada. Golpeo la puerta con la cabeza. ¿Qué estoy haciendo? Sé que es lo correcto, pero eso no hace que duela menos.

¿Cómo puedo ser tan cobarde? ¿Por qué no hablé con él, por qué no dejé que se explicara? Sé que lo que me va a decir me va a doler, pero ahora tendría las cosas claras y quizá el dolor no sería tan intenso.

«Bebé, papá se ha ido, no ha insistido en quedarse con nosotros. Te prometo que te amaré con toda mi vida».

El móvil suena.

—¿Quién?

—¿Cómo que quién? Soy yo, Carla. Estás llorando por culpa de un hombre.

—Carli…, por favor, ahora no.

—Ahora sí, eres idiota. Él no se merece tus lágrimas. Haces lo correcto.

—No lo sé Carli, me duele el corazón.

—Por culpa del corazón es que estamos las dos así. ¿De verdad crees que un drogado se merece que estemos pasándolo mal por su culpa?

—No hables así de él. Miguel siempre se ha portado bien conmigo. Yo soy quien lo ha tratado como a un perro.

—Aroa, me largo, no escucharé tus lamentos de niña mimada. Ese hombre ya me ha hecho demasiado daño. Es un desgraciado te guste o no, y tú una tonta por no verlo.

—No te enfades, tienes razón, tengo que olvidarlo como lo estás haciendo tú. Ya bajo.

Meto unas pocas pertenencias en un bolso de viaje y bajo.

Capítulo 7

¡No me puedo creer que me haya echado! ¿Quién narices es esta tal Carla? Sé que he roto algún que otro corazón, nunca ha sido intencionado, pero he dado con mujeres muy enamoradizas. No tengo la culpa de que el hecho de salir un par de veces con una mujer, ser amable y detallista con ellas para mí no es tener una relación, aunque ellas crean que así es. Y al decirlo, más de una se ha enfadado conmigo llegando incluso a amenazarme. No obstante, por más que pienso, no hay ninguna Carla en esta lista. No me acuerdo de haber estado con ninguna mujer con ese nombre. Y la otra pregunta que no calla, es: ¿de quién es aquel coche en el que se ha subido? Sé que para Aroa tampoco está siendo fácil toda esta situación que ella misma ha creado. La veo deshecha al entrar en aquel maldito vehículo. No es que yo esté en mejores condiciones, seguramente tengo los ojos rojos a causa de las lágrimas que no he hecho nada por retener, tengo el corazón roto; siempre que creo salir de una caigo en otra.

Estoy hospedado en un hostal, no me he ido a la casa de mi primo, no puedo darle más preocupaciones. Conociéndolo como lo conozco me hará miles de preguntas a las cuales no tengo respuesta, querrá contratar a un detective para descubrir quién conducía aquel coche, cosa que a mí me encantaría saber, el problema radica en que no puedo hacer ese gasto. El otro motivo por el cual estoy en un hostal es porque no puedo pagarme un hotel. Desde que nos enfrentamos en su despacho, nos evitábamos mutuamente. Odiamos los reproches y esta es nuestra manera de dejar que las cosas vuelvan a su cauce sin hacernos daño.

Ya me he perdido la amniocentesis de mi hijo, la ecografía no hay fuerza en la tierra que me impida presenciarla. Antes de que la señorita de la recepción llegara, yo ya estaba delante de la puerta. Su cara de espanto al verme no tiene desperdicio, sin embargo, me da igual lo que diga o piense la gente, me siento en la recepción y me dedico a trabajar. La pobre chica no sabe qué hacer, entran y salen mujeres y yo sigo aquí. La comunicación entre Aroa y yo, lejos de mejorar, solo empeora. El hecho de que yo la amenazara con tomar medidas legales para estar presente en todo a lo que se refiere a nuestro hijo no le sentó nada bien. Como imaginaba, han adelantado su consulta, y no una hora, como la otra vez, sino tres y lo más indignante de todo es que hasta ayer por la noche cuando llamé para confirmar me dijeron que estaba programada para la misma hora.

La persona que la acompañaba le da un beso y se va sin que me dé tiempo a identificarla. Quisiera saber desde cuándo Aroa tiene amigos en Madrid, en nuestras conversaciones ella nunca ha mencionado a nadie aquí. Yo me oculto detrás del periódico que ya había dejado preparado previamente para la ocasión, lo último que deseo es montar un espectáculo delante de la gente. Mi asombro solo va en aumento, en la recepción hay al menos una docena de mujeres esperando a ser atendidas y Aroa simplemente entra directa. No puedo evitar mirar mal a la chica de recepción que, al verme, se oculta tras el mostrador.

Dejo pasar los minutos y sin importarme una mierda las reglas y modales, entro. El doctor me mira sin entender nada.

—Señor Amund, tenía entendido que estaba de viaje por trabajo —dice el doctor con alegría sin poder imaginar el calvario que estoy viviendo en los últimos meses.

—Acabo de llegar —miento para no dejarla mal—. Por favor, no te alteres —le susurro al ver su desesperada mirada—. No podía estar en el despacho. Necesitaba estar aquí, no me apartes, quiero compartir todos los momentos de nuestro bebé junto a ti. —Aroa empieza a llorar—. ¡Si quieres me voy! No te quiero hacer llorar —digo en su oído para que el médico no nos oiga.

—Lloro de alegría.

—No me apartes del lado de nuestro hijo.

—Nuestra hija —me regala esa sonrisa que tanto anhele estos meses.

—¿Es una niña? ¿Desde cuándo lo sabes? Ohh…, por los dioses, me van a salir canas de colores. —Gano el día al ver nuevamente en su rostro la sonrisa que tanto echo de menos. No pienso, solamente actuó. Acerco mis labios a los suyos y la beso.

—¿Por qué haces eso?

—Porque te amo.

—¿Lo dices en serio?

—Te juro por el petardo de mi *fetter*. Tú y esta niña sois mi única prioridad. Os amo. —Debería haberme enfadado con ella por haberme ocultado información sobre mi hija, pero de qué me valdría reprocharle nada ahora, nada de lo que ha pasado se puede cambiar. Lo que debemos hacer es mirar hacia adelante y labrar un nuevo comienzo.

—Papá —carraspea el doctor.

—Dame solo un minuto —le pide Aroa. Él, con una sonrisa, toma a su aprendiz del brazo y abandonan la consulta.

—Acércate. —Con el corazón a mil vuelvo a acercarme a ella. Aroa toma mi rostro entre sus manos e invade mi boca—. Así se besa a la madre de tu hija. Cuando salga de aquí, iremos a casa y hablaremos, vamos a aclarar todo lo que hay de por medio que nos impide seguir adelante y si es verdad que me amas, me dirás toda la verdad.

—Se acabó el tiempo —nos interrumpe el doctor.

Que ponga en duda mis sentimientos hacia ella me duele, pero haré lo que este en mis manos para demostrarle que lo que siento por ella es puro y verdadero.

—No me iré de aquí —le digo emocionado.

Le suelto la mano y me posiciono a la cabecera de la cama. Mientras la preparan, llamo a mi primo para contarle la buena noticia. Si le doy la lata con malas también tengo la obligación de darle las buenas. Como es de esperar, Rafa se alegra por mi dicha. Se pone en la piel de padre y empieza a darme consejos. Me emociono al escuchar el corazón de mi hija, da igual el número de veces que lo oiga, siempre será emocionante. El doctor nos asegura que la niña se está desarrollando con normalidad, que todo va bien. Nos entrega la grabación y me pide aguardar en la sala de espera.

—¿Qué demonios haces aquí?

—Mi amor, cuánto tiempo.

—No me hables así. No soy tu amor. Y contéstame. Qué cojones haces aquí.

—Qué malos modales. Estoy acompañando una buena amiga.

—¿Y se puede saber el nombre de esta «amiga»? —pregunto con el corazón a mil.

—Claro…, Aroa.

No…, no puede ser. De todas las personas que hay en la faz de la tierra jamás pensé en ella. ¿Porque me esta haciendo eso?

—Aroa, de qué…

—Miguel, dejémonos de juegos, que estamos muy mayores para ello. Sabes muy bien que es la desgraciada que te quiere apartar de mi lado.

No me puedo creer lo que estoy oyendo. Cómo puede, después de tanto tiempo, decir tal cosa. Y mismo porque yo nunca he sido de ella, nunca he sentido nada más allá de la atracción sexual.

—¿Puedes decirme de qué narices viene esto de que te está robando?

—Métete en tu hueca cabecita que si no eres mío no serás de nadie más.

—A ver si entiendo bien, tú eres la «amiga» Carla.

—La misma. En carne y hueso.

—¿Cómo puedes ser tan desgraciada?

—Cuidado con la manera en que me hablas. Sabes que no me ando con jueguecitos. Siempre voy a por todas. Y tú eres mío.

—¿No te das cuenta de que todo eso se ha quedado atrás? ¿Que ya no ejerces ningún poder sobre mí? ¿Que tomo mis propias decisiones? Yo la amo.

—Miguelito, no jueg.……

—Familiares de la señorita Aroa Garrido. —Aún con la sangre hirviendo, doy la espalda a Alejandra y voy a atender al médico.

—Puedes pasar.

—Doctor, soy la mejor amiga de Aroa, ¿puedo pasar?

—Sí. Dentro de unos minutos estaré con vosotros —dice el médico. Me acerco a Alejandra y sin que nadie nos pueda oír, le digo:

—No entrarás a ver a mi mujer.

—¿Quién me lo va a impedir?

—Te estoy advirtiendo por las buenas. No me provoques. —Le doy la espalda y me voy. Llego a la habitación y la encuentro con la mirada perdida en dirección a la ventana. Sigilosamente me acerco y le robo un beso. La sonrisa que me brinda me deja sin aire. Cada vez que me sonríe así me enamoro más de ella. Ya no puedo vivir sin esta mujer, haré lo que sea con tal de que sea feliz, que tenga todo lo que se merece, aunque tenga que vender mi alma al diablo, a Aroa y a mi bebé no les faltara de nada—. ¿Dónde está la mamá más guapa del mundo?

Estamos charlando tranquilamente cuando Aroa coge mi mano y posa sobre su redonda barriga.

—Es la primera vez que la noto moverse —me dice con lágrimas en los ojos—. ¿Tú la has notado? —me pregunta emocionada.

—Si, creí que era cosa de mi imaginación. —Alguien llama a la puerta y sin preguntar quién es le damos paso. Maldita la hora en que lo hicimos. Alejandra entra sonriendo.

—Amiga…, ¿qué tal fue todo? —La preciosa sonrisa que había en el rostro de mi futura mujer desaparece dando paso a una mirada triste.

—¿Vosotros estabais juntos ahí a fuera?

—No…

—Sí… —contestamos a la vez Alejandra y yo.

—¿Podéis poneros de acuerdo?

—Mi amor, cuando he llegado a la sala de espera me

he encontrado con… —No pude terminar la frase. El médico entró y nos interrumpió.

—Bueno, papás, podéis iros, ya está todo. Eso sí, hay una serie de recomendaciones que hay que seguir al pie de la letra.

—Dinos, doctor. No haremos nada que ponga en riesgo la vida de la mujer que amo y la de mi hija. —La mirada de Alejandra fue matadora.

—Así se habla, papá. Las recomendaciones son las mismas de antes. Nada de esfuerzos y reposo total. Debe salir a dar un paseo sin pasarse. Y lo más importante: nada de estrés o alteraciones emocionales.

Jamás pegaría a una mujer, sin embargo, sentí unas ganas enormes de darle un puñetazo en la cara a la que había sido mi amante durante cinco años de mi vida. Las palabras del doctor le pusieron una triunfal sonrisa en la cara y sintiéndose victoriosa me guiño el ojo sin disimulo. Me conoce bien, sabe que jamás haría nada para poner la vida de mi hija y la de Aroa en peligro. Y eso se resume en seguirle el juego. No creo que la madre de mi bebé se tome muy bien todas las locuras y desmadres que hice en compañía de esta mujer, que cuando las hicimos no me parecían tan ridículas y descabelladas como ahora. Sé que a la larga lo entendería, pero antes tendría una gran crisis nerviosas y pondría la vida de ella y de la bebé en riesgo.

—Doctor, yo vine a este mundo con el único propósito de hacer a Aroa feliz. Y por ella soy capaz de cualquier cosa. —Esta vez el que sonríe soy yo. No me gustan estas cosas, pero conozco muy bien a Alejandra y ella es manipuladora y calculadora. Solo que a ese juego yo también sé jugar.

—Puede llevársela a casa.

—Estaré encantada de cuidarte, y a mi ahijadita —afirma Alejandra forzando una sonrisa.

—No…, ella se viene a casa conmigo.

—¿Eres tonto? Ella no puede quedarse sola.

—No lo estará, la pareja de mi jefe es enfermera y ya he quedado con ella para que cuide a mi mujer mientras yo no esté. —Alejandra me fulmina con la mirada. Ahora sé que es ella la que está detrás del cambio de Aroa, bajo ningún concepto la dejaré a solas con mi familia. No sé qué es lo que trama, sin embargo, estoy seguro de que no es nada bueno. Esta mujer que tengo delante es una desconocida para mí. Nuestra relación era muy buena, teníamos confianza el uno en el otro, libertad para expresarnos sin sentirnos atados, no había reproches de ningún tipo. Era una relación solo de cama, sin ataduras, y ahora me viene con estas. Me habla en estos tonos, está reclamando lo que nunca tuvo.

—Buenos señores, a casa —dice el médico algo incómodo.

Me parte el corazón cuando miro a Aroa y veo una solitaria lágrima escapar de sus ojos. No sé qué tipo de tonterías están pasando por su cabeza. Lo que sí sé es que le demostraré que nada de lo que Alejandra le haya dicho es cierto.

Es como a una garrapata, ignorando lo que decidimos mi pareja y yo, se mete en mi coche con la excusa de acompañar a su amiga. Me muero de ganas de echarla a patadas y no puedo hacerlo. Las recomendaciones fueron muy claras: nada de estrés o sobresaltos. Y un enfrentamiento entre nosotros dos, que nos conocemos tan bien, sería muy duro verbalmente. Así que…, ella gana.

Capítulo 8

Tengo que apartar a estos dos, Miguel no la mira, pero Carla no le quita los ojos de encima, tampoco se lo puedo recriminar, ella no me ha engañado en ningún momento, siempre me ha dejado muy claro que sigue amándolo.

—Aroa, ¿puedo hablar contigo un momento a solas?

—No…

—No te hablo a ti, Miguel, que yo sepa, Aroa ya es mayor de edad y toma sus propias decisiones.

—Carla, no le hables así. Liebrecilla, déjame unos minutos a solas con ella.

—No, que diga lo que te quiere decir delante de mí.

—Por favor —le pido con mimo.

—Estaré delante de la puerta, a la menor subida de tono entro.

—Vale. —Mi amor me da un casto beso en los labios y sale, al pasar al lado de Carla le dice algo al oído que por desgracia no puedo escuchar. La mirada de ella deja claro que no le gusta lo que le ha dicho.

—Eres una idiota, una arrastrada.

—Carli…, ¿por qué me hablas así?

—¿De verdad me estás preguntando esto? Liebrecilla, qué apodo más ridículo. Me he quedado a tu lado, te he cuidado, he renunciado a mi amor, y tú, a la primera palabra bonita que te dice, lo aceptas.

—No me hables así, si no te gusta cómo me dirijo a mi pareja, tápate los oídos. Él es el padre de mi bebé y lo quiero.

—Pero él a ti no. Está contigo por lástima.

—Eso es mentira. Miguel me ama. Lo demuestra cada día. Creo que lo mejor es que te vayas.

—¿Me estás echando?

—No, pero creo que es lo mejor. Yo necesito reposo y tranquilidad. Te aprecio, pero esto es lo último que tú me dejas tener. No eres capaz de estar ni diez minutos a mi lado sin hacerle reproches.

—¡Este es el valor de la amistad para ti! Yo solo intento evitar que te parta el corazón como lo ha hecho conmigo. No te preocupes, me iré.

—Carla, no llores. Eres mi única amiga aquí. El destino es tan perro que amamos al mismo hombre. Perdóname, no voy a renunciar a él. Miguel es el hombre de mi vida, el padre de mi hija y quiero estar a su lado.

—Vale… —grita fuera de sí—. No hace falta que me lo restriegues por la cara. Ya me voy.

—No te vayas. Solo te pido que dejes de nombrar a mi pareja.

—Como tú quieras —dice Alejandra entre hipidos.

Todavía no entiendo cómo después de todo lo que nos hemos dicho en el hospital ella acaba dentro del coche de mi pareja y acompañándonos a nuestra casa. Miguel, al oírla gritar, entra corriendo. Carla, al verlo, se transforma, tenía delante a otra persona. Empieza a desearnos que seamos felices, que entendía que debemos intentarlo. Y que no va a hacer nada para perjudicarnos, que nos apoya en lo que haga falta. Miguel con una sonrisa, aunque no me parecía del todo sincera, le agradece el gesto.

Capítulo 9

Esta no sabe dónde ni con quién se mete. Miguel es mío, lo es desde el día que le puse los ojos encima. Y ella, usando a su estúpido bebé, me lo quiere quitar y eso no va a ocurrir. Yo siempre lo he manejado a mi antojo. La única persona en este mundo que es capaz de hacerlo dudar de mí es su primito. Y este tema lo tenía neutralizado hasta el día en que aquel inepto nos encontró y lo convenció para llevarlo lejos de mí a un lugar donde yo no pudiera encontrarlo. Reconozco que su primo es muy listo, sin embargo, puedo con él. Si fui capaz de «secuestrarlo» debajo de sus narices y machacarlo psicológicamente hasta el punto de no desear hablar con su primo, conseguiré hacerle ver que ella y el bebé no son su mundo, que su mundo soy yo, que no puede vivir sin mí.

Contra su bebé, esa pobre criatura, nunca atentaré, hasta yo tengo mis principios. Ahora, en contra de su madre voy con todo mi arsenal, ella se ha cruzado en el camino de la persona equivocada, estoy siendo muy buena al permitir que esté con él, esta semana ha sido la peor de mi vida. Ni cuando él desapareció de la nada lo pasé tan mal, me volví loca llamándolo, intentando localizarlo por todos lados, tuve miedo de no volver a verlo. Tal fue mi desespero que contraté a un detective en Noruega para saber si él estaba allí. Sin embargo, no lo pasé tan mal como estos días por el simple hecho de saber que él está junto a ella. Sé que es verdad que la quiere. La manera en que la mira, cómo le habla y trata lo delata. Nunca ha sido así conmigo. Aun así, trataré de olvidar todo el dolor que me está causando y lo perdonaré. Se que él a mí me quiere, no como yo le quiero a él, pero me quiere, lucharé y lo conquistaré nuevamente. Lo único que necesito es estar a solas con él sin discusiones de por medio y recordarle cómo era todo entre nosotros, cómo nos compenetrábamos, cómo era de perfecto. Y si para eso tengo que llegar a extremos, lo haré, el bebé tendrá mucha gente que lo cuide.

Hay mucha gente uniendo fuerzas en mi contra, ahora ni siquiera mi hermana me quiere ver. Le he pedido ayuda y me ha dicho que quiere estar lejos de mí. Dice que soy una mala influencia para ella, que por mi culpa siempre hace las cosas por impulso y se mete en más problemas de los que ya tiene. Cuando aquí la única culpable de que yo haya perdido al hombre de mi vida para salvarle el culo fue ella. En resumen, estoy sola en mi cruzada para recuperar a mi hombre y eso no me asusta. ¿Desde cuándo necesito a alguien para librar mis batallas? La respuesta es simple: nunca...

Capítulo 10

Desde que me he reconciliado con Aroa tengo menos tranquilidad que antes, no por ella, nuestra relación no podía estar mejor; eso sí…, desde que Alejandra, alias Carla, está cerca, ella siempre está en una disputa conmigo a ver quién tiene la atención de Aroa, que ya no sabe qué más hacer para contentar a los dos. No sé como aquella mujer se las ingenia para hacerse con el nuevo número de mi móvil y así acabar con mi «tranquilidad». Cada poco me envía fotos y vídeos nuestros. Como no le respondo, ataca donde duele, empieza a enviar artículos de las consecuencias de las drogas en el embarazo. Son cosas horribles. Intento mantener la fortaleza, nunca le discuto o riño por lo que está haciendo, estamos en un juego psicológico a ver quién aguanta más y, desde luego, yo no le voy a permitir ganarme, ella está intentando debilitarme psicológicamente y llevarme a su terreno.

Los médicos siguen en las mismas, todavía no han sido capaces de descubrir qué administraron en Aroa para inducirle el aborto, tampoco han descubierto cuáles fueron las drogas que le obligaron a consumir en su cautiverio, miremos por donde miremos siempre nos encontramos en un callejón sin salida. Los funcionarios no tenían conocimiento de qué nos estaban administrando, atendían las órdenes sin hacer preguntas. Todos estaban muertos de miedo. La vida de sus familias estaba en juego. Desgraciadamente, la ley de la supervivencia es así.

Las hijas del fundador de la clínica, nada más conocer la noticia, viajaron a España y se hicieron cargo del edificio vecino. Una de las cosas en que más está perjudicando la investigación es que una vez fuimos rescatados, antes de que el equipo de investigación pudiera entrar a recoger pruebas, el edificio explotó y fue engullido por una enorme bola de fuego que eliminó cualquier cosa que pudiera servir de prueba o dar con lo que se fabricaba allí, los peritos revelaron que tenían todo muy bien atado por si lo descubrían. Ahora mismo están a oscuras con uno de los presuntos cabecillas desaparecido y el otro muerto, solo tienen los testimonios de los pacientes y de unos pocos funcionarios que se han atrevido a declarar.

Las dos hermanas, al tener sus vidas fuera del país, están haciendo malabares para atender sus responsabilidades en España, intentan convencer a Noelia para cuidar de lo que queda de la clínica, el primer edificio, el que nos curó no se vio afectado y sigue en funcionamiento, aunque no creo que haya mucha gente allí. Noelia rehúsa la invitación. Soy una mala persona, desde que he salido del hospital solo la he buscado en una ocasión, me disculpé por no haber cumplido mi palabra de ir a su casa, le pregunté si estaba bien, le ofrecí ayuda y no he vuelto a buscarla. La verdad es que dentro de mí tengo algo de resentimiento hacia ella, son sentimientos encontrados, porque también la admiro y estoy agradecido, se jugó mucho por ayudarnos. Sin embargo, no dejo de preguntarme por qué no hizo nada antes.

Cada vez que pienso que Raúl, un niño de tan solo dieciséis años, que ha pasado por tanto en la vida, se está debatiendo entre la vida y la muerte a causa de todo que ha pasado en manos de aquellos desalmados, no puedo… Que está más muerto que vivo y muy probablemente se va de este mundo sin sentir el amor de su padre, que está casi muriéndose en el pasillo del hospital por el remordimiento y la pena. Un valiente, sus últimas fuerzas las utilizó para ayudar a mi mujer, yo creía que él ya estaba lejos de aquel lugar y cuando me enteré de que había atentado contra su propia vida, que estaba malviviendo encima de una camilla y que la última persona que lo vio «consciente» fue Aroa, no pude sentir otro sentimiento por todos los que trabajaban allí que no fuera rabia, rencor. Yo les demostré que sí podía pararles, que la justicia sí funciona. En tan solo cuarenta y ocho horas todo estaba desbaratado y Santana y sus secuaces muertos. Solo queda la dama de hierro, yo confío en la eficiencia de la Policía. No descansaré hasta verla pudrirse detrás de las rejas de una celda. Por su culpa casi pierdo a mi familia y no descansaré hasta que lo pague.

Llegó el día de conocer el resultado del análisis. Aroa viene a mi encuentro acompañada de Paula, que trae mala cara, y Alejandra, que la sujeta por el brazo como si fuera una minusválida. El simple hecho de mirarla me causa náuseas.

—Paula, como eres enfermera, siéntate detrás con Aroa, por si se pone mala. —Se atrevió a ordenar.

—No… —gritamos los tres a la vez.

—Carla, no vendrás con nosotros. Esto es una cosa de la familia.

—¿Entonces Paula también se queda?

—No, ella se viene con nosotros.

—Ella no es de la familia.

—Sí que lo es. —Aunque me preocupa su estado de salud, me encanta cuando veo a mi leona en modo de ataque. Y poniendo a Alejandra en su lugar. En sus ojos veo las ganas locas de decir miles de cosas. A mí me tiene atado de pies y manos. Sin embargo, si ella quiere seguir estando cerca, tiene que mantener su farsa delante de Aroa, que cada vez es menos tolerante con ella. Le sale humo de las orejas cuando ve que la que va delante conmigo es Paula y Aroa va en el asiento de detrás sola. Le guiño un ojo con una sonrisa burlona, abro la puerta de atrás, doy un beso a mi pareja y vuelvo a mi asiento. Paula no oculta su sonrisa de satisfacción. Cuando arrancamos, por el retrovisor veo como con el pie golpea el suelo muerta de odio y eso me causa una satisfacción de otro mundo.

Llegamos a la consulta sin decir una sola palabra. La sorpresa es mayúscula cuando en la puerta me encuentro a Rafa y a Pedro, que corre al encuentro de su pareja y la colma de mimos.

—Todos te envían buenos deseos y dicen que están contigo —me transmite el recado mi primo visiblemente emocionado.

—Si no los veo hoy, dales las gracias de mi parte.

—Y de la mía —dice Aroa.

Todavía queda media hora para que nos atendieran, por lo que vamos a la cafetería a tomar algo. El estar parados delante de la consulta solo sirve para dejarnos más aprensivos. Hablamos de cualquier cosa que no sea el resultado. Paula y Aroa empiezan a hacer comentarios sobre la maternidad, yo con los chicos de fútbol, de política y al final terminamos con lo de siempre: el trabajo. Los procesos que tenemos entre manos, los clientes difíciles, los que creen que debemos obrar milagros. Cualquier cosa sirve de excusa para no afrontar la realidad, que no es otra que pánico a lo que nos pueda revelar este resultado. Sea cual sea, cambiará mi vida para siempre.

A la hora estipulada, estoy delante de la consulta del médico con Aroa entre mis brazos. Rafa, Pedro y Paula nos dejan espacio, aunque siguen de cerca todos nuestros pasos, me encanta tenerlos aquí y no sentirme solo con ella. Intenté por todos los medios que contara a sus padres qué estaba ocurriendo y no hubo manera. Sé que esta tan acojonada como yo, la diferencia es que yo tengo a mi primo y mis amigos, que me apoyan de verdad, y ella, a aquella víbora horrible que nunca ha sido su amiga y ella sigue creyendo que lo es.

El médico nos da paso. Siento como comprime mis manos entre la suya y se queda helada. Haciendo de tripas corazón, no le dejo saber que lo noto y comparto su nerviosismo.

—Señorita Aroa, señor Miguel, siéntense, por favor. —Le retiro la silla para que se siente, me acomodo a su lado y le cojo la mano.

—Doctor, por favor, sea lo que sea que hay en este resultado, díganos de una vez. No aguanto más.

—Muy bien, señorita Aroa. —El médico coge una de las tantas carpetas que hay sobre su escritorio y la lee con atención. Su expresión es neutra, no soy capaz de descifrarle—. Señores…, las noticias. —Hace una pequeña pausa que para nosotros parece eterna.

—Por favor, deje de torturarnos. Díganos de una vez —pide Aroa.

—Muy bien, la cosa no es tan grave, los miembros y órganos del bebé están perfectos.

—Pero…

—Sois muy intensos —dice el médico exasperado—. La niña tiene SD, Síndrome de Down. No os asustéis. Teniendo en cuenta todo lo que habéis pasado, es un verdadero milagro. Hoy en día, la mentalidad de la gente ha cambiado mucho con relación a los niños con SD, no digo que no os vayáis a encontrar con personas ignorantes por el camino, por supuesto que lo harán, pero más son las personas que miraran a vuestra niña sin sentir lástima.

Por más que me había agarrado a todo tipo de esperanzas sabía que las noticias no serían buenas. No sé explicar cómo me siento ahora mismo.

—Doctor, ¿qué es el Síndrome de Down —pregunta Aroa, demostrando tener mucha más entereza que yo, a mí no me salen las palabras.

—Lo primero que debéis saber es que el Síndrome de Down no es una enfermedad, es un trastorno genético causado por la presencia de una copia extra del cromosoma 21. Hay muchas asociaciones que os pueden ayudar a conocer la discapacidad de vuestra hija e instruiros en cómo encaminar a vuestra pequeña a una vida relativamente normal.

—¿Qué nos aconseja, doctor? —Nada más formular la pregunta me arrepiento, por la manera en que me mira Aroa creo que ella entendió mal a lo que me refiero—. Quiero decir, qué puedo hacer para que desde ya pueda facilitar la vida de mi hija.

—No os adelantéis a los acontecimientos, hoy en día hay muchos SD que son óptimos profesionales. Aquí en España tenemos un gran ejemplo, el malagueño Pablo Pineda, el primer Síndrome de Down europeo en concluir una carrera universitaria, la vallisoletana Ángela Bachiller, que hizo carrera política, la estadunidense Megan McComick, que es educadora infantil. Hay modelos, camareros… Los hay a cientos, que están totalmente integrados en la sociedad, llevando una vida independiente y feliz. No les estoy diciendo que sea un camino fácil, pero que si deciden seguir, miren siempre más allá.

—Doctor, no tiene que intentar convencernos de nada. Nuestra hija vendrá al mundo. La criaremos sea cual sea su condición —afirma Aroa.

—Son unos valientes. Aquí les traigo todos estos folletos para que puedan buscar información en los lugares correctos. Estaré aquí para lo que necesiten. —Miro a Aroa y tengo la certeza, más que nunca, que es con ella con quien quiero pasar el resto de mi vida. Desprende una fortaleza que ya quisieran muchos. Por primera vez me siento un hombre completo, ella era lo que faltaba en mi vida, no sé muy bien cómo explicarlo. Será la niña más preciosa del mundo, esto es lo que más quería y ay del que diga lo contrario. Todos estos meses me he preparado para una mala noticia. Los médicos en Valencia nos pintaron la cosa muy negra, solo les faltó afirmar que nuestro bebé sería un vegetal y ahora sé que mi hija podrá vivir bien sin depender de una máquina para sobrevivir. Ahora disfrutaré de esta buena noticia, cuando nazca y veamos el grado pensaremos en el siguiente paso, aquí lo importante es que está saludable. Inevitablemente, una lágrima escurre por mi rostro—. Les dejaré algo de intimidad para que asimilen la noticia.

—Doctor, no hay nada que asimilar. Mis lágrimas son de alegría. Mi corazón me dice que mi hija será lo que le dé la gana. Y su madre y yo viviremos por y para ella. —Aroa, al oír mis palabras, se tira a mis brazos.

En la puerta nos espera nuestra familia, que nada más vernos vienen corriendo a nuestro encuentro. Pedro tiene el teléfono en la oreja.

—Dilo de una vez, no puedo más con la ansiedad —pregunta mi primo.

—Es una niña, y se está desenvolviendo bien. Es lo que importa, *fetter* —digo llorando de la alegría. Aroa y yo habíamos decidido no revelarles el sexo hasta tener los resultados.

—Ya voy comprando un arma, ningún capullo se va a aproximar a mi ahijada. —Todos nos reímos de la afirmación de mi primo. Paula y Pedro nos felicitan, mis compañeros en el despacho, que estaban con Pedro al teléfono, celebran la noticia. Sé que no les doy toda la información, pero sé que se la tomarán bien, y junto con Thiago, Maria y Daniel será una más de los pequeños mimados de la familia.

Capítulo 11

Mi pequeña Victoria es una luchadora. Viene al mundo luchando desde el primer momento, desde el minuto uno de su existencia libra una gran batalla por vivir, batalla que no era de ella y se ve involucrada. Ella superó mi estrés, golpes, fármacos, estupefacientes y aún después de todo eso, a cada análisis que hacemos las noticias son cada vez mejores.

Estamos a solo un mes de poder ver su carita en persona. Su papá y yo no podemos ser más felices. Lo único que odio es que no hay manera de que Miguel me toque. Por más que me insinúe, no funciona. He llegado al ridículo de montar un berrinche diciendo que ya no me deseaba por yo estar gorda. Aquel día sentí pena de mi pareja, que demostró cuánto me quiere. Se dedicó a mí en cuerpo y alma, me regaló varios orgasmos sin penetrarme, el miedo a hacerle daño a su hija es mayor que su deseo por mí, que es mucho, aquella noche, mientras me daba placer, se corría una y otra vez solo con tocarme, quedándose hasta él mismo sorprendido.

Los lazos entre Paula y yo se hicieron más fuertes, al darme cuenta del comportamiento que he tenido con ella en los meses que estuve separada de Miguel, la invité a un café y le pedí perdón y la morena, sin ningún tipo de rencor, lo aceptó y nos volvimos inseparables. Ya de Carla, desde que la dejé plantada en la puerta de mi edificio, no he sabido nada más de ella. La aprecio, pero he de reconocer que desde que no está en mi vida mis días son más tranquilos, Miguel está más relajado. Mi primo, porque Rafa es mi primo/suegro, aunque no le guste que yo lo diga, Rafael es el padre de Miguel, se preocupa y lo cuida como nadie. Quien lo ve llamándonos y haciéndonos un completo interrogatorio de cómo nos va todo antes de acostarnos, no se cree que trabajan juntos. Quiere saber todo sobre mi embarazo, nos acompaña a las consultas, se vuelve loco cuadrando sus horarios para acompañarme a la ecografía en cuatro dimensiones, dice no poder esperar más para conocer a la niña de sus ojos.

En realidad, el nombre de mi hija es él quien lo ha escogido. Miguel y yo hablamos de escoger el nombre de la niña el día en que veamos su carita por primera vez, Rafa está con nosotros cuando ocurre, la mirada que nos echa no tiene precio. Y antes de que él pueda asimilar cualquier cosa o ponerse a echarnos la bronca le decimos que le toca al padrino ponerle el nombre, y como si lo tuviera más que decidido dice: «Victoria, esta niña es una luchadora. Ha librado miles de batallas y las ha ganado todas». Yo, llorando, cojo las manos de los dos hombres que sé que darán su vida por la de ella, las pongo sobre mi barriga y les presento a Victoria. Es muy tierno ver a la masa de músculos que es Rafa emocionarse, ha sido su reacción al sentir a mi hija, que en este momento ha decidido moverse. Encima, ella, que no se caracteriza por ser diurna, por el día apenas se mueve, cuando nos metemos en la cama y su padre le da las buenas noches, empieza la fiesta. Y justo en este momento que los dos posan sus grandes manos en mi barriga, ella se hace notar dándoles una señora patada, derritiéndolos.

Ahora me encuentro aquí ordenando todas las cosas para su llegada, no sé dónde meteré tantos regalos. No hace falta decir quién es el que más le envía cosas. Su amiga de Barcelona también me envía unos cuantos regalos, es una chica agradable. En el poco trato que tuve con ella en el hospital de Valencia, me pareció una chica maja y, la verdad es que deseo conocerla un poco más. Sin la influencia de Carla, mi amistad con Paula se afianza, descubro a una mujer adorable, amiga de sus amigos y dueña de un corazón inmenso. Los amigos de Miguel no hay palabras para describirlos, son todos geniales, es increíble lo unidos que están. Me encanta tener a los cinco en mi casa, son como niños, el pequeño Thiago es el rey de todas las reuniones. Estoy loca por conocer al hermano y la cuñada de Pedro. Aunque ya he hablado con ellos diversas veces por teléfono y en un par de ocasiones Fátima, la cuñada de Pedro, exige que hagamos una videoconferencia, ella pide disculpas por no haber venido todavía visitarnos, pero su trabajo la tiene absorbida. Por lo poco que puedo averiguar, a su corta edad es la directora de un gran imperio. Las videoconferencias no tienen desperdicio, todos estamos conectados, y me moría de la risa la primera vez que vi cómo ella tiene a todos los chicos en sus manos, tanto es así que en un par de ocasiones su marido, que demostró ser algo celoso, intentó protestar, pero no pasó de eso, un intento, la mujer es de armas tomar. No veo la hora de poder conocerla en persona, me da a mí que estando entre ella y Paula no me voy a aburrir.

Suena el timbre de arriba, Miguel, que estaba trabajando en su despacho, me dijo que iba él.

—¿Qué haces aquí?

—Vengo a ver a mi amiga —dice con sorna.

—Mi futura esposa no está.

—No me hagas reír. ¿Hasta cuándo vas a quedarte con esta pobre desgraciada por pena? Ella no tiene nada que ver contigo.

—No vuelvas a referirte a mi mujer así. Ella es mejor que tú hasta cuando se sienta en el váter.

—¿Ya le has dicho que soy Alejandra o todavía la tienes engañada? Creo que ya va siendo hora de que le digas que me amas.

—Escúchame bien, nunca te he amado, apenas eras un polvo caliente. Eso y nada más. Ahora vete, que la luz de mis ojos llegará dentro de nada y no quiero que se encuentre con la basura en medio del salón.

—Cuidado con cómo me tratas Miguel, yo te quiero, pero del amor al odio hay solo un paso y yo como enemiga puedo ser la peor.

—Tus amenazas no me asustan.

—Pues deberían.

—Antes de tener tu boca sobre la mía prefiero comer mierda.

Desde nuestra habitación llamo a Miguel, y al ver que no me contesta, salgo en su búsqueda, cuando estoy en mitad del pasillo reconozco la voz de Carla. Mi corazón da un vuelco, me oculto y me dispongo a oír lo que dicen. No podía dar crédito a todo lo que estaba descubriendo, cómo puedo ser tan tonta. Me quedo de piedra cuando veo a Miguel caminar en su dirección, las lágrimas inundan mis ojos, y antes de que mi celebro pueda asimilar todo lo que está ocurriendo, ella le pega en la cara. Miguel da dos pasos hacia atrás con la mano donde ella le ha golpeado. Yo me quedo ciega, corro en su dirección, la agarro por los pelos y la neutralizo contra la pared.

—Tienes toda la razón, soy idiota, tonta y todos los calificativos que quieras llamarme, pero tengo al hombre con el que sueñas y él te desprecia.

—Suéltame, desgraciada.

—Te diré solo una cosita más y sacaré la basura fuera de mi casa: no vuelvas, porque la próxima vez no seré tan considerada.

—Te aplastaré como a una cucaracha y él, arrastrándose, volverá a mí —dijo Alejandra con suficiencia.

—Inténtalo. —La arrastra hasta la salida, abro la puerta y la echó fuera de nuestra casa. Corro hasta ella y la abrazo.

Empieza a temblar

—Miguel, algo va mal…

Capítulo 12

Miguel

Creí que el peor momento de mi vida había pasado cuando vi a Aroa desangrándose en aquel sótano. Quise morirme, no podía hacer nada por ayudarla, ya que yo también estaba malherido. Ahora que aquello está superado veo que lo que sentí allí no fue nada, allí yo tuve en mis manos el ella o yo, una elección muy fácil para mí. La escogí a ella sin pensarlo. Lo que estoy viviendo ahora es, sin duda, el peor momento de mi vida, tengo entre mis brazos a la mujer que amo, que lleva en su vientre el fruto de nuestro amor y si tengo que escoger entre una de las dos no sé qué hacer. Daría lo que fuera por estar en el lugar de ellas.

Como siempre, mi ángel de la guarda llega una vez más a salvarme. Rafa llega a mi casa y al ver la puerta abierta enseguida deduce que algo no va bien. Entra corriendo y me encuentra sentado en el sofá con Aroa en mis brazos inconsciente. Le oigo, pero no le escucho. Solo vuelvo en mí cuando él me la quita de los brazos y sale corriendo por el pasillo.

Rafa tiene el móvil apoyado en el cuello y habla con alguien que le da instrucciones. Entro en el ascensor detrás de él y empiezo a presionar el botón de bajar con desesperación. Creo que nunca llegaremos abajo.

En el hospital ya nos esperaban Pedro y Paula, que al ver el coche de mi primo vienen corriendo a nuestro encuentro. Detrás de ellos llega el celador con la camilla. Intento por todos los medios ir detrás de ella sin éxito. El médico que acompaña su embarazo desde que llegamos a Madrid aparece y se hace con la situación. Al ver mi estado impide que siga a su lado. Quiero protestar, pero Paula y Pedro no me lo permiten, entre los dos me sujetan para que se la lleven sin más contratiempos. Ya no pienso ni hago nada con claridad.

Me quedo en el pasillo caminando de un lado a otro. Todos mis compañeros llegan en cuestión de minutos. Tengo a los cinco a mi lado y es como si no hubiera nadie. No dejo de preguntarme si una vez mi hija haya nacido su lucha por seguir con nosotros habrá acabado. Si las dos saldrán bien. Me niego a pensar en la hipótesis de tener que escoger por una de ellas. Si me veo en esta tesitura antes me quito la vida, no puedo escoger; las quiero a las dos. Paula pasa la mayor parte del tiempo intentando tranquilizarme. Lamenta no tener conocidos de profesión en España. Estoy agradecido por su atención, sin embargo, lo último que deseo ahora mismo es oír palabras vacías, nada de lo que puedan decir es suficiente para consolarme. Nunca habría pensado que Alejandra fuera capaz de llegar tan lejos. Rafa tenía razón, no debía de haber regresado a mi piso. No sé cómo lo haré, pero me iré de allí, quiero vivir con mi familia en un sitio donde nuestros recuerdos sean de felicidad y allí eso es imposible, aparte de todo lo ocurrido, ella es mi vecina y contra eso no puedo hacer nada aparte de irme yo.

Mi cabeza no deja de dar vueltas reprochándome por no haberle aclarado desde el primer momento quién era la que se hace pasar por su amiga. Y no haber visto lo mala persona que es Alejandra. Nunca había imaginado que podía hacer tal cosa, que me amenazaría de la manera que lo hizo.

Estoy a punto de enloquecer. No tengo valor para llamar a los padres de mi mujer. Estoy comportándome como un completo cobarde y egoísta. Sé que dejarán todo, vendrán corriendo y no dudarán en culparme por todo lo que está pasando a Aroa, me reprocharán lo ocurrido y con toda razón. Mi lado egoísta no quiere aguantar a nadie reprochándome, llorando o lamentándose. Quiero estar fuerte, guardar mis energías para mis mujeres, para atenderlas y suplir la más mínima de sus necesidades. Y si tengo a alguien a mi lado lamentándose creo que no podré contenerme y haré algún comentario indebido.

—Familiares de la paciente Aroa Garrido Méndez. —Mis amigos y yo rodeamos al médico. El hombre nos mira a los cinco que estamos serio, para su mirada sobre Jorge, que al notarlo, aclara la garganta llamándole la atención.

—El padre es él. —Jorge apunta en mi dirección. Si fuera en otras circunstancias, esto sería motivo de alguna que otra sonrisa burlona. Los colores suben por el rostro del pobre médico, que no sabe muy bien disfrazar su admiración por la belleza salvaje de mi amigo, que ahora mismo parece querer matar a uno.

—Señor, hemos tenido que realizar una cesárea a la señorita Aroa. Ella y la bebé están fuera de peligro. —Todos empezamos a abrazarnos—. Dentro de unos minutos podrá pasar a ver a Victoria. A su mamá tendrá que aguardar un poco más, ella tiene que recuperarse de la anestesia.

Pedro llama a Daniel, y por lo que les oigo hablar, me da la sensación de que estuvo muy pendiente de lo está ocurriendo en España. Avergonzado, llamo a mis suegros y les doy la buena noticia, como se era de esperar, mi suegra se puso muy nerviosa, ya que faltaba un mes para el parto, la tranquilizo diciendo que ambas están bien y fuera de peligro.

Todo fue de maravilla, al quinto día les dan el alta y me las llevo a casa. Victoria, aun habiendo nacido antes, pesó dos kilos y ochocientos gramos y ha podido salir junto a su mamá. Mis suegros llegaron al día siguiente y, por supuesto, traen una maleta gigante. Están acomodados en la habitación de huéspedes, no me molesta su presencia, por el contrario, me da tranquilidad. Mi suegra ayuda a Aroa con el cuidado de Victoria, que sigue con la misma rutina de cuando estaba en la barriga de su madre. Es la niña más linda del mundo. Rafa no pasa un solo día sin venir a verla, ella le busca con la mirada haciéndole derretirse. Pocas son las veces en las que la pillamos despierta durante el día. Y él casi siempre está en estas escasas ocasiones. Ya por la noche es una fiesta, se la pasa dando pataditas en la cuna haciendo ruiditos o comiendo. Estoy muerto de cansancio, pero no cambio eso por nada del mundo.

Mi hija tiene un grado muy suave de síndrome de Down, pero eso la hace más especial, si es que esto es posible, ella ha venido a este mundo para marcar la diferencia, lo común ya abunda. Y todo aquel que no sepa ver su belleza y lo maravillosa que es, no es digno de estar a su lado.

De Alejandra seguimos sin tener noticias. Por lo que sé, ha puesto su piso a la venta y no ha vuelto por aquí. Mi pareja y yo hablamos largo y tendido sobre todo lo ocurrido, le explico los motivos por los cuales le he ocultado quién era y lo entiende. Decidimos quedarnos, ya que ella se marcha. Le revelo el estado de mi situación financiera, no quiero que haya secretos entre nosotros, sea cual sea. Este es el factor de más peso a la hora de tomar la decisión de no marcharnos del piso.

Victoria ya ha cumplido un mes y no tuvimos ningún percance, tenemos una rutina normal, Aroa ya tiene dominado el tema maternidad y su madre se marcha para estar junto a su marido, que se ha ido a la semana de estar aquí. El hombre nos pide miles de disculpas y se justifica diciendo que no puede dejar su pequeño negocio tanto tiempo en manos de sus empleados. Por más que le decimos que lo entendemos, él tiene la necesidad de justificarse una y otra vez.

Capítulo 13

—Es la hora de nuestro paseo diario —le digo a Victoria que, como no puede ser diferente, está dormida. Todavía nos estamos adaptando a no tener a la abuelita por aquí arreglándonos la vida en todo momento. El tener a mi madre aquí ha sido maravilloso, ella me ha ayudado lo indecible con el cuidado de mi hija. Sin poder seguir huyendo, limamos las asperezas y las cosas entre nosotras ahora son mejor que antes, nos pedimos perdón mutuamente. ¡Quién soy yo para juzgarla tan duramente cuando mi padre la perdonó hace años! Y en relación con él, no creo que pudiera haber tenido un padre mejor, que me amara y cuidara tanto, mucho lloramos cuando aclaramos lo que yo oí y comprendí de la conversación que escuché.

Mi padre me demuestra que yo solo vi la parte que quise y que me interesaba, que no paré a reflexionar sobre el amor que él me tiene y lo duro que fue para él vivir durante años con miedo a que mi verdadero padre me descubriera y mi madre por quererlo lo abandonara. Con lágrimas en los ojos me confiesa que hasta que yo cumplí los doce años y le dije que nunca me iría de su lado tenía un arma preparada porque si me perdía se quitaría la vida, esta información a mi ver sobraba, pero es su manera de demostrar lo importante que soy para él. La relación entre él y mi madre está mejor que nunca, después de treinta y cinco años de casados se han sincerado y por fin se han perdonado mutuamente y ahora viven una segunda luna de miel.

Es dura la historia, quizá para muchos es un lavado cerebral, pero cuando ves al hombre que te ha criado, mimado y amado durante veintisiete años de su vida, que nunca ha derramado una sola lágrima, verlo llorar delante de ti al punto de hipar como un niño y pedirte una y otra vez que no le eches de tu vida, que la sangre no es nada, que para él yo siempre seré su hija, ¡si dudas de su palabra es que no tienes corazón! Y yo, como psicóloga, sé que no me miente y que de verdad, como él me dice, está muerto en vida desde que los escuché hasta aquel momento. Que su mayor miedo es que yo nunca le perdone, que no le permita ser el abuelo de mi hija. Yo nunca haría algo así, jamás privaría a Victoria de disfrutar de sus abuelos. Adoro nuestra rutina, pero los echo de menos aquí con nosotras, la manera en que la miran, cómo la cogen en brazos y la miman.

Ya he hecho amistad con algunas madres, solo una ha sido desagradable en su comentario con relación a la luz de mis ojos, y si en este momento ellos hubiesen estado allí, no sé qué podría haber ocurrido. Lo positivo de la situación es que descubrí que somos muchas más las personas buenas que no discriminamos y juzgamos. Las madres con las que he hecho amistad, en el mismo instante en que ella se ha referido a mi hija de manera despectiva, la han puesto en su lugar, no han dejado títere con cabeza y en los siguientes días no la reciben de la misma manera. No es que le hayan retirado la palabra, simplemente son más frías, y ella misma empieza a bajar en un horario distinto al nuestro. No me siento contenta porque ella haya sido apartada, pero siempre estaré por mi hija, los que se sientan incómodos, que se muden.

Nunca he pensado que sería capaz de quedarme en casa sin estudiar y trabajar. Y ahora mismo, si tengo que volver a hacerlo, creo que me daría algo. No me imagino en otro sitio que no sea al lado de Victoria, me encanta cuidarla.

A la una, al volver a casa, estamos esperando a que el semáforo se ponga en verde para cruzar la calle y alguien intercepta mi camino.

—Hola, amiga...

—No soy tu amiga. —Intento seguir mi camino y soy nuevamente interceptada.

—¡No vayas por ahí!, me caes bien. Y por ello seré directa. Tu bebé ya está fuera de peligro, entonces, no me andaré con contemplaciones.

—No pierdas tu tiempo —digo sin paciencia.

—Tranquilízate, no te conviene tenerme como enemiga.

—¿Me estás amenazando?

—Sí…, así que recoge todas tus cosas y vuelves a Valencia. —Me carcajeo en su cara.

—¿Compartes el chiste? También quiero reírme —dice la que ahora sé que es Alejandra.

—Adiós, tengo que atender a mi hija. —Paso a su lado con la intención de perderla de vista, pero no estaba en sus planes dejarme ir, me agarra por el brazo sin que pueda llegar muy lejos.

—Ya te lo advertí. Pero te lo diré una segunda vez: Miguel es mío. —Suelta mi brazo dándome un empujón. Si no fuera porque tengo a mi hija a mi lado le daría su merecido. Si esta mujer se cree que sus amenazas me amedrentan, está muy equivocada. Después del infierno que había vivido, lidiar con una loca enamorada es pan comido.

El semáforo vuelve a abrirse y cruzo dejándola al otro lado de la calle. Todavía estoy recuperándome del encuentro con Alejandra cuando un hombre se acerca corriendo y tira un sobre en el carrito de mi hija y sigue su camino. Asustada, lo saco de encima de mi hija y lo tiro lejos. Victoria empieza a llorar, preocupada por si le ha hecho algo, me agacho a mirarla, mi corazón me va a salir por la boca. Alejandra, que todavía nos miraba desde el otro lado, casi se tira delante de los coches y corre a nuestro encuentro.

—¿Le ha hecho algo a la niña? ¿Qué ha pasado? ¿Quién es aquel hombre? —interroga atropelladamente.

—Un hombre… —Caigo en la cuenta a quién tengo delante. Estoy muy nerviosa, no sé lo que está pasando, lo que si sé es que Alejandra no es la persona indicada para que yo le cuente mis miedos e inseguridades—. Nada…, es solo que me he asustado con el hombre que ha pasado corriendo a mi lado.

—Estas sin color. ¿Ha pasado algo más?

—No…, te juro que solo ha sido eso.

—Vale. Vamos, te acompaño hasta el edificio.

Quiero gritar que no, que se aleje de nosotras, que nos deje en paz. Sin embargo, la verdad es que ahora mismo el saber que no estoy sola me da algo de tranquilidad. La actitud de aquel hombre me da miedo. No le he podido ver bien la cara, ya que llevaba gafas y gorra, sin embargo, se veía con pintas de peligroso.

Me despido de Alejandra intentando demostrarle tranquilidad, ojalá haya tragado porque estoy muy lejos de estar tranquila. Entro en el piso y me cierro a cal y canto, acomodo a Victoria en su parquecito y cojo el teléfono para llamar a Miguel. Algo dentro de mí me dice que las cosas no van bien, que estamos en peligro y de los grandes. Que vienen a cobrarnos lo que hicimos en la clínica.

Cómo hemos podido creer que aquella gente nos iba a dejar en paz, con la cantidad de millones que les hemos hecho perder. Lo peor de todo es que no sabemos nada. La Policía está investigando y no conocemos a ningún otro cabecilla detrás de toda aquella red de narcotráfico. Lo que la Policía sí tiene claro es que Santana no era la mente pensante de todo aquello, las autoridades nos mantienen a oscuras, dicen que es por nuestro bien, que cuanto menos sepamos, mejor. Y ahora que sé que no hay ninguna prueba material contra ellos, me preocupa más. Con eliminar a todos los testigos, el caso estará sobre una mesa durante años hasta que se archive por falta de pruebas. Si antes jugábamos con desventaja, ahora es que tenemos la batalla perdida. Haré cualquier cosa con tal de salvar la vida de mi hija, lo que pasa es que ahora ellos tienen qué usar en nuestra contra para neutralizarnos.

Doy un salto al oír el telefonillo sonar. Tengo miedo de acercarme a ver quién es, miedo a abrir el sobre y descubrir qué hay dentro, me arrepiento de haberlo cogido. Me muero de miedo de todo, no creo ser capaz de salir de casa el resto de mi vida. Mi instinto me dice que mi tranquilidad ha durado solamente un mes.

Me acerco a la mesa y tiro el sobre encima, como si quemara. Lo abriré junto a Miguel, sí…, eso haré, entre los dos encontraremos una salida. Y si es necesario, huimos de España, nos vamos a cualquier lugar del mundo donde podamos vivir tranquilos.

Capítulo 14

Ya he perdido las cuentas de la cantidad de café que he tomado hoy. Y no es por las noches sin dormir por mi hija. Ojalá fuera por eso. Para mí es un placer tenerla sobre mi pecho, sentir su pequeña manita en mi rostro y respirar su rico olor a bebé. Por ella no dormiría el resto de mi vida. Lo que me quita el sueño ahora mismo es un asunto espinoso que no sé cómo abordarlo en casa. No termino de salir de una y ya estoy cayendo en otra. Ahora lo que me tiene en vilo son los anónimos que recibo a diario, y el que me ha llegado hoy viene con fotos de mi mujer, hija y para mayor horror, Alejandra. Con la frase escrita con recortes de periódico: «Sabemos que ellas te importan. Si las quieres vivas, pórtate bien».

No tengo la menor idea de qué quieren decir con eso. Yo no tengo contacto con nadie, no tengo noticias de la investigación. La dama de hierro se ha evaporado. La mujer es un fantasma. El miedo a ella es mayor que el de pasar más tiempo en la cárcel. Hasta donde sé, las únicas personas que la pueden describir cada vez que escuchan su nombre se repliegan y no hay manera de convencerlas de lo contrario. Todos los que están detenidos tienen abogados particulares muy herméticos que los tienen muy bien entrenados para no contestar nada en su contra y no caer en contradicciones. Los pocos nombres de los abogados que pude descubrir los he investigado y no ha habido éxito. Es como si no tuvieran vidas, no tienen familia conocida, son despachos conceptuados en este tipos de defensas, los cuatro que he investigado no trabajan juntos, no se conocen entre sí. Es todo muy extraño. Y quizá eso sea lo que ha puesto a mi familia en el punto de mira.

Si pudiera, saldría de aquí ahora mismo, me iría a mi casa, me encerraría con Aroa y Victoria y no saldría jamás. Sin embargo, no me puedo mover de aquí. Estoy aguardando a un cliente muy importante que si gano su causa supondrá un buen respiro económico para mí. Tanto él como la mujer son personas de pudientes, y tienen tres hijos en común. Ella se fue y se llevó todo lo de valor que pudo, falsificó la firma de su exmarido y le quitó propiedades, vendió acciones que no le pertenecían y, para coronar, dejó a los tres hijos sin mirar atrás. Por supuesto, la mujer está en paradero desconocido. Ya puse todo el equipo de investigación detrás de ella. Esta causa es de vital importancia para mí. Digamos que si la gano, recupero la solvencia que tenía antes.

Llego a casa y al meter la llave en la cerradura me sorprendo al ver que no abre. Aroa no es de las que echa la llave en la puerta y menos dejarla puesta. Llamo al timbre. Ella tarda en abrir, puedo sentir que está detrás de la puerta, no obstante, no la abre. El pánico empieza a apoderarse de mí, por mi cabeza pasan mil y una situaciones, no creo tener fortaleza para soportarla evitándome y haciéndome los desplantes que me hizo cuando estaba bajo la influencia de Alejandra. Y el recibir las fotos de ellas juntas me lleva a pensar que Aroa se dejó envenenar nuevamente.

—Leona, soy yo…, sea lo que sea que te esté pasando, podemos afrontarlo juntos.

—¿De verdad eres tú? —¿A qué viene esta pregunta? Y lo más inquietante, el tono en que me pregunta.

—Claro que soy yo, mi amor. —La puerta se abre tan rápido que, si no me hubiera sujetado hubiera ido al suelo. Recuperado del susto, miro a mi mujer y lo que veo me preocupa más todavía. Tiene los ojos hinchado de llorar.

—¿Le pasa algo a Victoria?

—No, ven aquí —me agarra de la mano y me arrastra al sofá—. La niña está dormida.

Me extraña que la deje dormir a estas horas. Siempre intenta que no se duerma después de las cinco de la tarde con la esperanza de que duerma un poco por la noche. Me acomodo a su lado y dejo que hable cuando quiera. Sea lo que sea que está pasando, la tiene muy aprensiva. Los nervios le hacen levantarse e ir a por agua. Por desgracia, no amamanta a nuestra hija debido a todo lo que le metieron en el cuerpo, pero aun así se cuida como si lo estuviera haciendo.

—Aroa…, ¿qué te pasa? —La preocupación me pudo.

—Estamos en peligro. —Sus palabras me quitan el aire. No me hizo falta nada más para saber que ella también está siendo amenazada. Estoy perdido, no sé qué hacer. Siento el impulso de levantarme. Aunque no lo hago, no puedo demostrarle el pánico que siento. Las notas que recibo siempre dicen cosas horribles. Hasta ayer no se las había enseñado a nadie. Ayer, Rafa entró justo en el momento en que la estaba abriendo. Intenté ocultarla, pero él fue más rápido y la cogió de mi mano. No sé cómo tenía la cara, lo que sí sé es que debía de ser espantosa, ya que él no dudó ni un solo segundo de que no era una cosa buena. Me echó una buena bronca por no haberle dicho qué estaba ocurriendo. Me hizo prometer que iría a la Policía, cosa que no hice, y ahora mismo empiezo a arrepentirme. Aroa toma mi mano, respira hondo, me mira a los ojos y suelta la bomba más grande de mi vida.

—Nos están vigilando —me revela que ella también fue amenazada. Me enseña el sobre, que al abrir encuentro fotos de ella en el parque, saliendo a comprar, tiene fotos de todas las veces en que ella entra y sale de nuestra casa junto a nuestra hija en los últimos cuatro días. También hay fotos de sus padres saliendo para sus quehaceres diarios, su madre charlando despreocupada con la vecina. Dejándonos claro que conocen todos nuestros pasos y puntos débiles. Libero mi mano de su agarre, la tomo por el hombro y mirándola a los ojos, le digo:

—No nos van a amedrentar, no podrán con nosotros. —Yo le decía eso a ella y a mí mismo. Necesito creerlo.

—No creo que podamos hacer frente a eso. Ahora es diferente, está nuestra hija.

—Por ella misma vamos a solucionar esto —pienso en llamar a mi primo, pero desisto, eso tengo que solucionarlo yo solo, no puedo a cada problema que tenga correr en su búsqueda, él tiene que hacer su vida y, si sigo dependiendo de su protección, será imposible.

Saco mi cartera del bolsillo, cojo la tarjeta del detective encargado del caso de la clínica y le llamo. El hombre, al ver mi número, no deja que suene una segunda vez. Le explico todo lo que está ocurriendo. Por el rabillo del ojo veo que a Aroa no le ha gustado saber que yo estoy recibiendo amenazas desde hace más de una semana y se lo haya ocultado.

Nada más cortar la llamada, le explico los motivos por los cuales no le había dicho nada. El principal de ellos es el más lógico: el no querer causar un estado de alarma. Con su fuerte carácter no me sirve de mucho. Nos negamos a dormir separados de nuestra pequeña. A los pocos días, siguiendo el consejo de la pediatra, la habíamos pasado a su habitación. Sin necesidad de que dijéramos nada, la dejamos dormir en medio de nosotros.

Al día siguiente, Alejandra se presenta en la oficina, mi primo y amigos no le permitieron acercarse a mí. Sé que no tengo derecho, que está mal por mi parte quedarme mirando a través del cristal como ellos libran mis batallas. Solo que en aquel momento no tengo cabeza para sus chorradas. Ella le entrega algo a mi primo que si yo no lo hubiera visto seguramente no la habría recibido. Tengo que discutir con él para que me lo entregue. No sabe si está haciendo lo correcto, Alejandra intenta destrozar mi familia. Descubro un lado de ella que no conocía. Sin embargo, esta misma mujer fue mi amiga, mi amante, mi cómplice durante cinco años de mi vida y el solo imaginar que ella estaba en peligro por mi culpa no me permitía darle la espalda. Después de mucho insistir y discutir, él me entrega el sobre, que, cuando lo abro, solo hace aumentar mi preocupación. Hay fotos de todos los pasos de ella. Y una carta donde decía que si yo abría la boca ella y su hermana, por el hecho de importarme, pagarían por mí. Rafa da un fuerte golpe en la mesa. Se siente mal por no haberla dejado hablar, confiesa que la ha visto llorar y no se cree sus lágrimas. Atendiendo a sus órdenes, la llamo desde el número de la oficina para que no tenga mi nuevo número, que por su culpa he vuelto a cambiar.

—¿Dónde estás? —pregunto directamente.

—Estoy abajo, tengo miedo de andar por las calles. He conseguido que mi hermana se vaya de viaje.

—Sube —digo sin saber qué hacer.

—Miguel…, yo también he visto las fotos, pero no te quedes mucho tiempo con ella aquí a solas —dijo Rafa.

—Me parece increíble que con todo lo que está pasando puedas pensar que tengo cabeza para caer rendido a los pies de otra mujer que no sea la mía.

—No es eso, no seas necio. Imagínate que Aroa llega y os pilla a solas en tu despacho.

—Tienes razón, ya no sé ni qué hago.

La conversación con Alejandra no es fácil, ella tiene mucho miedo, me culpa por lo que le está pasando, por no ser capaz de centrarse en su trabajo. Y lo peor es que yo también me culpo por ello. Después de mucho discutir y ella insistir en que deberíamos quedar todos juntos para intentar entre los tres encontrar una solución y yo reiteradamente decirle que no, toma la decisión de volver a su piso y de esta manera seguir cerca.

Los días siguientes la cosa va a peor. Los amenazadores se vuelven más audaces, creo que no les gusta ver el ir y venir del detective en mi piso. Las amenazas se vuelven más directas, rajan las cuatro ruedas de mi coche y el de Alejandra y nos dejan una nota diciendo que la próxima vez las rajas serán en las tres mujeres de mi vida. Mi primo se encarga de llevarnos al trabajo y recogernos. Entre los tres decidimos no decir nada a Aroa para que no se preocupe aún más. El detective pone escoltas a mi familia, que pasan a ser reclusas en su propia casa.

Solo cinco días después de haber rajado las ruedas de mi coche, me tienden una emboscada y me disparan. La suerte está a mi lado, el disparo acierta en la parte trasera del vehículo. Con la ayuda del manos libres conecto directamente con la Policía, que no puede hacer nada más que conducirme a mi casa con escolta, no encuentran ningún rastro de los que atentaron contra mí. Tengo tanto miedo que propongo a Aroa que se vaya con la niña para mi país. Llevo más de diez años sin hablar con mi familia, pero me tragaré todo mi orgullo y llamaré a mis padres para pedirles que las acojan en su casa. La muy cabeza dura se niega, dice que no se va a ningún sitio sin mí. Que o vamos todos o no va nadie.

Este mismo día, tenemos una discusión. Estamos nos acostando cuando recibo la llamada de la Policía diciendo que Alejandra ha sufrido un accidente de coche y que la han llevado al hospital La Paz. Yo, rápidamente, salto de la cama. Aroa, al ver que me visto, me pregunta a dónde voy. Y cuando se lo digo quiere prohibirme ir al hospital, cuando le digo que voy, que lo que le ha pasado es por mi culpa, quiere ir conmigo y me niego. Es lo suficiente para que me diga que lo que yo quiero es ir y reunirme con mi amor. Pierdo los papeles y por primera vez discutimos feo. A ella no le importa que una persona inocente esté ingresada por nuestra culpa. Sin embargo, yo no puedo dormir tranquilo conmigo mismo si no voy a ver cómo se encuentra, si necesita mi ayuda.

Capítulo 15

No sé cómo ha ocurrido, ni en qué momento, solo sé que tengo a Alejandra viviendo con nosotros. No doy crédito cuando veo a Miguel entrar con ella apoyada sobre su hombro y conducirla a la habitación de huéspedes, de eso hace ya dos semanas y definitivamente es una más. Aquella noche tuvimos una gran discusión donde ella se hizo la víctima y llorando dijo que se iba a su piso y él, corriendo, se negó a dejarla ir. Estuve tres días sin dirigirle la palabra, ella tiene dinero y puede contratar a todo un equipo médico para cuidarla y un ejército para protegerla, pero no…, se instala en mi casa, pero eso no es lo peor. Hoy me quedo de piedra cuando la veo abrir la puerta de mi casa con sus propias llaves y entrar como si fuera la cosa más normal del mundo. Ella todavía no ha cerrado la puerta detrás de sí y yo ya estaba con la mano tendida.

—Dame las llaves de mi casa.

—Aroa, perdóname, las tengo desde hace mucho. —Por supuesto, ella no deja pasar la oportunidad de restregarme en la cara que tuvo una vida con mi pareja.

—Pero ya estás tardando en devolvérmelas. —Para chula yo.

—Aquí las tienes. Lo último que quiero es causar más problemas.

—Tu sola presencia ya es un problema.

—¿Qué pasa? —pregunta Miguel.

—Tu mujer, que no le ha gustado que yo abra la puerta con las llaves que tengo y me las ha pedido.

—Mi amor, déjale las llaves, así ella entra y sale sin que tengamos que estar viéndole la cara en todo momento.

—¿Puedo hablar contigo en privado? —Paso al lado de él con ganas de cogerle por el cuello.

—Aquí estoy. ¿Qué pasa ahora?

—¡De verdad! Ella está viviendo en nuestra casa, se sienta a tu lado a ver películas, te pide ayuda con su trabajo, comenta contigo como fue su día, ¿y te parece normal? ¡No ves que ella te está robando tiempo de estar conmigo y con tu hija!

—Aroa…, esta mujer ha sufrido dos atentados por nuestra culpa.

—Dos… —grito asustada—. Yo conozco solo el del coche, que por culpa de un collarín en el cuello la tengo durmiendo en la habitación al lado de la nuestra.

—Dos, como lo oyes, tanto ella como yo hemos sufrido dos atentados.

Enloquezco cuando Miguel me cuenta por todo lo que ha pasado Alejandra sin tener nada que ver con todo esto, solo como daño colateral por el hecho de que la consideren importante para él. Los celos y el egoísmo me pueden y no me permiten ver las cosas que están ocurriendo debajo de mis narices. Me derrumbo al saber que el mismo día en que ella tuvo el accidente, dispararon a Miguel. Me siento culpable por estar protegida dentro de casa y las pocas veces que salgo a la calle es con protección policial y ellos pasando por todo esto. Todo es una enorme mierda. Ya no sé qué más hacer.

Harta de hacerme la fuerte, lloro desconsolada. Ya no puedo más. No está en mi naturaleza quedarme de brazos cruzados esperando que los demás solucionen mis problemas. Necesitamos descubrir de una vez de dónde vienen las amenazas y qué quieren de nosotros. Estoy por pensar que a la Policía le da igual.

Alejandra llama a la puerta de nuestra habitación. Aunque me duele que ella esté pasando por todo esto por nuestra culpa, su presencia en mi casa sigue sin hacerme gracia. Al ver a Miguel correr a la puerta para abrírsela, tengo que morderme la lengua para no decir nada. Al tener delante su cínica cara bonita, mi boca es más rápida que mi cerebro.

—¿Qué quieres ahora? ¡Tienes miedo a la oscuridad y quieres dormir con nosotros!

—Aroa… —grita Miguel indignado. Sé que me he pasado, pero no diré que me arrepiento.

—Qué…, ¿quieres que le pida perdón de rodillas? Quizá si ella se apartara de nosotros no la estarían persiguiendo.

—No pienso volver a tener esta discusión. —Me costó asimilarlo cuando le vi coger unos vaqueros, la camisa y las zapatillas e ir en dirección al baño.

—¿A dónde vas? Te enfadas porque os vi en actitud cariñosa. ¿Por qué la proteges tanto?

—Necesito aire. Ahora mismo no puedo y no quiero estar aquí.

Victoria escoge justo este momento para llorar. Miguel sale del baño como un rayo a por ella y la envuelve en la manta. Cuando lo veo coger el bolso de la niña, salto.

—No vas a salir con la niña a estas horas.

—¡Cómo…! ¿Me vas a prohibir dar un paseo con mi hija?

—De aquí ella no sale.

—Te amo, pero no utilices a mi hija. Toma. —Camina hasta mí y me la entrega—. No me esperes, no voy a volver a dormir.

—Miguel, no te pongas así. Yo no quiero causar problemas. Vamos a tomar algo, hablamos hasta que te calmes y puedas volver a los brazos de tu mujer.

—No… —gritamos los dos a la vez.

—Alejandra, el que tú estés en mi casa por todo lo que está ocurriendo no quiere decir que seamos amigos. Así que mantente alejada de mí —le dice enfadado.

La cara de ella no tiene desperdicio. Si yo supiera que él no me va a apartar o decir algo que me merezco oír me tiraría en sus brazos y le comería a besos. Cómo estoy disfrutando de verla con la cara descompuesta. La mirada que me echa muy probablemente esta desintegrando mis órganos.

Miguel da un beso en la cabecita de nuestra hija y se va sin mirarme.

—Siento mucho lo que estás pasando por nuestra culpa, pero si intentas algo con mi pareja, yo te mato —digo cuando siento cerrarse la puerta. Mirándola muy seria, con la mano, indico el camino de salida.

—No sabes con quién estás jugando. Ya te advertí que iba a por él. ¿No te das cuenta de que no pasa un solo día sin que discutáis? Es solo cuestión de tiempo que él venga a mí. No Te preocupes…, seré una buena madrastra para la pequeña Victoria.

—Sé que ahora nada de lo que yo le diga en tu contra servirá. Pero conozco al hombre que amo. Él se dará cuenta y te irás de patitas a la calle.

—Antes de que eso ocurra él ya me habrá hecho un hijo. Al ver lo paternal que es, le daré los hijos que quiera.

Antes de que pudiera contestarle cualquier cosa, desaparece de mi vista. Si yo no tuviera mi pequeño ángel en los brazos habría ido detrás de ella y arrancado todos los pelos de aquella malévola cabeza. Soy una idiota, caí como a una colegiala en su trampa, me dejé cegar por los celos y ahora lo tengo en mi contra. Lo único que me reconforta es que la ha rechazado cuando ha querido hacer de amiga.

Corro a por el móvil para llamarlo, pero en el último momento desisto, sé que no me va a coger la llamada. «Sé dónde estas. Grítame, di todo lo que quieras, pero no dormirás lejos de nosotras», me digo a mí misma. Sin perder tiempo, envío un mensaje a los guardias avisándoles de que en diez minutos bajo con la niña.

Capítulo 16

Miguel

No me puedo creer que Aroa me esté acusando de tener intimidad con Alejandra. Jamás le echaré en cara tal cosa, pero si ha vuelto a entrar en mi vida es porque ella le ha abierto la puerta. Vale que no sabía quién era, que las coincidencias de la vida las presentó y, para más saña, fue en el mismo sitio que nos conocimos Alejandra y yo. Que cuando quiere es una excelente persona. Lo que me deja loco es que Aroa se deje envenenar por una extraña sin darme el derecho a defenderme, me apartó de su lado, del lado de nuestra hija como si yo fuera un juguete desechable, no veo justo compararme con un perro, los animales tampoco deben de ser rechazados y abandonados de la manera en que yo lo fui. Y ahora me encuentro con esto, que es culpa mía que ella este en nuestra casa. No puedo, estoy agotado.

Deambulo por la calle disfrutando del aire fresco y la soledad, sé perfectamente dónde voy, allí me sentiré en casa. Seguramente me regañará por haberla dejado entrar y después me ofrecerá un hombro amigo. Salgo de casa tan ofuscado que no cojo mi reloj, no sé en qué hora vivo. Cojo el móvil para consultarlo y veo que tengo dos llamadas perdidas del agente que lleva el caso y ninguna de Aroa. ¿Será que ella se cansó de mí? Sé que no estoy haciendo las cosas bien. No obstante, que por un minuto se ponga en mi piel, tanto ella como yo estamos aprendiendo a marchas forzadas lo que es pasar de ser dos desconocidos a tener una familia con todas las letras. Ella también tiene un pasado, normal, como el de la mayoría de la gente, sí…, pero lo tiene. Y yo tengo el mío, oscuro, sí…, pero ahora mismo necesito que dejen de juzgarme un poco, que me dejen demostrar que de verdad he cambiado. No quiero y no volveré a lo de antes. Solo que no está en mi naturaleza dejar a una persona a su merced por un problema que yo le he causado.

Cuando mi primo me abre la puerta, tengo ganas de golpear la cabeza contra la pared. Él no está solo. Nuria esta con él.

—Perdón, no sabía que tenías visita. Vuelvo otro día.

—De eso nada —dice la arrolladora mujer que me agarra por el brazo y me mete dentro del piso—. Por lo que veo, necesitas un trago. ¿Qué bebes?

—No puedo beber. —Mi primo me sonríe con alegría al ver que llevo en serio el no volver a los vicios. La pobre mujer se queda desconcertada por la metedura de pata. Sus gestos me dejan claro que conoce toda mi historia. No me enfada que mi primo se lo haya contado. Sé que ella le importa. Ojalá lo que haya entre ellos funcione. Cada vez que intento tocar el tema, él lo zanja diciendo que son buenos amigos y que no hay más que hablar.

Ambos me miran con el signo de interrogación más grande que he visto delante. No se atreven a preguntarme qué me trae hasta aquí a estas horas. Confieso que estoy divirtiéndome con el comportamiento infantil de ellos. Les dejaré con la intriga un rato. Sé que lo que voy a decir hará que mi primo se suba por las paredes y si puedo aplazar la bronca lo haré.

—Estoy cansado. Me voy a dormir un poco. Mañana hablamos.

—Sabes que aquí estaré. —Rafa y Nuria se levantan y caminan hasta la puerta y yo en sentido contrario, antes de que pudiera abrir la puerta de la habitación de invitados, ya lo tenía detrás de mí como me lo imaginaba que iba ser—. ¿Se puede saber qué cojones estás haciendo? ¿Qué está pasando?
—Ahora viene la parte que no le va a hacer ninguna gracia.

—No tengo ganas de dormir en casa. Discutí con Aroa por culpa de Alejandra. —Portándome como a un niño, entro en la habitación y cierro la puerta detrás de mí.

Me siento en la cama y le oigo decir un poco de todo. Nuria está intentando tranquilizarlo. Le deseo suerte. Me confieso culpable. Soy especialista en sacar al tan controlado y responsable Rafa de sus casillas.

Tomo el móvil con la esperanza de ver una llamada, mensaje, algo que me indique que las cosas entre nosotros, aunque estén complicadas, van bien. Me ilusiono al ver que acabo de recibir un mensaje. Rápidamente le doy a abrir:

«Señor Miguel, ya tenemos una pista de la dama de hierro y sus secuaces. Usted y su familia tienen que cuidarse mucho. Bajo ningún concepto salgan sin escolta».

El mensaje me hace entrar en pánico. ¡Cómo he podido dejarlas solas y venir a los brazos de mi primito a llorar! Esa no es la actitud de un hombre. Debo estar al lado de ellas. Eso haré. Volveré a casa y arreglaré las cosas. Con todas las cosas que le están pasando a Alejandra, creo que puedo pedir que le pongan escoltas a ella. Sí, haré eso y le pediré que se vaya. Ni ella ni nadie va a destrozar mi felicidad.

Entro en el baño para lavarme la cara y lo que encuentro solo me confirma que no debo estar aquí. No sé cuánto tiempo estará esta mujer en casa de mi primo. Solo sé que en el baño que en «teoría» es mío, hay cosas de ella esparcidas por todos los lados y me siento un intruso. Tomo mi móvil de encima de la cama, confirmo mi cita con el detective para el día siguiente. Y con las mismas que entré, salgo. Una cosa es estar en casa de él, que es como si fuera la mía, y otra bien distinta es invadir el espacio de su chica.

Los encuentro en el salón en actitud cariñosa, doy dos pasos atrás y hago ruido para llamarles la atención, pero antes de que pudiera decir nada, el timbre vuelve a sonar. Rafa rápidamente corre a mirar quién es.

—Es Aroa, y trae a Victoria. —Mi corazón se dispara. No puedo quedarme en medio del salón esperando a que ellas entren, corro hasta el ascensor para recibirlas.

—¿Pasa algo? ¿Estás bien? ¿Vienes con protección?

—No, sí y sí. Ahora podemos pasar a casa de tu primo. Quiero hablar contigo. —Se avecina un nuevo *round* de discusiones, sin embargo, lo estoy deseando con tal de tenerlas aquí junto a mí, que me grite, insulte y, si quiere, hasta me pegue. La única condición es que no se vaya de mi lado—. ¿Porque te fuiste de casa de aquella manera? —me interroga sin importarle tener gente delante. Sé que está furiosa, los meses que vivimos juntos han dado para mucho.

—No me gusta discutir contigo.

—Eso no me vale. Que sepas que, si quieres que vivamos juntos, tienes que casarte conmigo. Sé que no me lo has pedido, pero lo estoy diciendo yo, aquí y ahora, nos vamos a casar, y ya. —Mi primo se tapa la boca para que no lo vea reírse. Lo de casarme nunca ha estado en mis planes. He visto lo infelices que son mis padres y no quiero eso para mí. ¡Cómo cambian las cosas! Que esta mujer en medio de una discusión me notifique que me voy a casar con ella me llena de dicha. Si estuviéramos en Las Vegas, la arrastraría a una capilla a decir «sí, quiero»—. Y mírame cuando esté hablando, me encanta discutir, mi naturaleza peleona no me permite callarme. Y si cada vez que discutamos te vienes a ocultar debajo del ala de tu primo...

—Epa, epa…, permiso, permiso —nos interrumpe Rafa—. Yo me largo con mi ahijada y Nuria antes de que me salpique. Os aconsejo ir a la habitación de invitados, la casa está insonorizada —dice con una sonrisa pícara, como si supiera algo que yo no sé.

Aroa no lo deja terminar de hablar, da un beso en la cabecita de nuestra hija, que duerme plácidamente en brazos de su padrino y sale arrastrándome por el piso.

Entra y se planta en medio de la habitación. La veo tan sexi que mando a la mierda toda la discusión y me abalanzo sobre ella, que en el primer momento se asusta e intenta apartarme. La sujeto por los glúteos, la alzo a la altura de mi erección y la presiono contra mi cuerpo.

—Después te dejo echarme todas las broncas del mundo. Y sí, me casaré contigo. Cuando, donde y como tú quieras. Lo único es que pensaremos en eso o en cualquier otra cosa después. Porque ahora te voy a follar duro.

—Estamos en la casa de tu primo.

—¡No lo has oído! —digo moviendo las cejas haciendo el payaso—. Está insonorizada y, además, no vamos a hacer nada que él nunca haya hecho.

Abrazado a ella, camino hasta la cama, me lanzo con ella sobre el colchón. Apoyado sobre mis brazos para no aplastarla empiezo a repartirle besos por el cuello, le muerdo el lóbulo de la oreja, consciente que es una de sus zonas sensibles. Sin quitar sus ojos hambrientos de los míos, se deshace de su pantalón. Me muerdo los labios deseoso por devorarla, miro hacia abajo y veo la marca de su excitación en sus bragas. Ondulo mi cuerpo sobre el de ella dejándola sentir lo caliente que me pone, paso mi lengua por su cuello al mismo tiempo que aparto su ropa interior a un lado y acaricio su sensible clítoris. Sus manos vuelan a mi pantalón y lo desabrocha. Aroa intenta bajármelo, pero mi altura y la postura que estoy se lo impide, me arrodillo sobre la cama, le doy un mordisco en el vientre y me pongo de pie para deshacerme de mi ropa. Tarea que hago despacio, llevándola al desespero.

—No me tortures, te deseo.

—Y yo a ti.

Me tomo mi tiempo, me quito el pantalón quedándome en calzoncillos.

—Miguel… —dice con voz ronca. No la torturo más, me quito la última prenda que tapaba mi desnudez y me quedo como vine al mundo. Aroa se quita la camisa quedando solo en bragas y sujetador.

Con el dedo me llama. No dudo ni un instante en tirarme sobre ella. Desde la llegada de Alejandra a nuestra casa no disfrutamos de una noche de amor tranquila. Siempre estaba presente el fantasma de mi pasado. Ella no se había entregado como lo está haciendo ahora.

Le quito las últimas prendas que ocultan su precioso cuerpo de mí. Apoyo mis manos sobre sus rodillas, le abro las piernas, intercalo soplos con suaves lengüetazos sobre su botón del placer. Aroa me agarra por el pelo y presiona mi cara contra su sexo. Sé que la estoy llevando al límite. Me encanta cómo se retuerce y saber que yo soy el causante.

Introduzco un dedo en su canal, esta tan húmeda que penetra sin dificultad. La follo con mi dedo y mi lengua, me encanta tener su sabor en mi boca, cada vez que siento que está cerca del orgasmo muerdo su clítoris arrancándole gritos de dolor y placer; reteniendo su tan deseada culminación.

Ya la he hecho sufrir lo suficiente, deseo poseerla, agarro mi miembro y lo conduzco a su canal. Antes de que yo pueda penetrarla agarró mi mano y con la otra sujetó mi miembro.

—No sin que antes yo beba de ti.

No me hago de rogar, me tiro a su lado en la cama, tomo su rostro entre mis manos y la beso con pasión. Ella y mi hija son todo en mi vida.

Aroa pasa la lengua por mi pene como si estuviera chupando un helado. Me agarro a la sábana para contenerme y no correrme en su pequeña boquita como deseo. Quiero dejar que ella lleve el control. Se está divirtiendo, haciéndome pagar por lo que hice unos minutos atrás, atrapa en su boca las gotas de mi excitación, pasa su ávida lengua sobre mi polla volviéndome loco. Alguna que otra vez mi cintura tiene vida propia y embiste su boca.

Al sentir mi miembro ser totalmente tragado por su dulce boca no me puedo aguantar mi deseo por ella. Con cuidado, la aparto de mí. La tumbo a mi lado y la penetro. Ambos gemimos de placer. Al principio soy suave, domino el huracán de emociones que me despierta, la embisto con tranquilidad, admirando su belleza, fuerza y genio. Me descontrolo cuando el lado posesivo de mi mujer sale a flote.

—Eres mío. Con la única mujer que estarás así es conmigo. —Me agarra por el pelo y empieza a buscarme. Me vuelvo loco. Empiezo a penetrarla sin control, mi boca saquea la suya. Cojo una de sus piernas y la poso sobre mi hombro para tener más profundidad en su cuerpo.

—Yo soy tuyo y tú eres mía. —Ambos nos perdemos en nuestro placer.

Capítulo 17

Al día siguiente, me despierto muerta de la vergüenza, no podía mirar a la cara del primo de mi futuro marido. Para mi suerte, él sale junto a Miguel, a la única que tengo que enfrentarme es a Nuria, que después de pasar cinco minutos con ella cambio de idea, hubiera preferido estar delante de los cuatro amigos de Miguel y tenerla a ella bien lejos. En mi vida he conocido a alguien tan descarada, por momentos llego a creer que ha estado mirándonos. Me dice cada cosa que por poco salgo corriendo. El filón de sus burlas es cuando, a las cuatro de la madrugada, llaman a la puerta y Miguel les atiende algo desaliñado. ¡Pero qué esperan!, estábamos dormidos. La gente no duerme arreglada. Y por primera vez conocí el lado bromista de Rafael, que casi siempre lo veo en modo padre.

—*Fetter*, menos mal que la casa está insonorizada. Si no, seguro que los vecinos hubieran llamado a la Policía. —Yo no sabía dónde meter la cara.

—Y qué…, te quedaste con algo de envidia, ¿sí? Espero que así sea, porque tenías a mi hija en tu habitación

—dijo Miguel como si nada.

—¿Por quién me tomas, pedazo de cabezón? Nosotros solo hicimos manitas. Y eso cuando mi princesa estaba dormida.

—No os lo creáis, esto es propaganda engañosa. Le puse la mano encima y él…, ya sabes… —dijo Nuria muy seria.

—Mujer, qué estás diciendo —pregunto Rafa guasón.

—¿Qué?, es verdad, nada más tocarte, te corriste. —Miguel se descojona de la cara de su primo que, como yo, se quedó sin acción. Era la cuarta vez que veíamos a aquella mujer y ella estaba hablando de sexo delante de nosotros como si estuviera haciéndolo del tiempo.

—Esa me la pagarás —dijo.

—Que sea con polvos calientes y salvajes, y que sea ya mismo. —Me veo superada. Entro y los dejo en la puerta con Miguel. Los tres se descojonan a mi costa, Miguel es el encargado de recoger a Victoria, que a todo eso seguía tan feliz en brazos de su padrino. Que nos llamó porque ella lloraba, cosa que ya no hacía.

Al día siguiente, cuando llego a casa ya no hay rastro de Alejandra, ha salido a trabajar. Me es inevitable no enfadarme cada vez que paso por delante de la habitación de invitados y ver sus cosas allí.

Miguel, todo cariñoso, me llama avisando de que llegará un poco más tarde, ya que va a pasar por la comisaría a petición del agente. Las palabras «agente» y «comisaría» me quitaron la sonrisa de la cara, rápidamente le pregunto el motivo por el cual le han llamado, su contestación no me convence. Son todo evasivas, estamos un buen rato al teléfono viendo quién aguanta más aquel tira y afloja. Él me da una evasiva, yo formulo la misma pregunta de otra manera. Qué ilusa soy, no es por nada que tiene la fama que tiene como abogado, no soy capaz de sonsacarle ni una sola palabra.

Alejandra llega en mitad de la tarde con la cara hinchada. No tengo corazón de piedra, me preocupo por su estado.

—¿Qué te pasa? ¿Por qué estas llorando? —le pregunto de buena fe.

—Eres una cínica. Ayer fuiste detrás de Miguel y le convenciste a echarme de aquí. —Con mirada asesina camina hasta mí, yo doy dos pasos hacia atrás. Alejandra, al ver mi miedo, se ríe—. Haces muy bien en tenerme miedo. Las amenazas que has tenido hasta ahora no son nada comparadas al acoso y derribo que va a venirte encima.

—¿Me estas amenazando?

—Sí.

—Te voy a denunciar.

—¿Y cómo lo vas a probar? Será tu palabra contra la mía. Estás comprando una guerra que te viene demasiado grande.

—¿Crees que porque tienes dinero puedes con todo?

—Todo no, casi todo. Miguel será mío y tú desaparecerás.

—Fuera de mi casa. Te denunciaré ahora mismo.

—Ya me voy, pero antes, te daré un último consejo, nunca dejes de mirar por encima de tu hombro, las calles de Madrid pueden llegar a ser muy peligrosas. Y si Miguel me dice una sola palabra sobre esta conversación «civilizada» entre dos señoritas, tus papás…

—Deja a mi familia en paz. ¿Por qué me haces esto? ¿No te parece suficiente todo lo que estoy pasando? —Nunca le había tenido miedo, pero ahora mismo le tengo pavor. Desde que descubrí su verdadera identidad la «dulce» Carla desapareció y dio paso a una mujer sarcástica y alguna que otra vez intimidante. Sin embargo, la que tengo ahora mismo tiene escrito en la frente «peligrosa». Sus ojos, que antes estaban hinchados por el llanto, ahora están saltones y traspasan el odio que tiene hacia mí.

—Vete y se acaban todos tus problemas.

Sus palabras hacen un clic en mi cabeza. ¡Será…! Intento mantenerme como hasta ahora, estrujo mi mente con la esperanza de recordar algún detalle relevante sobre la persona que me tenía cautiva en aquella celda, su voz, figura. Cualquier cosa que pueda aclararme si las sospechas que acaban de asaltar en mi mente son verdad. ¿Puede Alejandra ser la dama de hierro? Lo único que me viene a la mente son los horrores que pasé en manos de aquella mujer. La sonrisa que aflora en sus labios me hace abrazar a mi hija y salir casi corriendo en dirección a mi habitación y encerrarme dentro, agradezco que no haya dicho o hecho nada para impedir mi cobarde huida. La verdad es que ahora, con esta desconfianza en mi cabeza, le tengo mucho miedo.

Me acuesto con Victoria entre mis brazos, aprovecho que ella se duerme, cierro los ojos y revivo cada minuto que pasé en aquel sótano, las veces que escuché la voz de mi captora, intento una y otra vez ver su imagen. Es imposible, la persona que me tenía sabía muy bien qué hacía, cada vez que se adentraba en mi celda era en la más completa oscuridad, seguramente llevaba gafas de visión nocturna, porque en todo el tiempo sabía dónde estaba yo, muchas fueron las veces en que su mano se estrelló contra mi cara, los tirones de pelo que me daba y, para dificultar mi raciocinio, las drogas que me suministraban no me permitía ser dueña de mis sentidos. Llegó un momento que no sabía diferenciar la realidad de la ficción.

Respiro aliviada al sentir el ruido de las maletas siendo arrastradas por el pasillo de mi piso, me abrazo fuerte a mi hija por miedo a que entre en mi habitación. Las lágrimas se me escapan al notar la puerta cerrarse. Corro a por el teléfono y llamo a Miguel.

Capítulo 18

Estoy en medio de una reunión y tres veces me interrumpen, la primera vez mi esposa, para ella siempre intento estar disponible, pero esta vez, desafortunadamente, tengo que decir a mi secretaria que la avisara de que ya la llamaría yo. La segunda vez, me saca de mis casillas, la insistencia de la persona que me llama es tanta que tuve que interrumpir la reunión y atender la llamada; que para colmo, cuando la cojo ya no hay nadie al otro lado de la línea. La tercera es preocupante, el agente exigió hablar conmigo, por segunda vez interrumpo mi trabajo para coger el teléfono y lo que me dice me vuelve loco:

—Tenemos localizada a la dama de hierro, todo el tiempo la tuvimos muy cerca, más cerca de lo que imaginábamos. Ustedes corren peligro.

No le dejo que me diga nada más, le cuelgo el teléfono en la cara. Me pongo de pie, pido disculpas a mis clientes, les digo que me ha surgido una urgencia y sin acrecentar nada más salgo corriendo al encuentro de mi familia. ¿Qué es eso de que tenemos a la dama de hierro muy cerca? Mis compañeros, al ver cómo abandono al cliente en mi despacho y salgo corriendo, intentan pararme para saber qué pasa. Con ansia, aprieto el botón del ascensor que marca que está llegando a la planta, como si eso fuera a conseguir que llegara más rápido. Rafa viene a mi encuentro; del ascensor sale Pedro y yo entro. Antes de que él se pusiera a hacerme un interrogatorio, me adelanto a su pregunta.

—Mi familia está en peligro. Voy a salvarlas. Aunque tenga que dar mi vida por la de ellas —digo mientras la puerta del ascensor se cierra conmigo dentro y mi primo aporreando y gritando que le esperara. Nada ni nadie será capaz de impedirme ir hasta ellas.

De camino a casa marco el número del agente, no me preocupa lo que pueda pensar por haberle colgado en la cara. Quiero que me explique qué es eso de que tengo el peligro cerca. Estoy en medio del caótico tráfico de Madrid y salvo que mi coche críe alas no puedo hacer nada para llegar antes. Desesperado, empiezo a gritar y golpear el volante. El agente no me coge el teléfono, llamo a casa y tampoco consigo hablar con Aroa. Me quiero morir.

—Ahora no puedo hablar, tengo que encontrar a mi familia. —Cuelgo en la cara de mi primo, que desde que he salido del bufete no deja de llamarme.

Vuelvo a marcar el número del agente, que me lo coge. Su voz me deja muy claro que no le hizo gracia que le colgara en la cara.

—No se mueva de su oficina, van dos agentes a por usted. Su edificio ya está custodiado.

—Y una mierda —grito—. Estoy de camino a casa a por mi familia.

—Escúcheme bien. Si se reúne con ella lo único que conseguirá es que le maten. Este caso es mucho más complicado de lo que cree. Pare el coche ahora mismo. ¿Dónde está? Dígame y vamos a por usted. —No le dejo terminar, cuelgo y marco el número de Aroa, que está apagado o fuera de cobertura, marco el de casa y da comunicando. Mi teléfono suena, no conozco el número, pero no dudo en cogerlo.

—Miguel, no cuelgues, soy yo, Alejandra. Estás en peligro y yo soy la única que te puede salvar, estoy en la puerta de tu oficina, ven conmigo y todo esto se acabará.

Mi mundo se derrumba. No me hace falta nada más, sé de inmediato a qué se refería el agente al decir que tenía a la dama de hierro todo el tiempo cerca y no sabía quién era. Metí a mi peor enemigo dentro de mi casa sin saberlo.

—No iré contigo a ningún lado. Cómo me has podido hacer esto. Yo te apreciaba, fuiste importante para mí. Éramos dañinos el uno para el otro, por eso preferí apartarme. Pero de ahí a que seas una traficante. Qué ingenuo fui, todas aquellas drogas que llamabas *gourmet*, aquella gente…

—Ahora no hay tiempo para eso. Si no quieres morir y que tu familia se muera, reúnete conmigo.

—Antes de estar a tu lado me pego un tiro en la cabeza. Eres despreciable.

Por fin, el tráfico se mueve un poco. La M-30 está totalmente parada conmigo retenido en medio de todo este caos. Mi cabeza da mil vueltas. No sé cómo Aroa se va a tomar todas estas revelaciones. Saber que todo este tiempo ha tenido al lado a la mujer que la secuestró, torturó, drogó y casi acabó con la vida de nuestra hija, no voy a poder con eso. Lloro desesperado. Grito mi dolor para todo aquel que me quiera oír. ¿Por qué he venido a este mundo con una carga tan grande? Si en mis vidas pasadas fui un hijo de puta, no me acuerdo. Pero ahora soy una buena persona. Cometo fallos, claro, soy humano. Sin embargo, no hago daño a nadie. Solo deseo una vida tranquila, ver a mi hija crecer, tener más hijos. Formar la familia que nunca tuve por ser fruto de una puta violación.

Qué culpa tuve de los fallos que cometiera mi madre, que no supo parar a tiempo y al final fue brutalmente violada por dos hombres que ella conocía y amaba. Cuando descubrí esta historia no me la pude creer. Mi madre amaba desde pequeña a dos hermanos, pero por interés se casó con el que debería de ser mi padre. Ella nunca dio la espalda a sus amores de juventud. Su familia la recriminaba por seguir teniendo contacto con ellos estando comprometida y después de estar casada. Ella no escuchaba a nadie. No perdonaba a sus padres por no haber aceptado que ella se quedara con uno de los hermanos, decía contentarse con uno de ellos. Pero que en su corazón llevaba los dos. Su familia tenía tierras, ganado, pero no sabían hacer dinero con lo que tenían. Y el cabrón que se casó con mi madre sí tenía dinero. Ella se vendió, maldita zorra.

Los hermanos se volvieron los borrachos de la ciudad al saber de su enlace. Y un día antes de la boda, a sabiendas de que ella también los quería, le pidieron despedirse en un pícnic en el campo y la violaron. El final de la historia es fácil de deducir, ella se quedó embarazada, yo soy hijo de uno de los dos. ¡No sé de cual! Su marido, cuando lo descubrió, renegó de mí, pero no le pidió el divorcio por las apariencias; en su familia no está bien visto el divorcio. Yo tenía ocho meses cuando ella se quedó embarazada de mi hermano, un año después de mi hermano, el siguiente de otro y otro en un total de cinco hijos que siempre fueron tratados como reyes y yo su plebeyo. No es que mis hermanos me maltrataran, tenía una buena relación con ellos, ellos me querían, jugábamos juntos. Pero no hacía falta ser muy listo para ver las diferencias.

Sé que ninguno de ellos conoce esta historia. Yo, para descubrirla, gasté mucho dinero en detectives que tuvieron mucho trabajo para dar con la verdad. La única persona que sabe que conozco esta historia es Rafa. Tanto él como yo lo supimos en el peor momento, en el año en que me fui de la clínica con Alejandra, que había descubierto dónde estaba y no pasaba una sola semana sin que fuera a verme, y casi toda la hora de la visita me torturaba con recuerdos de nuestras juergas. Y el descubrir la historia de mi procedencia me hizo tomar la peor decisión de mi vida, abandonar el tratamiento e irme con ella sin decir nada a mi primo. Fueron dos años de trotamundos, no hacíamos más que ir de país en país, drogarnos y follar. Vivíamos en una espiral. Solo ahora soy consciente de cómo me dejé manejar por ella.

Estaba muy cerca de desengancharme cuando el detective me reveló lo que había descubierto. Yo mismo, estando ingresado, nunca perdí el contacto con él. En el periodo de cuarentena no hablábamos, pero después, cuando tenía visitas, él siempre que tenía alguna cosa que contarme, como, por ejemplo, que mis hermanos tienen tantos hijos como conejos, que uno de ellos me busca, que mi padrastro está muy mal de salud, que mi madre no sonríe. Yo le decía que no le pagaba para informarme de estas chorradas. De mis hermanos sí me gustaba tener noticias, de mis padres me importaba una mierda. Y cuando ya había dado por perdido conocer el porqué de mi rechazo y decidido seguir adelante, me explotó la bomba en la cara. Lo peor de todo es que la que contó la verdad fue mi propia madre a cambio de dinero. ¿Y para qué? Para liberar a uno de mis probables padres de la cárcel.

Llega el final de esta deplorable historia, ya nada de eso me importa, durante años ansié conocer el porqué de que ellos no me quisieran. Ahora lo único importante en mi vida es mi familia y que seré para mi hija todo lo que ellos no fueron para mí.

Alejandra no deja de llamar. Tanta es su insistencia que vuelvo a coger la llamada.

—Miguel, te lo digo en serio. Solo yo puedo salvarte. No vayas al encuentro de Aroa.

—Entiende de una vez que nada de lo que me digas me apartará de ella.

—Tú eres quien se está apartando de ella, porque si entras en aquel piso, ella morirá y muy probablemente tu hija.

—Eres una desgraciada. Cuando te tenga delante, acabaré contigo. —Cómo puede una persona amenazar a un bebé, un ser inocente de solo dos meses de vida.

—Despierta ya… —No puedo más, le cuelgo y ya no le cogeré más llamadas. ¡Que alguien me explique cómo cojones ella siempre consigue mis números!

Para mi alivio, los coches empiezan a moverse. Piso el acelerador todo lo que puedo. Necesito llegar en casa cuanto antes. Cuando entro en mi calle y veo mi edificio no me puedo creer todo lo que hay montado delante. Hay varios coches de Policía, no puedo ver todo lo que hay organizado allí, pero sí que son muchos, que hay un cordón policial y se está formando un gran operativo. Antes de que me avisten, doy marcha atrás. Sé que algo está pasando y que si me ven no me permitirán subir.

Dejo el coche en la calle de atrás, voy caminando hasta el otro bloque del edificio, me cuelo por el patio de luces, cojo el ascensor y rezo para que Rubén no esté en casa. Abusaré de su confianza y usaré la llave que tengo en mi poder para desde su casa acceder a la mía por el balcón. El intentar entrar por la puerta de entrada de mi casa es tontería. Si antes tenía a dos policías en la puerta, ahora mismo debe de haber un regimiento.

Abro la puerta del piso de mi amigo, que está una planta por debajo del mío, entro y no veo a nadie. Cruzo el salón, abro el ventanal que da a la terraza. Me apoyo en la barandilla, evito mirar hacia abajo. La altura no es mi punto fuerte y desde el decimoquinto piso hay bastante. También porque seguramente los policías ya me han visto y no quiero tener que lidiar con ellos. Me impulso y me agarro en la repisa de mi terraza, antes de que me fallen las fuerzas impulso mi cuerpo hacia arriba, me agarro de los barrotes y vuelvo a apoyar mi pie en la repisa. Lo más difícil ya está hecho, lo demás fue pan comido, me incorporo y salto la barandilla. Ya en la terraza, lo que veo dentro me congela.

Golpeo el cristal y pongo mis manos en alto. Un hombre me abre de mala manera y, apuntándome con un arma, tira de mí hacia dentro y me lleva lejos de Aroa. Quiero pegarle y correr hasta ella, decirle que todo iba estar bien, pero no es así. Necesitamos un verdadero milagro para salir de aquí con vida. En mi salón hay seis hombres fuertemente armados apuntando a Aroa. Mi hija no está aquí. Pero me imagino que está bien, ya que Aroa está «tranquila».

—¿Creías de verdad que ibas poner mi mundo cabeza abajo y no iba a tener consecuencias?

—¿Por qué haces esto? —pregunto muerto de miedo.

—¿Por qué has tenido que enredarte con esta? Y lo peor de todo…, ¡tener una niña!

—No creo que deba de darte explicaciones, pero me enamoré.

—Ella, con su carita bonita —se acerca a Aroa, la agarra por el rostro y lo mueve de un lado a otro— va y también enamora a Santana, aquel idiota echó todo a perder por culpa de esta mujer. Perdió la cabeza. Cuando os vi juntos no me lo pude creer. La misma mujer acabó con todo lo que más quería en este mundo.

—¿Amor por mí? tú…, ¡desde cuándo! Estás loca, dama de hierro —digo con desprecio.

—¿Que sabrás tú de mí?

—Después de compartir y convivir contigo durante años, acabo de descubrir que no sé nada.

—No te mientas, sabes que me conoces muy bien.

—Ale, déjala ir, tu problema es conmigo. —Desesperado, intento convencerla de dejar que Aroa se vaya, no sé de dónde surge esa fijación por mi persona, pero si es necesario para que las mujeres de mi vida vivan, soy capaz de seguir a esta loca allá donde quiera llevarme.

—No…, estás muy confundido. Mi problema es con ella. Si ella no hubiera puesto sus ojos encima de ti y de Santana, nada de esto habría pasado. Tú saldrías de mi clínica y todo volvería a lo de antes. Ella no es para ti. No sabe tus gustos.

—Déjala ir. —Aquí es donde mi corazón se rompe y romperé el de la mujer que amo—. Prometo que abandono todo ahora mismo y desaparezco en el mundo con vosotros.

—No… —grita Aroa—. No puedes dejarla ganar.

—Me cansé de esta mujer. Mátala.

Del pasillo de mi casa salió un hombre que conocía bien, él estuvo presente en muchas de las fiestas que fui con Alejandra. No entiendo por qué estaba oculto y no aquí, junto a los demás.

—Tú…

Todos miramos a Aroa. Su voz sale embargada al dirigirse al hombre que tira de su brazo, la agarra por el cuello y le apunta con la pistola a la cabeza.

—Yo te avisé que las drogas eran malas. Por no hacer caso, ahora vas a morir. —Aroa empezó a hipar.

—Tú no puedes matarme. No he hecho nada malo.

—Algo has hecho para que la dama de hierro te quiera muerta.

—Soy tu hija.

Todos, al escucharla, nos quedamos en *shock*. Al mirarlos bien es imposible no ver el enorme parecido entre ellos. Me siento perdido. Todo entre ella y yo fue tan rápido que no nos conocemos, no sabemos nada el uno de la vida del otro.

—¿Qué estás diciendo? Yo nunca he tenido hijos.

—Soy hija de Susan, tengo veintisiete años. —Ale empieza a reírse. El hombre, echando fuego por los ojos, la mira.

—¿Tú lo sabías? —pregunta el padre de Aroa, que engatilla la pistola y apunta en dirección a la dama de hierro.

—Yo siempre lo sé todo. Y si no quieres ver a tu hija morir y luego ver cómo voy detrás de tu nieta, porque ella también morirá, me conoces bien y sabes que no descansaré hasta encontrar a la niña, mejor baja esa arma. Mira a tu alrededor, tienes a seis hombres apuntándote.

—Yo te quería, te di mi vida, y me haces esto —dice desolado.

—No me hagas reír…, tú siempre has querido a aquella yonqui, tal era tu amor por ella que no se cuidó y la hiciste a ella. —Apunta a Aroa con la cabeza—. Vuelvo contigo una y otra vez, he intentado darte de todo, ser como ella, hacer de todo para ocupar el lugar de ella en tu corazón. Siempre te perdono porque te quiero. Pero tú a mí nunca me has querido.

—Déjala ir.

—Sabes que eso no va a ocurrir. Antes de descubrirla, siempre he temido al fantasma de su madre. Y ahora también está ella para quitar mi tranquilidad. ¿Y yo qué…? Te conozco, sé que acabas de conocerla, pero por el simple hecho de que sea hija de aquella desgraciada, ya la pones por encima de mí.

Uno de los matones se acerca y le entrega a Ale el móvil.

—Abre la puerta —ordena sin pestañear.

—¿Qué estás haciendo? ¿Por qué tienes a esta gente aquí secuestrada?

—Lo hago por ti.

—¿Por mí…? No me utilices para tus intereses. Yo estaba solucionando las cosas a mi manera. ¿Por qué tenías que meterte?

—Yo te prometí, cuando eras solo un bebé, que siempre te cuidaría. Y eso hago desde que tengo uso de razón. Matadla —ordena que ejecute a Aroa.

Suena un disparo. Llorando caigo de rodillas al suelo. Mi mundo se acaba. No puedo disfrutar de mi felicidad. ¿Cómo le voy a contar a mi hija que por mi culpa su madre ha sido asesinada? ¿Por qué he tenido que ir detrás de ella en aquella maldita clínica?

—Aroa, mi amor…, perdóname —grito roto de dolor—. Mi hija, ¿dónde está mi pequeña? ¿Que será de nuestras vidas?

Alejandra tira de mí y me obliga a incorporarme.

—No me toques —grito babeándome—. Por tu culpa tu loca hermana ha asesinado a la mujer de mi vida. ¿Por qué me has hecho esto? Me suicidaré. Ni tú ni nadie me tendrá, Alejandra. Te odio más que a nadie en mi vida. Nunca pensé que podría odiar más de lo que odio a los que deberían amarme. Aléjate de mí con tus falsas lágrimas. —Todo a mi alrededor deja de existir, lo único que quiero era herirla y desaparecer.

—Miguel, mi amor, perdóname. Yo no sabía que Alexia estaba detrás de todo eso.

—Los negocios ilícitos de tu hermana poco me importan. Ella no tiene cómo salir de aquí, el edificio está rodeado. Vosotras pagaréis por todo el daño que nos habéis causado.

Epílogo

Desde aquel día, mi vida nunca más fue la misma. Alejandra perdió la cabeza al no recibir mi perdón, me apuntó con el arma y empezó a gritar que si no iba a ser de ella no sería de nadie más. Yo ni siquiera la miré, estaba de rodillas con la cabeza apoyada en el suelo llorando como un niño. Estaba siendo egoísta con mi hija, con mi primo, con todos que siempre me apoyaron. Pero en aquel momento solo deseaba reunirme con la mujer que me robó el corazón y cuando sentí el frío metal sobre mi cráneo, recé para que apretara el gatillo. Deseaba morir, encontrarme con Aroa, estar junto a ella. Hacerla feliz allá donde fuera, ya que no pude hacerlo en esta vida, lo intentaría en la otra, tal era mi desesperación que creía en cualquier cosa que me diera la esperanza de que volvería a reunirme con ella.

Alejandra juró y perjuró que no conocía la vida criminal de su hermana, que en sus largas ausencias ella creía que estaba de viaje de trabajo. Su hermana es química, y de las buenas. Con su currículum hubiera conseguido trabajo en casi cualquier parte del mundo. ¡Pero no…!, prefirió usar sus conocimientos para destruir vidas.

Alexia siempre tuvo adoración por su hermana pequeña, la diferencia de edad entre ellas es de ocho años. Mientras me apuntaba con aquella pistola me reveló cosas que jamás imaginé. Lo peor de todo fue que habiendo pasado días, las revelaciones seguían apareciendo y eran cada vez más sorprendentes, más surrealistas.

Noelia es la madre de aquel par de monstruos que ahora se pudren en la cárcel. Su fijación en la casita del fondo es que allí, junto a ella, vivía la hija de Alexia. Las revelaciones no se quedan ahí. Noelia había descubierto que tenía una nieta solo dos años atrás. La chica se llama Lucía, tiene diecinueve años y apenas conoce a su madre. Alexia, al revelar al padre de Lucía que estaba embarazada, fue rechazada, no le dejó decir que era suya. La mujer pensó que al tener un hijo de él los uniría, pero ocurrió todo lo contrario. Ella, con rabia, se fue de la ciudad hasta dar a luz, y cuando la niña nació, la dejó al cuidado de una familia que traficaba para ella.

La familia que cuidaba a la niña se murió, Alexia, aunque nunca la visitaba, «velaba por su bien». Y cuando la familia murió, fue a por la niña y la llevó con su madre, que quedó conmocionada al descubrir que tenía una nieta de diecisiete años y que nunca supo nada de ella. Noelia se volvió loca, sabía que su hija no era buena persona, que no andaba en buenas compañías y quería proteger aquella joven de mirada triste y constitución pequeña del gran daño que le podía causar su madre. Pero para que eso ocurriera había una serie de condiciones: una de ellas era que la chica que tuvo todo su mundo boca abajo no podía ausentarse de la clínica, salvo que su madre así lo deseara, sus paseos por las instalaciones deberían ser en las horas que los pacientes estuviesen en sus habitaciones, por eso nadie la había visto nunca. Lo único que pudimos saber de ella es que era una niña muy lista, pero que tenía miedo a todos y a todo, que estaba estudiando una carrera online y nada más.

Alexia solo tenía dos fijaciones en la vida: la primera era Alejandra y, la segunda, el padre de su hija, que viene a ser el padre de Aroa.

Hay muchos detenidos, los cómplices empezaron a caer como moscas, como el agente dijo, la cosa era mucho mayor de lo que me imaginaba, había gente muy influyente detrás y dar con ellos no fue tarea fácil. Sin embargo, el padre de Aroa estaba en la calle. No consiguieron pruebas en su contra, todos saben que es traficante, pero los que reconocieron a Alexia y Alejandra afirmaron nunca haberlo visto. Y todos los detenidos más de lo mismo.

Noelia era rehén de su propia hija, que la amenazaba con que si la delataba mataba a la niña delante de ella, por este motivo nunca la denunció. Confesó que vio a su hija en más de una ocasión exterminar a gente por el simple hecho de no gustarle cómo la miraba, que le pegaba porque sí. No me hizo falta más para saber que cuando apareció con aquellos moratones, había sido ella. La parte buena de esta triste historia es que ahora es testigo protegido. Y la triste es que ella se fue sin que pudiéramos despedirnos y conocer a Lucía, cosa que nos apena. Le facilitaron a ella y a la niña una vida nueva en cualquier parte del mundo.

Esta fue la única condición que puso para testificar en su contra. Aportó tantas pruebas que salvaron el caso, ya que no tenían nada en concreto, su testimonio fue determinantes para el encarcelamiento sin fianza de Alexia. Ella, antes de aportar todo lo que tenía a la Policía, aclaró que se moría de miedo de su propia hija y que jamás testificaría en su contra sin la seguridad de que no la pudiera encontrar. Afirmó que

Alexia, cuando saliera de la cárcel, la iba a buscar para ajustar cuentas. Yo no lo sabía, Pedro fue su abogado y negoció hasta conseguir su inclusión y la de la niña en el programa. Pedro me reveló que ella llegó a desear que su hija nunca más saliera de la cárcel. Hugo no corrió la misma suerte, intentaron conseguirle lo mismo que a Noelia, al parecer él tenía la esperanza de poder seguirla, pero le fue denegada. Lo último que supe de él es que volvió a su país con sus hijos.

Y yo…, yo no pude seguir en Madrid después de todo lo que ocurrió. Tuve la suerte de contar con los mejores amigos del mundo, cuando les expuse mis motivos para querer alejarme, me apoyaron en el mismo momento. Pedro, que desde que lo conocí en la universidad supe lo buena persona que es, hizo contacto con un bufete de abogados en Valencia que andaba detrás de él para asociarse. Concertó una reunión con ellos y en solo cuatro días yo era el representante de D&P Asociados en Valencia.

No me podía creer la gran oportunidad que me estaban ofreciendo. Ellos conocen todos mis fallos y aun así me dejan al cargo de su nombre en una ciudad tan importante como es Valencia. Mi primera reacción fue decir que no podía, que no estaba capacitado para ello. Mi primo me fulminó con la mirada y recalcó lo bueno y aplicado que yo era en mis estudios y trabajo antes de Alejandra.

—Otra vez perdido en tus pensamientos.

—Si…, me pregunto si las cosas serán diferentes.

—Claro que sí.

—Tengo miedo de no estar a la altura. Es una gran responsabilidad, no te mentiré.

—¡Sabes que estamos rompiendo todas las tradiciones si…!

—No puedo estar lejos de ti. Tú eres mi mayor distracción.

—Te amo, Miguel.

—Y yo a ti mi, leona. ¿Dónde está la luz de mis ojos?

—Recibiendo mimos de todos sus tíos.

La incursión de la Policía en mi piso de Madrid fue como de película. El hombre que dio la vida a Aroa al escuchar la orden de Alexia para que mataran a su hija, le disparó acertando en su abdomen. Ella, aun estando en el suelo malherida, ordenó a sus matones que asesinaran a todos. El padre de Aroa la apoyó contra la pared y la protegió con su cuerpo de todos aquellos hombres armados. Alejandra, al ver que yo estaba fuera de mí, que lo único que quería era morirme y que a su hermana le daba igual, direccionó el arma que me apuntaba a su pecho, gritó por Alexia y le dijo que se quitaría la vida si le pasaba algo a cualquiera de nosotros tres. El miedo de Alexia a que Alejandra cumpliera su amenaza le hizo retirar la orden.

Yo solo me enteré de todo esto después. Yo no veía ni escuchaba nada, en mi cabeza mi futura esposa estaba muerta y yo no quería vivir. Y cuando Alejandra, al ver que su hermana atendió su chantaje, volvió a por mí. En una tremenda confusión, la Policía entró en mi piso por todos lados: por la terraza, ventana y la puerta.

Yo solo fui consciente de la presencia de ellos cuando dispararon a Alejandra creyendo que ella me iba a matar y su cuerpo malherido cayó sobre el mío. Aroa, al verla sobre mi cuerpo, salió corriendo y me la quitó de encima. Cuando sentí sus brazos rodeando mi cuerpo y sus besos sobre mis labios volví en mí, me aferré a ella y no la quise soltar. Yo, a día de hoy, no sé si su preocupación era por el contacto que estábamos teniendo Alejandra y yo o por miedo a que me hubiera matado. Cosa que en el fondo sé que nunca haría. A su manera enfermiza, me ama, y jamás atentaría contra mi persona. Espero que los largos años que pasará en prisión le sean suficientes para que me olvide y pueda reencauzar su vida y ser feliz.

Toda aquella pesadilla quedó atrás, nunca la podré olvidar, pero ahora vivimos en Valencia, la ciudad de nacimiento de mi esposa, mis suegros no pueden estar más felices. Con el dinero de la venta de mi piso de Madrid he comprado una casa muy cerca de ellos. Mi hija es una niña feliz, ya tiene nueve meses, ya gatea, y nos trae a todos locos. Cuando todo eso ocurrió, ella estaba al cuidado de Paula, que recibió la llamada de Aroa pidiendo ayuda y en nada se personó en el que era mi piso y sacó a mi hija de allí llevándola a la seguridad de su hogar.

Y aquí estoy, después de una vida llena de superación. Todo queda atrás, salimos triunfadores de cada uno de los obstáculos que se cruzan en nuestros caminos. Estoy ansioso por cumplir el deseo de mi futura esposa, una boda rápida, sencilla e íntima. Estoy más listo que nunca para empezar la vida de jefe de familia al lado de mi leona.

FIN

Tu opinión es muy importante.

¿Te gustó la historia? Si es así. Por favor, deja tu comentario o reseña donde la hayas adquirido, en mi muro de Facebook, mi página de autor, Amazon o Goodreads. Para mí es muy importante. Tu opinión puede ayudar a que otros lectores decidan dar una oportunidad a mi historia.

De antemano, te agradezco esos cinco minutos que dedicarás de tu tiempo y que para mí marcarán la diferencia.

Si deseas contactar conmigo, estaré encantada de conocerte en mis redes sociales.

Gracias.

[1] Primos unidos para siempre

Sobre la autora

Nanda Gaef es brasileña, nacida en Río de Janeiro y nacionalizada española.

Vive en España desde 2003, está casada y es madre. Es una persona muy inquieta, siempre está haciendo y/o inventando algo. Desde pequeña, siempre fue muy fantasiosa. Tiene varios relatos escritos en sus viejas agendas olvidadas en el cajón de los recuerdos en su país natal; tenía un grupo con sus amigas *online* donde todas las semanas se contaban relatos entre ellas. De ese grupo vino el apoyo para saltar a compartir con los demás lectores sus historias. Su mente nunca ha dejado las fantasías, ya que tiene varias historias apuntadas en su inseparable agenda.

Sigue mis pasos en:
nandagaef
nanda_gaef
@nandagaef

Agradecimientos

A mi marido e hija, que tienen una paciencia infinita. Gracias por vuestra compresión, por permitirme seguir con esta loca aventura. Por soportar las miles de veces que no os hago caso. Sois lo más importante de mi vida. Os quiero.

En especial a mis grandes amigas: Magy Solis, Ada Rodrigue y mi niña mella. Gracias por siempre estar ahí para mí, para lo bueno y para lo malo, por aguantar mis locuras y apoyarme. Os quiero chicas.

A mi compañera de letras y amiga Alexandra Silva por las largas horas de charlas y el incondicional apoyo.

Gracias a mis maravillosas lectoras beta: Lorena, Laura y Marisa, que dedicaron horas de su concurrido tiempo en leer mi escrito y ayudarme a mejorarlo. A mi querida Angélica por haber leído la historia y haberme dado su opinión sincera.

Gracias a mis fieles lectoras: que me escriben por las redes, me apoyan en mis proyectos, comentan mis novelas, que me riñen y me amenazan por algún que otro personaje. Esos momentos para mí son maravillosos. Elsa Maximiliano, Joaky Carrasco Alarcón, Adela Pérez Blanque, Daniela Backit Nahum, Mary Izan, Elena De Torres, María Camus, Cristina Lauredo, Soni, Michelle, Bernice, Oana Simona, Mariluz Martínez Navarro, Brenda Barrera, Marilyn León Mora, Liliana Enríquez Martínez, Dulce Landa, Mariposa Brujilla, Graciela Jiménez, Yohana Tellez, Ana López Costas, Mont Ruiz, Tania de la Rosa, Montse Ferre Pamies, Patry Ruiz Morales, Ella Limón, Mary Carmen Garcia, Calu Amor, Afy Moreno, Soledad Camacho, Begoña Sirvent Coloma, Ana Arranz Diez, Kissi Ortega, 산체 마리, Africa Rodriguez, Alicia Capilla, Ana Farfan Tejero, Ana Silva Silva, Astrid Figueroa Alarcon, Asun Molina, María Elena Ayala Fonfreda, Susana Magaña, Lluïsa Pastor, Alicia Brujilla, Noelia Gonzalez, M Angeles Rufo Gradilla, Loli Zamora, Nieves Aguilar, Ana Perera, Cristina Iguiño, Pilar Nm, Carmen Castillo, Carmen L. Scott, Carmen RB, Sonia Serrano Iglesias, Susana de la Torre, Sylvia Ocaña Villanueva, Todo Croche Loli, Toñi, Gonce Rodriguez, Samantha Fernandes, Yazmina Herrera, EL RL, Elena De Torres, Eva Palacios, Eva Rodriguez, Fontcalda, Alcoverro Castel, Frella Lucia, Ingrid Marcela EF, Isabel Fraile Jurado, Jarroa Torres, Joyce Alvarez, , Juani Egea Martinez, Karla N Cabello Rodulfo, Katy Oliveros, Laura Ortiz Ramos, Luna villa, Luz FS, M Jesus Peris, Maria Del Pilar Vigon, Maria Fatima Gonzalez, Maria Isabel Robaina Arnay, Maria Jose Valiente Garcia, Marina Rico Medina, Marjorie Grimes-Dixon, Marta Hernández Francisco, Mary Andres, Mary Dl, Maylle Susana Baute Gonzalez, Mercedes Angulo, Mary Alfonso Gran,Mercedes Fernandez, Monica Buide, Nadja Dos Santos Moreira, Normma Aliciya, Olga LB, Kaname Chidori, Patricia Coleto Tovar, Lidia Irena, Patricia Coleto Tovar, Ana Gil Perez, Patricia Modernell, Isabel Martin Urrea y muchas otras. Gracias por estar ahí a diario y por vuestro apoyo. Os adoro.

A los maravillosos grupos en los que publicito a diario para difundir mi trabajo.

A mis chicas del grupo «Danadinhas de Gaef» y en especial a mis moderadoras, Dayi YC y Kath Pantoja.

A mis grupos de Telegram, Las inocentes y Las Brujas en donde tengo amigas y lectoras maravillosas. Con las que tengo horas de risas y complicidad.

Mis otros títulos

"Por Favor, Ámame (Autonclusiva")

Sinopsis

Fátima, a la vista de muchos, es una mujer afortunada; es guapa, tiene dinero y es deseada tanto por los hombres como por las mujeres.

Sin embargo, ella se siente sola, vacía, nada de lo que tiene la seduce, no pide mucho a la vida. Es una mujer ansiosa por vivir, de ser independiente, de liberarse de las cadenas que la atan a una familia interesada, sin cariño ni amor.

Después de perder a la única persona que la hacía sentirse especial y amada, decidió huir creyendo poder dejar atrás todo lo que le hacía infeliz.

Pero su llegada a España no es así, ya en el aeropuerto sus problemas se agravan, llevándola a conocer al bello y atractivo abogado, Daniel Welkeer, que junto a Pelayo, un guapo camarero, pondrán la vida de la morena del revés

https://www.amazon.es/dp/B01NCORKYV

"No me obligues a escoger"

Sinopsis

Bruno es un arrogante rapero y exitoso productor musical que conoció la fama, las drogas y las mujeres a muy temprana edad.

En una noche de fiesta y desenfreno vio por primera vez a la asustadiza y tímida Silvia, que meses más tarde, sin que él lo planeara, se convirtió en su esposa, rompiendo con todos sus planes.

Años más tarde, su debilidad por las mujeres hizo que se encaprichase con una morena que a primera vista era tímida e inocente, y que pondría su vida del revés, llevándolo a hacer cosas que jamás pensó que haría por una mujer con tal de que fuera suya.

Nada es lo que parece. Siempre hay algo por lo que luchar.

Dos mujeres diferentes, una vida por delante. Sueños, ilusiones, chantajes y dinero.

¿Cuál de las dos permanecerá en su vida?

¿Quién será la elegida?

https://www.amazon.es/dp/B07B3KN5PR

Pedro – Perdón Vol. 1 (Autoconclusivo)
Serie Los Trajeados

Sinopsis

Muchas veces, los deseos se convierten en realidad; sin embargo, no siempre traen la tan ansiada felicidad.

Él siempre alegre y sonriente Pedro creció deseando que su mejor amigo, Daniel, fuera su hermano. Al descubrir que es así, no puede soportar conocer, por boca de terceros, que su madre y su mejor amigo —ahora hermano— le han ocultado esa información durante treinta años.

Ciego por el rencor y la desilusión, se aísla de todos, toma malas decisiones y, presionado por su pasado, huye para buscar el apoyo de su mejor amiga, Fátima.

En su huida conoce a Paula, una mujer diferente a las que a él le gustan, pero que no pasa desapercibida a sus ojos. Para su sorpresa, Paula no cae rendida ante su encantadora sonrisa y conquistarla se convierte en un desafío para Pedro.

Pero sus errores de juventud le persiguen allá donde va y no le permiten seguir con su vida. La culpa le pesa y le impide seguir adelante…

https://www.amazon.es/dp/B07KJ8HPRX

La caída de Tania (Autoconclusivo)

Sinopsis

Tania es una mujer que tuvo de todo y que no le importaba lo más mínimo pasar por encima de los demás para conquistar todo aquello que se le antojaba. Después de haber humillado a su cuñada y haber hecho mucho daño a Pedro, entre otros, todos le dieron la espalda. Tuvo que descubrir de la mano del mundo lo dura y difícil que es la vida sin los privilegios que le ofrecía el dinero de su hermano y lo que conlleva ganarse el pan.

Se tuvo que adaptar a su nueva realidad y aprender de la manera más dura que ella no está por encima del bien y del mal; que el mundo no gira en torno a ella.

La búsqueda del perdón de su familia la lleva a tener que librar más de una batalla, tragarse su orgullo y luchar para poder estar al lado de ellos.

El hombre a quien ella despreció y humilló en multitud de ocasiones, fue quien la apoyó cuando ella más lo necesitaba, haciéndole ver que no es especial. Ella empieza a verlo de otra manera, pero Rodrigo no le va a poner las cosas fáciles.

https://www.amazon.es/dp/B07MQ2DGJS